# DIE TOTE VON ANGLONA

*Für Sandra*

GIANPIETRO MONTANO

# DIE TOTE VON ANGLONA

**Bibliografische Information der Deutschen Nationalbibliothek:**
Die Deutsche Nationalbibliothek verzeichnet diese Publikation in der
deutschen Nationalbibliografie; detaillierte biografische Daten
sind im Internet über dnb.dnb.de abrufbar.

Die automatisierte Analyse des Werkes, um daraus Informationen
insbesondere über Muster, Trends und Korrelationen gemäß §44b
UrhG („Text und Data Mining") zu gewinnen, ist untersagt.



Lektorat: Christian Bauer
Korrektorat: Ralf Rausch
Umschlaggestaltung: Jasmin Kreilmann

Satz, Herstellung und Verlag:
BoD – Books on Demand, Norderstedt

ISBN: 978-3-7583-3444-3

# INHALT

# PERSONEN IN DIESEM ROMAN

## CHRONOLOGISCH GEORDNET

| | |
|---|---|
| Achim Crocco | Sohn eines Lukaners und einer Deutschen, 61-jährig. Wohnt abwechselnd in Heidelberg und Guardia Perticara sowie teilweise in Baltimore und Coverciano |
| Costanza Gentile | Die Tote von Anglona, 83-jährig. Wohnt in Policoro, benutzt noch das Elternhaus in Anglona. Wittwe von Gianfranco Pierro. Schwester von Claudio und Paolo Gentile |
| Nicolò | Achims Freund stammt aus Guardia Perticara |
| Mario | Nicolòs Neffe ist ein Bauer in Guardia Perticara |
| Vivian Crocco | Achims Ehefrau ist ordentliche Professorin für Molekularbiologie an der John Hopkins University in Baltimore |

| | |
|---|---|
| Robin Crocco | Achims und Vivians Sohn |
| Jessica Crocco | Achims und Vivians Tochter |
| Don Natale | Priester in Policoro |
| Gianfranco Pierro | Costanzas Ehemann starb fünf Jahre vor ihr |
| Paolo Gentile | Costanzas älterer Bruder ist nach Deutschland ausgewandert, hat eine Deutsche geheiratet und ist bereits gestorben |
| Claudio Gentile | Costanzas jüngerer Bruder ist mit Paolo zusammen nach Deutschland ausgewandert, später nach Südamerika. Ist seither verschollen |
| Markus Gentile | Paolos einziger Sohn lebt bereits nicht mehr |
| Giovanni Crocco | Achims Vater, geboren in Campomaggiore, ist nach Deutschland ausgewandert und hat eine Deutsche geheiratet: Angela |
| Angela Crocco | Achims Mutter lebt immer noch in Bochum |
| Albino Pierro | Gianfrancos Cousin. Als einzige Figur in diesem Roman ist Albino Pierro nicht erfunden. Der Dichter hätte beinahe den Nobelpreis für Literatur gewonnen |
| Julia Gentile | Ehefrau von Markus |

| | |
|---|---|
| Mauro Crocco | Giovannis Bruder lebt in Brescia, wohin er mit seinen Eltern als Dreizehnjähriger ausgewandert war |
| Raffaella Varasano | Costanzas Nachbarin in Policoro |
| Salvatore | Costanzas Jugendfreund wohnt in der Nachbarschaft des Elternhauses von Costanza |
| Pietro Gentile | Der Vater von Costanza ist im zweiten Weltkrieg gefallen |
| Maria Ginnari | Costanzas Mutter lebte über 35 Jahre allein in dem Haus, das Pietro von seinen Eltern geerbt hatte |
| Giuseppina | Nicolòs Ehefrau |
| Vito Di Perna | Giovannis Jugendfreund ist mit ihm zusammen nach Deutschland ausgewandert. Ist als Rentner zurück nach Campomaggiore |
| Helene Müller | Tochter von Markus und Julia Gentile |
| Maria Di Stefano | Vitos Ehefrau |
| Davide Crocco | Giovannis Vater, Achims Grossvater |
| Giuseppe, Antonio und Francesco | Vitos Freunde in Campomaggiore |
| Rosaria | Giovanni Croccos Cousine wohnt in seinem Haus in Campomaggiore |
| Pina, Marco, Giorgio | Rosarias Kinder |

| | |
|---|---|
| Lucia | Giorgios Ehefrau |
| Renata | Onkel Mauros Ehefrau |
| Mirabella | Marios Ehefrau |
| Pantaleo Zotta | Wanderte mit Giovanni Crocco und Vito Di Perna nach Deutschland aus |
| Emiliana und Ernesto | Sind gleichzeitig Bekannte von Costanza Gentile, Gianfranco Pierro und von Maria und Vito |
| Julian Müller | Helenes Ehemann |
| Laura und Ludwig | Helenes und Julians Kinder |

# ANGLONA

Als er näher trat, wurde Achim klar, dass die Frau tot war. Er blieb wie versteinert stehen, sein Atem stockte. Er hatte sie bereits bemerkt, als er die Kirche betreten hatte. Sie hatte nicht reagiert, trotz des lauten Quietschens der Tür. Er hatte angenommen, sie sei im Gebet versunken. Nachdem er die Türe behutsam geschlossen hatte, damit sie nicht knallend ins Schloss zurückfiel, hatte er möglichst geräuschlos begonnen, von hinten nach vorn die Kirche zu besuchen. Er betrachtete sie mit dem Blick, den er jahrzehntelang als Historiker geschärft hatte, und vergaß dabei die Zeit. Aus beruflichen Gründen war er an die schweren Ölbilder der toskanischen Kirchen gewohnt, die Erfahrung im Umgang mit Fresken aus dem 11. und 12. Jahrhundert fehlte ihm. Er wusste, dass die rote Farbe damals nicht mit Vorliebe benutzt wurde, sondern dass sie lediglich weniger schnell verblasste als andere Farben. Die Fresken der Kirche enthielten sehr viel Rot, ein Zeichen, dass sie seit langer Zeit unverändert und nicht renoviert waren. Seine schwarze Schutzmaske hatte er erst aufgesetzt, als er sich der Frau bis auf wenige Meter genähert hatte.

Sie saß in der siebten Reihe, den Blick nach vorne zur Madonna gerichtet. Sie war alt, mindestens achtzigjährig, klein, drahtig und runzelig wie viele alte Frauen in der Gegend. Der kleine Körper war von Kopf bis Fuß in Schwarz gekleidet. Ihre hellblaue Schutzmaske hatte sie neben sich auf die Bank gelegt, griffbereit. Achim fielen zwei dünne helle Linien auf ihren Wangen voller Falten auf, die von den Augen bis zum Kinn reichten, wo sie abrupt endeten

– sie hatte geweint. Er nahm an, dass sie noch nicht lange tot war. Achim atmete schwer und bekam einen Schweißausbruch. Er riss sich die Schutzmaske so heftig vom Gesicht, dass sie sich teilte. «Nichts anrühren!» war sein erster Gedanke. «Ich muss jemanden benachrichtigen», dachte er als Zweites. Er griff zu seinem Handy, überlegte, welche Nummer er anrufen musste, und entfernte sich dabei von der Toten. In ihrer Nähe zu telefonieren, fand er unpassend.

Achim verließ die Kirche. Einen Polizeiposten gab es hier im Nirgendwo nicht, also nahm er an, dass die Carabinieri zuständig waren. Es war 10 Uhr vormittags und bereits sehr warm an diesem Augusttag, deutlich über dreißig Grad. Er stellte sich deshalb in den Schatten des Vordachs des Kirchenportals. Nach dem dritten Klingeln nahm jemand ab. Achim lief gestenreich im Schatten des Vorbaus umher, während er kurzatmig schilderte, was er wo angetroffen hatte.

Der Mann am Telefon überraschte ihn mit der Frage, ob er bleiben könne, bis eine Streife käme. Er versprach dazubleiben und fragte sich gleichzeitig, was die Frage sollte. Er bekam ein ungutes Gefühl, sein Magen rebellierte. «Sie haben ja meinen Namen, meine Handynummer, wissen, woher ich angerufen habe. Die würden mich eh finden, wenn noch was wäre.»

Achim bekam schlotternde Knie. Wo war er da hineingeraten? Er wollte doch nur diese Kirche besuchen! Er setzte sich auf das Mäuerchen zwischen der Kirche und dem linken Pfeiler des Eingangsbogens des Portals, lehnte sich mit dem Rücken an die Wand und atmete tief durch. Es roch intensiv nach Kräutern. Er konnte Rosmarin und Thymian erkennen. Und noch einen Geruch, den er nicht zuordnen konnte. Erst jetzt realisierte er das laute Zirpen der Grillen. Ein trockener, warmer Westwind blies die Hitze zu ihm.

Er wusste nicht wieso, aber er wollte die alte Frau nicht allein lassen. Er lief zu seinem Auto unter den Bäumen, verstaute seine Fotoausrüstung auf den Fußboden hinter dem Fahrersitz und nahm eine neue Schutzmaske, bevor er wieder zur Basilika Santa Maria di Anglona zurücklief. Obwohl ihm dabei nicht wohl war, betrat er die Kirche erneut. Die Eingangstüre öffnete er langsam, konnte aber das Quietschen auch diesmal nicht verhindern. Die Tote saß immer noch so, wie er sie gefunden hatte. «Müsste sie nicht auf die Seite kippen?», fragte sich Achim. Sich in ihre Nähe zu setzen, fand er respektlos. Dennoch musste er irgendwo auf die Carabinieri warten. Zuerst versuchte er es weiter hinten auf der linken Seite des Mittelgangs, kam sich dabei aber so vor, als würde er die Besichtigung der Kirche fortführen – ein seiner Ansicht nach ebenso taktloses Verhalten. In der Kirche herrschte Totenstille.

Er setzte sich an verschiedenen Stellen, aber egal wohin er sich setzte, wohl war ihm dabei nicht. Zumindest bis er letzten Endes vor dem Altar saß und sich im Blickfeld der Toten befand. «Die Frau war wohl im Gespräch mit der Madonna oder mit Jesus am Kreuz gewesen, als sie starb», dachte er sich. Aus sicherer Distanz betrachtete Achim die Frau genauer. Ihre mehrheitlich grauen, teilweise weißen Haare waren kurz geschnitten, nicht sehr kurz, so dass sie nach hinten gekämmt werden konnten. Von seinem Platz aus konnte es Achim nicht mit Sicherheit sagen, aber er hatte den Eindruck, dass die Haare höchstens bis zum Nacken reichten. Er stand auf und schaute nach. Was er für einen Schal gehalten hatte, war in Wirklichkeit ein Kopftuch. Sie trug es aber auf den Schultern und Achim konnte feststellen, dass seine Vermutung über die Haarlänge richtig war. Sie war eine alte, trauernde Frau, wie es Tausende in der Basilikata gab. Achim fragte sich, wieso das Kopftuch auf den Schultern lag. Er ging zurück und setzte sich wieder vor den Altar. Sein Versuch zu erahnen, mit wem die Frau im Gespräch war, scheiterte. Die Madonna, die dieser Kirche ihren Namen gab, stand keine zwei Meter links von ihm und hinter ihm hing Jesus an einem riesigen braunen Kreuz, das in der Luft zu schweben schien, aber von einer schweren Metallstange gehalten wurde, die zwischen den Wänden des Altarraums gespannt war. Achim war überzeugt, dass die Frau entweder mit der Madonna oder dem Gekreuzigten sprach, als sie starb. Woher diese Überzeugung kam, war ihm nicht klar. Er schnaubte verächtlich. Ein Bauchgefühl nicht mit Logik und Verstand erklären zu können, ließ ihn nie in Ruhe. Er musste immer die logische Erklärung finden, auch jetzt. Achim starrte die Frau an, als ob er sie zu einer Reaktion zwingen könnte.

Sie hatte ein Gesicht wie so viele Frauengesichter in der Gegend, gleichmäßig, wenn auch mit etwas groben Gesichtszügen, weshalb Achim sie nicht als eine Schönheit bezeichnet hätte. Auf der blassen Haut hatte er Altersflecken unterschiedlicher Größe gesehen. Das Gesicht wirkte angespannt, wie von einer inneren Wut befallen. Er war überzeugt, dass sie dunkelbraune Augen hatte, allerdings konnte er das nicht überprüfen, da die Augen geschlossen waren. Sicher konnte er sich nicht sein, denn blaue Augen waren in diesem Teil von Süditalien nicht selten, eine genetische Spur der Griechen, Normannen und Deutschen, die vor Jahrhunderten das Land beherrschten.

Er war immer noch in Gedanken versunken, als zwei Carabinieri die Kirche betraten. Achim schaute auf, als das Quietschen der Tür ertönte. Die Türe fiel knallend hinter den Carabinieri ins Schloss, es hallte durch die ganze Kirche. Der eine war ein junger, hagerer Großer mit einer sehr geraden Haltung, der andere ein etwas rundlicher Kleinerer, ungefähr fünfzig. Sie trugen die Uniform ohne Jacke, den weißen Säbelgürtel quer über das blaue Kurzarmhemd. Ihre Schutzmasken waren normale hellblaue Handelsmasken, die sie bereits aufgesetzt hatten. Beim Betreten der Kirche nahmen sie die Mützen und Sonnenbrillen ab und bekreuzigten sich. Die Schritte der Militärstiefel schlugen auf dem Steinboden auf und störten dadurch den Frieden, der in der Kirche geherrscht hatte.

«Sind Sie Signor Crocco?», fragte der Ältere beim Nähertreten mit einer tiefen, sonoren Stimme, die viel zu laut wirkte.

Achim wartete, bis die beiden in seiner Nähe waren, bevor er die neue Schutzmaske anzog und aufstand. Er musste sich beim Aufstehen auf die linke Hand abstützen, denn seine Beine waren fast eingeschlafen. Mit einer raschen Bewegung putzte er den imaginären Staub von seiner beigen Hose ab und lief die fünf Stufen zu den Carabinieri hinunter. Diese wichen einen Schritt zurück, als er sich vor die beiden stellte, denn Achim überragte auch den Größeren um einen halben Kopf. Achim fiel das nicht auf, denn er war es mit seinen ein Meter dreiundneunzig gewohnt, dass er größer als die meisten Menschen war. In Deutschland waren die meisten Menschen kleiner als er, hier in Süditalien eigentlich alle.

«Ja, ich bin Achim Crocco», sagte er nun endlich mit gedämpfter Stimme.

Achim sah dem Mann trotz Schutzmaske die Verwunderung an, dass er wirklich gewartet hatte. «Haben Sie die Frau gefunden?», fragte der Mann unnötig laut.

Die Frage setzte Achim unter Anspannung. Er versuchte ruhig zu wirken, als er auf die Frau zeigte. «Ja, ich habe sie dort gefunden, wo sie immer noch ist.»

Er schaute Richtung Eingangstüre und zeigte mit einer Armbewegung, wo er durchgegangen war, bis er beim Nähertreten gemerkt hatte, dass sie tot war. «Ich habe sie schon beim Betreten der Kirche gesehen. Sie hat nicht reagiert, als ich reingekommen bin und die Türe gequietscht hat. Ich nahm an, sie habe es nicht bemerkt, weil sie im Gebet versunken sei. Ich habe die Kirche besichtigt, die Fresken und so, und erst als ich in ihrer Nähe war, fand ich es komisch, dass sie immer noch nicht reagierte. Also bin ich zu ihr gegangen und ich weiß nicht wieso, aber es war für mich sofort klar, dass sie nicht mehr lebte. Dann habe ich Sie gleich angerufen.»

Der jüngere Carabiniere war wirklich noch ziemlich jung, mindestens zwanzig Jahre jünger als der andere. Achim schätzte ihn auf fünfundzwanzig Jahre, aber mit den Schutzmasken war es nicht so einfach, das Alter eines Gesichts zu schätzen. Die stramme Haltung und die sehr kurzen Haare fand Achim mehr lächerlich als bedrohlich. Sein Tonfall war harsch, als er das Wort ergriff, aber er hatte seine Lautstärke im Griff. «Ich habe Ihren Vornamen am Telefon nicht verstanden?»

«Achim ist die deutsche Version von Gioacchino», antwortete Achim geduldig. Es war nicht das erste Mal, dass er seinen Vornamen erklären musste. Zu seiner Überraschung musste der ältere Carabiniere schmunzeln. «Jetzt verstehe ich, wieso Sie die Carabinieri angerufen haben!»

Achim schaute ihn fragend an. Der Carabiniere erklärte mit einem kurzen Schulterzucken: «Ein Einheimischer hätte nach dem Priester gesucht oder sonst jemandem von der Kirche. Der Priester hätte dann die Carabinieri angerufen. Vielleicht!»

Achim entspannte sich nicht, obwohl die Aussage ja auch bedeutete, dass man ihm nicht ansah, dass er Deutscher war. Schließlich war er genauso Süditaliener und reagierte oft eingeschnappt, wenn man ihn in der Basilikata als Fremden bezeichnete.

Der ältere Carabiniere war ihm auf Anhieb unsympathisch gewesen. Ein kleiner Mann mit deutlichem Übergewicht, dem Essen und Trinken nicht abgeneigt, mit misstrauischem Blick. Militärfrisuren mochte Achim sowieso nicht, egal ob blond oder pechschwarz wie bei diesem Mann. Von Uniformen ganz zu schweigen. Zumal der Mann stark schwitzte. Große dunkle Schweißflecke hatten sich unter den Achselhöhlen gebildet.

«Kennen Sie die Frau?», fragte der ältere Carabiniere nun mit angemessener Lautstärke. Obwohl er viel kleiner als Achim war, schien es ihm nichts auszumachen, dass er den Blick nach oben richten musste, um Achim ins Gesicht zu schauen. «Vielleicht will er nicht weiter hinten stehen als sein jüngerer Kollege», ging Achim durch den Kopf.

Leider stand der Carabiniere so nah, dass der beißende Geruch des Schweißes Achim zu einem Nasenrümpfen verleitete. Immerhin wurde sein Puls langsam wieder normal. Er schüttelte zunächst den Kopf, ehe er hinzufügte: «Nein, die Frau kenne ich nicht. Ich bin das erste Mal hier. Ich bin als Tourist unterwegs und wollte diese Basilika besuchen, weil sie mir empfohlen wurde. Ich habe diese Frau vorher noch nie gesehen.»

Der jüngere Carabiniere hatte sich in der Zwischenzeit der Leiche genähert und rief seinen Kollegen zu sich: «Das sieht nicht nach einem gewaltsamen Tod aus, Michele. Man könnte meinen, sie sei beim Beten gestorben.»

«Bist du nun auch noch Gerichtsmediziner, oder was?» Der ältere Carabiniere stampfte zu seinem Kollegen und nahm die Leiche selbst in Augenschein. Achim lief es kalt den Rücken hinab. Die Carabinieri hatten an einen gewaltsamen Tod gedacht und ihn verdächtigt! Fast wäre er nun selbst wütend geworden, aber bevor er etwas sagen konnte, gab der ältere Carabiniere dem jüngeren schon Anweisungen: «Sie muss in die Gerichtsmedizin, organisiere den Transport! Danach kannst du die Personalien von Herrn Crocco aufnehmen. Er darf danach gehen. Ich suche den Priester.»

Der ältere Carabiniere verabschiedete sich wortlos von Achim mit einem militärischen Gruß aus drei Fingern an die Stirn. Der Jüngere kramte sein Handy hervor und lief dem anderen hinterher. Achim schaute den beiden Carabinieri verdutzt nach. Der Ältere hielt seinem Kollegen nicht einmal die Türe offen, so dass dieser einen Zwischenspurt einlegte, um die Türe aufzufangen, bevor sie schloss.

Achim musste sich setzen. Ohne zu überlegen, nahm er auf derselben Kirchenbank wie die Tote Platz. Seine Gedanken drehten sich im Kreis, er verstand nicht, was da vor sich ging. Er musste grinsen, als er sich selbst die Frage stellte, was um Himmels willen da los sei. Er, der nüchterne Historiker, der nur bei besonderen Anlässen zur Messe ging, hatte «um Himmels willen» in einer Kirche gedacht. Er ermahnte sich, nicht paranoid zu werden. Nach einigem Abwägen kam er zum Schluss, dass er vertrauenswürdig war, weil er angerufen und gewartet hatte. Deshalb ließen ihn die Carabinieri allein mit der Toten warten.

Der jüngere Carabiniere ließ die Türe wieder zuknallen, als er die Kirche betrat, steckte sein Handy in die Brusttasche seines Hemds, nahm die Sonnenbrille und die Mütze ab, zog die Schutzmaske über die Nase und bekreuzigte sich nochmals. Achim stützte sich mit den Händen an der Rückenlehne der vorderen Sitzreihe ab und stand schwerfällig auf.

«Gut, nun zu Ihnen. Ich brauche Ihren Vornamen, Namen, Ihre Adresse und Telefonnummer!», sagte der Carabiniere wieder in diesem harschen Tonfall, als er bei Achim angelangt war. In dem Moment realisierte Achim, dass sich die beiden gar nicht mit Namen vorgestellt hatten. Der junge Carabiniere holte ein schwarzes Notizblöckchen hervor, an dem ein kleiner blauer Kugelschreiber in die Spiralen gesteckt war. Er suchte eine leere Seite und begann zu schreiben.

Achim schaute zu, wie der Carabiniere aufschrieb, als er diktierte: «Achim Crocco, Achim schreibt sich A, C, H, I, M.»

Der Carabiniere wiederholte jeden Buchstaben und überraschte Achim mit einer seltsamen Frage: «Crocco wie der Brigant, sind Sie ein Nachfahre?»

Aufgrund der Gesichtszüge, der groben Nase, die nicht wirklich in das hagere Gesicht passte und nur knapp von der Schutzmaske bedeckt wurde, der schwarzen Haare, dem dunklen Ton der Haut und den dunkelbraunen Augen, nahm Achim an, der Mann sei möglicherweise ein Einheimischer. Wieso würde er sonst den Brigantenanführer kennen? Der junge Carabiniere fasste nach: «Sind Sie ein Nachfahre des Briganten Carmine Crocco?»

«Nicht, dass ich wüsste. Meine Adresse lautet Via Armando Diaz 10, Guardia Perticara.»

«Wieso Guardia Perticara, die Familie Crocco ist doch aus Rionero?» Der Carabiniere blickte erstaunt drein. Von seiner strammen Haltung war nichts mehr übriggeblieben. Jetzt war er plötzlich ein netter junger Mann, der sich für sein Gegenüber interessierte.

Achim wusste nicht recht, was er antworten sollte. Wieso sollte er in Rionero del Vulture wohnen? Nur weil ein berühmter Namensvetter vor über hundert Jahren dort gelebt hatte? Er versuchte gar nicht erst zu erklären, wieso er nicht dort wohnte. «Ich habe viele der ‹borghi più belli d’Italia› besucht und Guardia Perticara hat mir besonders gefallen», erklärte er schulterzuckend.

«Schön ist Guardia Perticara in der Tat. Etwas abgelegen, aber schön», bestätigte der junge Carabiniere mit einem Kopfnicken.

Nachdem er noch seine Handynummer hinterlassen hatte, durfte Achim gehen. Mit langen Schritten verließ er die Kirche so schnell er nur konnte. Die Türe ließ auch er zuknallen, zuckte wegen des Knalls zusammen und murmelte eine Entschuldigung. Unter dem Portal zog er die Schutzmaske ab und musste tief durchatmen. Er war völlig durcheinander. So hatte er sich das nicht vorgestellt, als er pflichtbewusst angerufen hatte. Er lief weiter zum Parkplatz. Die Carabinieri hatten ihren Alfa Romeo 159 hinter seiner roten Giulia Veloce im Schatten der Bäume entlang der Straße geparkt. Der eigentliche Parkplatz bot keine Beschattung, ein Auto auf dem Parkplatz wäre rasch zum

Backofen geworden. Als er die Autotür öffnete, stutze Achim und blickte sich um. Wenn nur sein Auto und das der Carabinieri hier standen, wie war die Frau hierhergekommen? Abgesehen von der Kirche stand hier oben nur ein Gebäude, ein gelbverputztes Haus mit großen Fenstern direkt neben der Kirche. Wohnte die Frau etwa dort? Für eine Sakristanin war sie zu alt.

Er zog es vor, möglichst schnell Distanz zwischen sich und den Carabinieri zu schaffen, stieg in sein Auto und fuhr geradeaus los. Zwei Straßen führten vom Hügel der Basilika hinunter und Achim nahm die Richtung Policoro, weil er in der Aufregung nicht daran dachte, dass er mit einem Wagenwenden über die Straße wegfahren konnte, die er bei der Hinfahrt benutzt hatte. Zwischen dem Weiler und der Basilika standen keine Häuser, schattenspendende Bäume gab es nur um die Kirche herum. Der größte Teil der Straße zum Weiler lag in der Sonne, zudem betrug der Höhenunterschied etwa hundert Meter. Wer steigt bei dieser Hitze vom Weiler aus zu Fuß zur Basilika hinauf? Im Weiler Anglona bog er Richtung Tursi ab.

In Guardia Perticara fand er einen Parkplatz in der Via San Lorenzo ganz in der Nähe zur Treppe, die zwischen zwei Häusern zur Via Armando Diaz führte. Nach dem großen Erdbeben von 1980 war jemand auf die grandiose Idee gekommen, Altes nicht durch Neues zu ersetzen, sondern das Alte hervorzuheben und in Wert zu setzen. Nur wenige Häuser im alten Dorfkern waren außen verputzt, die anderen offenbarten die Steine, aus denen die Häuser gebaut waren. Guardia Perticara wurde deshalb auch ‹il paese della pietra› genannt, das Dorf des Steines. Die Häuser waren ineinander verschachtelt und schützten sich so im Winter gegenseitig vor der Kälte und im Sommer vor der Hitze. Achims Haus war angenehm kühl, als er die Eingangstüre öffnete und direkt ins Esszimmer trat.

Er stellte die Fotoausrüstung auf den Tisch und lief weiter zur

Küche. Achim hatte bei der Renovierung des Hauses die Wand zwischen dem Esszimmer und der Küche entfernen lassen. Weil die Mauer aus statischen Gründen nicht vollständig entfernt werden konnte, bildeten Mauerreste einen Bogen, der dem Raum einen rustikalen Charme verlieh. Ein Fenster zum Tal und eins zur Straße hin ließen recht wenig Tageslicht ins Erdgeschoss eindringen, weshalb Achim alle Wände weiß streichen ließ.

Der Nachmittag war angebrochen und Achim hatte keine Lust, noch etwas zu unternehmen. Die Salsiccia aus dem Proviant schnitt er in runde Scheiben und legte sie zusammen mit den zwei Panini auf den Tisch, die er ebenfalls als Proviant vorgesehen hatte. Die Oliven und die getrockneten Tomaten räumte er wieder in den Kühlschrank.

Er bereitete sich einen Teller Insalata Caprese zu, Mozzarella und Tomaten hatte er am Vortag gekauft. Er liebte das Gericht mit frisch gemahlenem Pfeffer. Er tropfte ein wenig vom Olivenöl der letztjährigen Ernte seiner Familie über die Tomaten und den Käse, zupfte ein paar Blätter des Basilikums in einem Topf, die sofort einen starken Geruch verströmten, und legte sie darüber. Nach einigem Hin und Her entschied er sich für ein Glas Falanghina von Terredora Di Paolo. Etwas Alkohol konnte er wirklich vertragen.

Da es draußen auf der Terrasse viel zu warm war, entschloss er sich, im Esszimmer zu essen. Achim setzte sich wie immer ans Tischende zur Küche hin, mehr aus Bequemlichkeit, um den Weg zur Küche kurz zu halten, als aus dem Bedürfnis heraus, Eintretende zu sehen, ohne sich umdrehen zu müssen. In Gedanken versunken aß er, ohne das Essen zu beachten, und betrachtete das Bild, das ihm gegenüber an der Wand hing. Mit dem Bild hatte er die Lücke zwischen der Eingangstüre und dem vergitterten Fenster zur Straße hin gefüllt. Wie überall im Haus war es eine Fotografie, die Achim selbst gemacht, selbst entwickelt, vergrößert und eingerahmt hatte. Sie zeigte ein eingefallenes Bauernhaus außerhalb von Campomaggiore, dem Geburtsort seines Vaters. Achim hatte das Foto bewusst schwarzweiß entwickelt, obwohl es nur drei Jahre alt war. Es symbolisierte für ihn eine Vergangenheit, die nicht wiederhergestellt werden konnte. Nach dem ersten Glas Weißwein trank Achim Wasser ohne Kohlensäure.

Es dauerte eine Weile, bis er merkte, dass er alles gegessen hatte. Achim räumte das Geschirr in den Geschirrspüler und holte seine kleine Bialetti-Espressokanne hervor. Er leistete sich zwei verschiedene Kaffeesorten, Illy Espresso einerseits und Lavazza Suerte anderseits. Er entschied sich für den starken Lavazza. Als er wieder Platz nahm und das Bild erneut betrachtete, merkte er, dass er nicht mehr wusste, worüber er beim Essen nachgedacht hatte. Er schüttelte verwundert den Kopf.

Hier in der Basilikata hatte Achim keine Klimaanlage, im Gegensatz zu seiner Wohnung in Coverciano, dem Außenbezirk von Florenz. Dank der Bauweise des Hauses konnte er sein Mittagessen drinnen bei angenehmen Temperaturen einnehmen. Die Terrasse hatte zwar eine schattige Ecke dank einer Pergola, aber auch in deren Schatten war es viel zu heiß, um sich dort am frühen Nachmittag aufzuhalten. Achim liebte diese Terrasse, deren einziger Nachteil die Distanz zur Küche war. Vergaß er etwas in der Küche, musste er einige Treppen laufen.

Weil er sein eigentliches Tagesziel, diese Basilika zu besuchen, nicht erreicht hatte, eine ehemalige Kathedrale, eine Bischofskirche, die einsam auf einem Hügel stand, beschloss er, am nächsten Tag wieder hinzufahren. Achim hasste es, wenn er bei der Umsetzung seiner Pläne behindert wurde. Da seine Familie wegen der Pandemie in den USA blockiert war, wollte er die Zeit nutzen und diese Region entdecken, die ihm sein Vater nie gezeigt hatte.

# NICOLÒ UND MARIO

Achim reiste nach dem Tod seines Vaters erstmals in die Basilikata. Sein Vater wanderte Ende der 50er Jahre nach Deutschland aus, heiratete eine Deutsche und ging nie mehr in die Basilikata zurück. Da Achims italienische Großeltern nur wenige Jahre später nach Norditalien zogen, war er mit seinen Eltern zwar häufig nach Italien gereist, aber nie bis ganz in den Süden. In der Basilikata gebe es nichts zu sehen, das sei eine Gegend ohne Zukunft, hatte sein Vater immer behauptet. Zu seinem Erstaunen hatte Achim ein Haus und Land in Campomaggiore geerbt. Als er im Sommer nach dem Tod seines Vaters zusammen mit seiner Familie in den Süden fuhr, entdeckte er etwas ganz anderes als die Basilikata, die sein Vater beschrieben hatte.

Diese Erfahrung hatte ihn massiv verwirrt. Nur die langen Gespräche mit seiner Frau Vivian hatten ihm geholfen, zu verstehen, was die Verwirrung auslöste. Ohne ihre sachliche, methodische Art, Probleme zu lösen, hätte er nie akzeptiert, dass er die Basilikata mit ganz anderen Augen als sein Vater anschaute. Für seinen Vater war die Perspektivlosigkeit maßgebend, die nicht nur ihn, sondern auch seine Eltern zur Auswanderung gezwungen hatte. Als Historiker sah Achim den historischen Reichtum der Region. Vivian hatte seine ablehnende Haltung seinem toten Vater gegenüber mit einem einzigen Satz gebrochen: Steine ernähren nicht, Achim, außer man ist Historiker!

Sein Interesse für die Vergangenheit weckte in ihm einen Drang, Zugang zur Heimat seiner Vorfahren zu finden. Sein Freund Nicolò half ihm dabei. Vor rund zwanzig Jahren hatte ihm jemand Nicolò mit der Begründung vorgestellt, Nicolò sei Lukaner wie er. Damals war Nicolò noch berufstätig, hatte seine Existenz in der Toskana aufgebaut, aber sein Herz war immer in der Heimat geblieben. Obwohl beide inzwischen achtzigjährig waren, kamen seine Frau und er jeden Sommer zurück ins Dorf. Von ihm wusste Achim, dass Guardia Perticara zu den schönsten Dörfern Italiens gehört, und hatte ihm versprochen, einmal zu kommen. Dieses Versprechen löste Achim bei seiner ersten Reise in die Basilikata ein.

Achim versuchte sich mit einer Siesta zu entspannen. Er hatte diese süditalienische Angewohnheit übernommen, die heißen Stunden mit Entspannung und Schlaf zu überbrücken, seit er den Sommer in der Basilikata verbrachte. Er wälzte sich in seinem Bett, fand keinen Schlaf, stand auf, ging zur Toilette, kam zurück, legte sich wieder hin und fand immer noch keine Ruhe. Er wechselte in das Wohnzimmer, das gleichzeitig sein Arbeitszimmer war, und setzte sich auf das Sofa. Er wollte sich mit jemandem austauschen, aber hier im Dorf machten alle Siesta und seine Frau in Baltimore war noch bei der Arbeit. Der Gedanke an die allabendliche Videokonferenz mit seiner Frau beruhigte ihn etwas. Er nahm ein Buch zur Geschichte der Basilikata, begann zu lesen und schlief ein.

Am frühen Abend erzählte er Nicolò und Mario, was passiert war. Sie saßen auf den Plastikstühlen neben dem Denkmal für die Gefallenen auf dem Platz, der offiziell Piazza Vittorio Veneto hieß, aber von allen ‹al ponte› genannt wurde. Achim hatte nie danach gefragt, war aber überzeugt, dass hier früher eine Brücke über einen Graben in den ältesten Teil des Dorfes führte.

Achim saß mit dem Rücken zum Denkmal. Einerseits weil er Denkmäler für Gefallene auf einem Dorfplatz als etwas Grässliches empfand. Anderseits auch, weil es ihn nervte, dass es auf einem Aufbau aus roten Ziegelsteinen stand. Die Terrasse war quadratisch, eine geometrische Figur, die im Dorf sonst kaum vorkam, und von einer Mauer aus denselben roten Ziegeln umsäumt, die dem Denkmal als Sockel dienten. Wer auch immer auf die Idee gekommen war, nicht die gleichen Steine wie sonst im Dorf zu verwenden – Achim hätte ihn am liebsten erwürgt. Die Aussicht von der Terrasse aus war allerdings sehr schön und nachts konnte man oft die Stichflamme des großen Erdölfelds Tempa Rossa hinter dem ersten Hügelzug Richtung Norden sehen.

Das Erdöl war eine Quelle vieler Spannungen in der kleinen Dorfgemeinschaft. Während für die Befürworter die Hoffnung auf Arbeitsplätze entscheidend war, sahen die Gegner vor allem die Gefahren. Achim hatte überrascht feststellen müssen, dass damit nicht nur die Gefahren für die Umwelt gemeint waren. Viele fürchteten, dass das Geld mafiöse Organisationen anlocken könnte. Bisher war diese Gegend vom organisierten Verbrechen verschont gewesen, weil sie zu arm und damit unattraktiv für die Mafia war. Die Spannungen wegen des Erdöls waren harmlos im Vergleich zu einem anderen Thema, welches wirklich spaltete: die Sondermülldeponie für den Abfall aus der Erdölförderung. Sie stand nur wenige hundert Meter vom Dorf entfernt und der Betreiber wollte sie mit der Unterstützung der regionalen Regierung zur größten Sondermülldeponie Europas ausbauen. Die Meinungen waren gemacht, die Lager unversöhnlich. Achim hatte nur Kopfschütteln ausgelöst, als er gesagt hatte, das Problem sei doch nur, dass die Deponie viel zu nahe am Dorf sei, man solle sie doch weiter weg bauen. Niemand mehr wollte mit ihm über die Deponie reden und alle sprachen nur noch in Dialekt darüber, damit er nichts verstand. Erst als er der Bürgerbewegung Salva Guardia beitrat, die die Deponie bekämpfte, löste sich die Ablehnung auf. Für die Befürworter war er zwar ein Gegner, aber immerhin einer mit der sympathischen Haltung, nicht komplett gegen die Deponie zu sein. Für die Gegner war seine Haltung zwar das Hirngespinst eines deutschen Utopisten, aber seine finanzielle Unterstützung hatte manche zum Schweigen gebracht.

Wie überall in Süditalien diente die Piazza als Treffpunkt. Männer, jung und alt, standen herum, diskutierten, liefen weiter oder setzten sich auf die vielen Sitzgelegenheiten, holten ihre Getränke in der Bar. Frauen waren wenige zu sehen, die meisten bereiteten um diese Zeit das Abendessen vor. Mehrere Jungen spielten Fußball auf dem kleinen Platz unterhalb der Terrasse, ein halbes Dutzend Männer schaute ihnen von oben zu und kommentierte das Geschehen, die Ellbogen auf die Balustrade aus Stein gestützt.

Mit Nicolò und Mario traf er sich im Sommer praktisch jeden Abend vor dem Abendessen auf der Piazza. Manchmal auch danach, wenn auch alle Frauen und Kinder kamen. Als er sein Versprechen einlöste und nach Guardia Perticara kam, entdeckte Achim einen ganz anderen Nicolò. Der distinguierte Herr im Anzug, der in Florenz lupenreines Italienisch ohne jeglichen toskanischen Einschlag sprach, war hier ein entspannter Mann, zwar weiterhin elegant gekleidet, glattrasiert und Lederschuhe tragend, die er selbst hergestellt hatte, aber Dialekt sprechend. Die weißen, nach hinten gekämmten Haare gaben Nicolò zusammen mit den dunklen Augen, die tief in den Augenhöhlen lagen, einen strengen Gesichtsausdruck. Obwohl nur knapp einen Meter sechzig groß, hatte der alte Mann eine unglaubliche Ausstrahlung.

«Die Tote hat wohl kurz zuvor geweint», sagte Achim mit einer Flasche birra moretti in der Hand.

«Wie kommst du darauf?» Nicolò senkte die Lemonsoda wieder, die er gerade an die Lippen gesetzt hatte.

«Auf dem Gesicht der Frau war ein feiner heller Staub, wie Sand, und die Tränen haben dort Spuren hinterlassen.»

Mario nickte und überraschte Achim mit seiner Schlussfolgerung: «Deshalb hast du kein weiteres Auto gesehen. Die
Frau ist zu Fuß gekommen.» Er hielt Achim seine Bierflasche
hin, damit sie anstoßen konnten.

«Woher willst du sowas wissen?», fragte Achim skeptisch.
Mario nahm einen Schluck. «Mein Gesicht ist auch dreckig,
wenn ich von den Tieren zurück ins Dorf laufe und nicht mit
dem Auto fahre. Dieser Staub ist feine Erde, die sich mit etwas
Wasser problemlos entfernen lässt.» Mario zuckte mit den Schultern. «Die Frau wohnte wahrscheinlich in der Nähe.»

Achim vertraute Mario. So naturverbunden wie dieser war,
musste seine Interpretation stimmen. Dialekt war Marios Haupt-
sprache, Italienisch sprach er nur ungern. Mario hatte das Dorf
nie verlassen und den Bauernhof des Vaters, Nicolòs Bruder,
übernommen, als dieser starb. Das Leben mit seinen Kühen,
Schafen, Ziegen und Hunden bedeutete ihm alles. Im Gegensatz
zum dünnen und drahtigen Nicolò war Mario muskulös, hatte
ein rundliches Gesicht und gekrauste schwarze Haare, die leicht
ergraut und schwierig zu kämmen waren. Größer als Nicolò war
er aber nicht wirklich und mit seiner unordentlichen Kleidung,
unförmigen Jeans, den Turnschuhen und einem T-Shirt mit Auf-
druck hatte er auch einen anderen Look als sein Onkel.

Von Nicolò und Mario hatte Achim vieles über die Basilikata,
die Menschen und die Kultur gelernt. Nicolò hatte ihm vor Jahren das Buch von Carlo Levi ‹Cristo si è fermato a Eboli› ge-
schenkt und gesagt, er solle es lesen. Ein besseres Buch, wie die
Basilikata von außen gesehen wirke, gebe es nicht.

Vor fünf Jahren hatte Achim noch keinen Bezug zu Guardia
Perticara. Diese lukanische Identität, die Nicolò so pflegte, war
ihm völlig fremd gewesen, obwohl sein Vater nur fünfzig Kilometer entfernt in Campomaggiore aufgewachsen war. Er war sich
nicht bewusst gewesen, dass er selbst Lukaner war, bis ihm Nicolò

eines Tages erklärte: Non si diventa Lucano, si nasce Lucano. Er hatte den Satz jahrelang nicht verstanden. Von seinem Vater hatte er ihn jedenfalls nie gehört.

Erst als seine Familie und er von Nicolòs Familie bei ihrem ersten Besuch in Guardia Perticara herzlich aufgenommen wurden, begann er den Satz zu verstehen. Die Menschen hier verstanden die Auswanderer und ihre Nachfahren als Teil ihrer Gemeinschaft. Nicht nur Achim war in ihren Augen ein Lukaner, sondern auch seine Tochter Jessica und sein Sohn Robin waren es. Sie waren alle als Lukaner geboren, während Vivian nicht Lukanerin werden konnte. Achim und seine Kinder waren Teil einer Gemeinschaft, die sich über ihre Wurzeln identifizierte und nicht über ihren Wohnort. Wohin das Leben die Menschen vertrieben hatte, war nicht entscheidend, zu oft hatte die Basilikata Auswanderungswellen erlebt. Dass Achim Halbdeutscher war und alle um mindestens einen Kopf überragte, war egal. Hier hatte er in viele Gesichter geschaut, die seinem Gesicht ähnlich waren, er glich seinem Vater mehr als seiner Mutter. Von ihrer Familie hatte er hingegen die Körpergröße geerbt.

«Ein Einheimischer hätte den Priester gesucht, nicht die Carabinieri! Das waren seine Worte.» Achims Erzählung war bei seiner Begegnung mit den Carabinieri angelangt.

Mario brach in lautes Gelächter aus. «Du bist halt immer noch Deutscher», sagte er schließlich und schlug ihm so stark auf die Schulter, dass Achim noch Stunden später meinte, den Schlag zu spüren.

Nicolò schaltete sich ein und hob einen mahnenden Finger: «Der Priester hätte sicher die Carabinieri angerufen. Man ruft immer die Carabinieri an, wenn es Ärger geben kann, weil man sie nicht gerufen hat. Niemand will Ärger mit den Carabinieri, die ehrlichen Menschen noch weniger als die Gauner. Es geht aber nicht um die Carabinieri, Achim, es geht um die Beziehung zu Gott. Gott hat die Frau in seinem Haus zu sich gerufen, deshalb hätte ein Einheimischer den Priester gesucht. Das ist der entscheidende Punkt!» Auch nach zwanzig Jahren sprach Nicolò seinen Vornamen Akim aus, aber Achim hatte sich längstens daran gewöhnt.

Während seine Freunde für das Abendessen nach Hause gingen, entschied sich Achim eine Pizza in einem Restaurant zu essen, das nur die Einheimischen fanden, in der ‹Piccolo Ranch› an einer kleinen Nebenstraße an der Grenze zur Nachbargemeinde Gorgolione.

Gegen 23 Uhr nahm er eine Cola Zero aus dem Kühlschrank und lief die moderne Holztreppe ins obere Stockwerk hinauf. Auf halber Höhe führte eine Türe zum Wohnzimmer und einem Schlafzimmer, die links von der Treppe über der Wohnung der Nachbarin lagen. Achims Eingangstüre war am höchsten Punkt der Straße, die danach so abschüssig war, dass bereits der Eingang seiner Nachbarin ein halbes Stockwerk tiefer lag. Die Treppe führte weiter zu zwei Schlafzimmern und dem Badezimmer oberhalb des Erdgeschosses. In diesem obersten Stockwerk ging nach links eine Steintreppe weg, die das halbe Stockwerk zur Terrasse überwand, die der Vorbesitzer in den Dachstock über dem Wohnzimmer integriert hatte. Achim setzte sich so, dass er ins Tal blicken konnte.

Nicolòs Satz ging ihm nicht aus dem Kopf. Gott hat die Frau in seinem Haus zu sich gerufen. Achim war sich nicht sicher, ob Nicolò das als Vorwurf gemeint hatte. Vielleicht war es auch eine Belehrung, ein Hinweis, wie sich Achim in solchen Situationen verhalten muss, damit er wie ein Einheimischer handelt. Achim spürte die Wut über seinen Vater wieder aufkochen, weil dieser ihn solche Werte seiner Vorfahren nicht gelehrt hatte.

# VIVIAN

«Wie siehst denn du aus? Bist du krank?», fragte Vivian erschrocken, als sie ihren Mann über Video sah. Seit Vivian 2018 zur ordentlichen Professorin an der Johns Hopkins University in Baltimore berufen worden war, sprachen sie jeden Abend um Mitternacht miteinander. Wenn möglich über Zoom, sonst kurz telefonisch. Wegen der Zeitverschiebung war seine Frau noch an der Universität und trug noch ihre ‹Berufskleidung›, wie sie es nannte. Unter dem weißen Laborkittel schauten ein hellgelbes T-Shirt und eine schlichte Goldkette hervor. Weil sie den Laborkittel noch trug, ging Achim davon aus, dass seine Frau bis zur letzten Minute im Labor gearbeitet hatte, dann zum Arbeitszimmer zurückgeeilt war, das ihr als Professorin zustand, und sich auf den schweren schwarzen Ledersessel hinter dem Schreibtisch gesetzt hatte, ohne den Kittel auszuziehen.

Achim saß im Wohnzimmer auf dem weißen Sofa und hatte seinen Laptop an den Fernseher angeschlossen. Der große Flachbildschirm hing direkt an der Wand, die Achim bei der Renovierung von Verputz und Farbe hatte befreien lassen und die wie eine Außenwand aussah.

So froh ihr Gesicht zu sehen, war Achim wohl schon lange nicht mehr gewesen. «Nein, nein. Ich bin nicht krank!» Achim erschrak über seine Blässe, als er sich selbst auf dem Bildschirm sah. «Ich habe heute eine Tote gefunden», sagte er matt.

«Wie eine Tote gefunden? Im Dorf? Kenne ich sie?», fragte seine Frau mit geweiteten Augen. Sie vergaß, den Mund zu schließen.

«Nein, nicht im Dorf. Gestern habe ich doch von der Basilika erzählt, die ich besuchen wollte. Ich war heute dort und da saß sie. Sie ist einfach auf der Kirchenbank gestorben. Saß einfach aufrecht da.» Achims Stimme brach weg und er schwieg wieder.

Die Unruhe, die ihn am Nachmittag herumgetrieben hatte, kam wieder auf. Seine Frau ließ ihm keine Zeit, sich zu beruhigen. «Schrecklich! Jung? Alt? Erzähl doch etwas!» Ihr leichter amerikanischer Akzent hatte sich wieder verstärkt, seit sie von Heidelberg zurück in ihre Geburtsstadt gezogen war.

«Na ja, so viel gibt es eigentlich nicht zu erzählen», meinte Achim. «Gestern habe ich doch gesagt, dass ich heute nach Anglona fahren will, um mir diese Kirche anzuschauen. Die Kirche ist so, wie man sie mir beschrieben hatte. Da steht eine Kirche in the middle of nowhere, wie ihr Amerikaner sagt. Eigentlich gab es dort schon eine Ortschaft, als die alten Griechen in Süditalien ankamen, aber es ist wirklich nur noch eine Kirche da. Abgesehen von einem Nebengebäude, das zur Kirche gehört und viel jünger ist. Eine wunderschöne Kirche, alt, sehr alt, mit alten Fresken. Diese Kirche hat etwas Ursprüngliches. Sie hat mir sehr gut gefallen. Nur saß da auf einer Sitzbank eine tote Frau. Sie muss beim Beten dort gestorben sein. Ich habe keine Ahnung, wer sie war. Ein Gesicht wie so viele Gesichter in der Gegend. Voller Falten, die Augen in tiefen Augenhöhlen, die grauen oder weißen Haare kurz geschnitten und nach hinten gekämmt. Du hast hier auch viele solche Frauengesichter gesehen, diese groben und gleichzeitig gleichmäßigen Gesichter alter Frauen. Ein Gesicht wie das meiner Großmutter, vom harten Leben gezeichnet und doch irgendwie harmonisch.»

«Das ist mir bei unserer ersten Reise in die Basilikata aufgefallen, wie viele alte Frauen deiner Großmutter geglichen haben.» Vivian schien jedes kleinste Zeichen in seinem Gesicht lesen zu wollen, so konzentriert und irgendwie eindringlich schaute sie ihren Mann an. «Also nicht wirklich geglichen, aber so ähnlich. Du hast doch einmal einen Roman einer Autorin aus Matera gelesen. Da waren ein junges Mädchen und eine alte Frau auf dem Cover. Die alte Frau glich deiner Großmutter, obwohl sie kaum miteinander verwandt sein konnten. Diese Ähnlichkeit meine ich.»

«Mille anni che sto qui, von Mariolina Venezia.» Achims Stimme hatte wieder an Kraft gewonnen, er sprach wieder deutlich. «Ich habe kürzlich zufälligerweise die deutsche Übersetzung auf Amazon gesehen, da wurde genau das gleiche Bild verwendet. Genau so sah die Tote aus, wie die alte Frau auf dem Cover!»

«Und dann? Was hast du gemacht?», fragte Vivian und lehnte sich zurück, deutlich ruhiger als noch wenige Augenblicke zuvor.

«Die Carabinieri angerufen wie ein guter Deutscher», sagte Achim und schmunzelte. «Sowohl der ältere Carabiniere als auch Mario und Nicolò haben mir erklärt, ein Einheimischer hätte den Priester gerufen.»

«Bei deiner Liebe für Priester kann ich nachvollziehen, wieso du den nicht gesucht hast», sagte Vivian und rückte lächelnd wieder näher an die Kamera. Er betrachtete die halblangen blonden Haare, die sie gerne offen trug, die freundlichen blauen Augen, die schmale Nase mit dem breiten Ende und das breite Kinn. Bevor sie zur Professorin in Baltimore berufen wurde, trug sie ihr Haar länger, zu einem Pferdeschwanz zusammengebunden. Seither war sie klassischer unterwegs, das sei sie ihrem Status schuldig, so ihre Erklärung. Immerhin war ihre Frisur dadurch asymmetrisch geworden, die linke Hälfte der Stirn war durch eine Haarsträhne verdeckt, während die rechte Hälfte der Stirn freigelegt war. Achim fand, ihre Zahnlücke käme durch die neue Frisur besser zur Geltung und so wirkte sie viel freundlicher als die anderen Professoren, die ohnehin meistens ältere Herren waren.

«Danke!», atmete Achim auf. Die Frage, ob er falsch gehandelt hatte, und die Wut über seinen Vater, der ihm nie gesagt hatte, was in Süditalien richtig oder falsch war, hatten ihn verunsichert. Wie so oft rückte seine Frau mit einem Satz alles an den richtigen Ort. Achim war nun mal Atheist und hatte den Priester nicht gesucht, weil Priester in seinen Überlegungen allgemein keine Rolle spielten. Es ging hier nicht um richtig oder falsch.

«Das Verhalten der zwei Carabinieri war noch unangenehmer als eine Tote zu finden. Ich kam mir wie ein Verdächtigter vor! Der Vorwurf, ich hätte den Priester holen sollen, hat mich völlig verunsichert. Ich war so durcheinander, dass ich zuerst meine Siesta nicht halten konnte. Ich bin dann beim Lesen eingeschlafen.»

Achim tat es gut, seiner Frau alles zu erzählen. Er hatte seine Stelle an der Universität Heidelberg nicht aufgegeben, als sie nach Baltimore berufen wurde. Im Alter von achtundfünfzig Jahren rechnete er sich damals keine Chance aus, dort eine passende Stelle zu finden. Beide Kinder waren mit ihr in die USA gezogen. Der Jüngere, Robin, hatte gerade das Abitur gemacht und wollte Medizininformatik studieren. Jessica hatte ihren Bachelor in Heidelberg abgeschlossen und dann zu einer anderen Universität in Baltimore gewechselt, um Umweltwissenschaften zu studieren.

Seither lebte Achim meistens allein in Europa. Der Plan war gewesen, dass Vivian und die Kinder jedes Jahr in den Sommerferien zurückkommen würden und er für die Feiertage am Jahresende nach Baltimore gehen würde. 2019 hatte das noch funktioniert, sie hatten unter anderem drei wunderbare Wochen in Guardia Perticara verbracht. Die Feiertage am Jahresende genoss er noch in Baltimore, dann war die Pandemie dazwischengekommen. Seither hatten sie sich nicht mehr getroffen.

«Es tut mir so leid, dass ich nicht bei dir sein kann», meinte Vivian. «Kommst du zurecht? Wie können wir dir helfen?»

Achim schaute auf den Boden. «Hoffentlich fängt sie nicht

wieder an, mich dafür zu kritisieren, dass ich nicht gerne über meine Gefühle rede», dachte er sich. Er fand, er habe schon genügend Emotionen ausgedrückt. Das musste genügen, mehr ertrug er nicht. Er wusste aber auch, dass er nicht schweigen durfte, sonst würde Vivian das Thema doch ansprechen. «Ich habe ehrlich gesagt die Schnauze voll, von euch getrennt zu sein», antwortete er, die Augen wieder auf die Kamera gerichtet. «Ich weiß, wir können alle nichts dafür, wir hatten es so nicht geplant, aber heute, ja heute wäre ich gerne nicht allein.»

«Willst du nicht auf den Platz gehen und dich unter die Leute mischen? Da läuft doch sicher etwas, oder nicht?» Vivians Besorgnis nahm wieder zu. Achim sah ihr genau an, dass sie ihn durchschaute. Er war froh, dass sie nichts dazu sagte, sondern das Thema wechselte.

«Dieses Jahr läuft schon mehr als letztes Jahr», sagte Achim und nickte, nachdem er einen Schluck Wasser getrunken hatte. «In ein paar Tagen wird es an drei Abenden auf dem Platz klassische Konzerte geben. Die Leute sind ganz aufgeregt, weil es das hier noch nie gab. Viele freuen sich, andere meckern, weil es nur dank der finanziellen Hilfe von Total möglich ist. Ich habe vor dem Abendessen mit Nicolò und Mario gesprochen, aber jetzt habe ich keine Lust mehr rauszugehen. Könntest du Robin sagen, dass ich es nicht schaffe, die Kamera an den Fernseher anzuschließen? Ich sehe dich über den Fernseher, aber filme mich mit der Laptopkamera. Robin sagt, es müsste alles über den Fernseher und diese Kamera gehen.» Nach einer kurzen Pause fügte er hinzu: «Erzähl mir ein wenig von deinem Tag, das wird mich ablenken.»

Vivian spielte mit der Haarsträhne über ihrer Stirn und zog die obere Lippe so nach oben, dass ihre Zahnlücke besonders gut zu sehen war. Ein untrügliches Zeichen, dass sie genervt war. Achim mochte es, wenn sie dies tat. «Ich bin in ein Forschungsprojekt involviert und soll aufgrund der Genomik erklären, wieso die Menschen unterschiedlich an COVID-19 erkranken. Ich habe heute an einer Sitzung mit Virologen teilgenommen und habe so gut wie nichts verstanden. Das nervt mich gewaltig. Einerseits weil ich als Molekularbiologin doch etwas verstehen müsste, anderseits weil die sich auch nicht Mühe geben, so zu reden, dass andere sie auch verstehen.»

«Ich verstehe kein Wort, wie immer», erwiderte Achim erheitert. «Immerhin muss ich mich nicht vor Erklärungen fürchten, wenn du es auch nicht verstanden hast.» Seine Frau lachte kurz. Während Achim ihr in den Ferien in der Toskana zeigen konnte, worum es sich bei seiner Forschung handelte, war ihr Forschungsgebiet nicht mit den Händen fassbar. Obwohl sie schon dreißig Jahre zusammen waren, verstand Achim immer noch herzlich wenig von ihrer Arbeit.

«Was hast du morgen vor?», wollte Vivian wissen. Als Achim antwortete, er wolle nochmals nach Anglona fahren, runzelte sie die Stirn. Achim sah ihr an, was sie dachte, denn sie hatte ihm schon oft gesagt, dass diese Hartnäckigkeit, dieser Wille, eine angefangene Arbeit zu beenden, manchmal nervig sein konnte. Wenn er nicht mehr weiterwusste, ließ sich Achim treiben, das war schon so, als sie sich kennenlernten. Trieb er zu lange ziellos umher, wurde er auch als Ehemann und Vater unerträglich. «Ich habe nicht alles gesehen, Vivian!», meinte Achim entschuldigend. «Diese Kirche ist es wert, sie vollständig anzuschauen. Vielleicht fahren wir einmal gemeinsam dorthin.»

Vivian drückte einen Kuss auf die Kameralinse.

# DAS FOTO

Am nächsten Vormittag bemerkte Achim auf der Fahrt nach Anglona, dass er sich nicht erinnern konnte, über welche Straße er nach Hause gefahren war. Dieses Mal verließ er wieder die SS 598, die strada statale di Fondo Valle d'Agri, in Caprarico Vallo. Marios Tochter hatte ihm erklärt, das sei genauso schnell, aber kürzer als fast bis nach Montalbano Jonico zu fahren, um dort über die SP 154 nach Tursi zu gelangen. Achim nahm an, dass er am Vortag über diese SP 154 zurückgefahren war. Seine Gedanken waren wohl nicht so beim Verkehr gewesen, aber das war nicht weiter schlimm, denn um die Mittagszeit gab es eh nicht viel Verkehr auf diesen Straßen. Wie tags zuvor folgte er dem Schild, das für Tursi eine Distanz von zwölf Kilometern angab. Am Dorfausgang fiel ihm auf der linken Seite ein braunes Schild auf, das die Basilika Maria SS D'Anglona ankündigte und welches er am Vortag übersehen hatte. Achim fragte sich, ob das für verirrte Touristen war. Absichtlich würde kein Tourist über diese kleine Nebenstraße zur Basilika fahren. Ohne sich um das Geschwindigkeitslimit zu kümmern, fuhr Achim auf der geraden Straße so schnell er konnte. «Kein Wunder, ist der Weg doch genauso schnell», dachte er sich. Er fuhr an Caprarico Sotto vorbei, ohne den Weiler wirklich zu bemerken. Hier konnte man in der Mitte der Straße fahren und die kaputten Straßenränder meiden, denn es gab weder Gegenverkehr, Tiere noch Menschen auf der Straße. Während er den Lago di Gannano entlangfuhr, fiel ihm der sehr tiefe Wasserstand auf. Der See war nicht viel breiter als der Agri, den er stauen sollte. So tief hat er den Wasserstand bisher nur im November gesehen. Am Ende des Stausees führte eine Straße über die Staumauer zur SS 598, die gemäß Straßenschild nur zwei Kilometer entfernt war.

Achim blieb an der Kreuzung stehen und fragte sich, ob dieser Weg nicht noch schneller war, nahm sich vor, das einmal auszuprobieren, und fuhr bis zu einer riesigen, völlig überdimensionierten Kreuzung mehrere Kilometer vor dem Ortseingang von Tursi. Anglona erreichte man über die alte Straße von Tursi nach Policoro. Die holprige Straße führte über zahlreiche Kurven durch die Calanchi und stieg vor dem Weiler Anglona an. Achim bog in die Straße ein, die er am Vortag verfehlt hatte, weil er in der Aufregung Richtung Policoro losgefahren war.

Der Parkplatz in Anglona war leer, wie am Vortag. Achim parkte sein Auto wieder im Schatten der Bäume und beschloss, seine Besichtigung von vorne anzufangen. Seine Fotoausrüstung nahm er mit, um die Bilder nachzuholen, die er am Vortag verpasst hatte. Zuerst lief er Richtung Tursi, entfernte sich dabei von der Kirche und ging bis zum Punkt, wo vor dem Stadtbrand von 1369 die Burg von Anglona gestanden hatte. Auch heute blies ein trockener Westwind, wenn auch weniger stark als am Vortag. Das Gras war trocken und gelb, die sandige Erde wurde vom Wind aufgewirbelt. Achims lange hellbraune Hose schützte ihn vor Dornen. Damit der Sand nicht in seine Turnschuhe eindringen konnte, trug er schwarze Socken, die mehrere Zentimeter über dem Knöchel endeten. Es roch nach Hitze. Den starken Kräutergeruch, der ihm am Vortag bei der Kirche aufgefallen war, nahm er hier nicht wahr.

Achim orientierte sich zuerst, indem er in die Weite blickte. Wo früher die Burg von Anglona gestanden hatte, hatte er auch an diesem Tag eine großartige Aussicht auf die Basilikata. Zehn Kilometer Richtung Westen war Tursi gut zu sehen, untypischerweise in einem Tal gebaut. Das älteste Viertel allerdings, die Rabatana, lag auf einer Anhöhe, so wie Ortschaften traditionellerweise gebaut wurden. Die Ortschaft war talwärts gewachsen, die neue Kathedrale stand auf halber Höhe und der Lebensmittelpunkt des heutigen Lebens war praktisch am Bach unten. Dieser Bach bahnte sich einen Weg zwischen den Hügeln, um den Sinni zu erreichen, den Fluss, den die alten Griechen noch Siris nannten und der fast kein Wasser mehr führte, weil er talaufwärts durch den größten Stausee Italiens aufgehalten wurde. Hinter Tursi stieg die Landschaft wieder zu Hügeln hinauf, dahinter war der südliche Apennin gut zu erkennen.

Diesen Teil hatte er am Vortag bereits fotografiert, also lief er zur Ostseite des Hügels. Die Calanchi, diese typischen grauen Badlands, lagen zu Achims Füßen, während er in der Ferne Richtung Norden die Silhouette der Dolimiti Lucani sehen konnte und rechts davor den Umriss der Geisterstadt Craco. Wie am Vortag versuchte er Guardia Perticara zu orten und konnte nur abschätzen, wo die Ortschaft war. Unterhalb von ihm lag das Val d'Agri, das er auf dem Weg hierhin durchfahren hatte.

Achim wandte sich der Kirche zu, lief über die Straße zurück zum Weg, der vor den Ruinen der kleinen Gästezimmer entlangführte, die früher von vorbeireisenden Pilgern genutzt wurden. Achim beachtete diese Ruinen nicht, am Vortag hatte er das Erklärungsschild gelesen, das hatte ihm genügt. Rechts am Olivenhain vorbei gelangte er mit langen Schritten zum romanischen Eingangsportal der Kirche. Einen Olivenhain direkt vor einer Kirche hatte er noch nie erlebt. Dieser hier war bewusst so gesetzt, dass er das Blickfeld einnahm, wenn man die Kirche verließ. Wer war auf so eine Idee gekommen?

Achim atmete erleichtert auf, als er feststellte, dass die Kirche leer war. Beruflich konzentrierte sich sein Aufgabengebiet auf die Medicis und ihr Wirken. In Florenz gab es kaum Bilder aus dem 11. oder 12. Jahrhundert zu bewundern, denn die Medicis hatten auch Gebäude aus jener Zeit modernisieren lassen. Erst vor wenigen Wochen waren in den Uffizien bei Renovierungsarbeiten zwei Fresken aus dem 16. Jahrhundert zum Vorschein gekommen. Die Basilika in Anglona und die Basilica San Miniato al Monte in Florenz stammten beide aus derselben Zeit und doch gab es erhebliche Unterschiede, insbesondere bei der Fassade. Die Fassade von San Miniato war aus weißem Marmor aus Carrara und dunkelgrünem Serpentin aus Prato, während die schlichte Fassade von Anglona nur aus hellbraunem Tuffstein und Travertin bestand, sogar die Reliefs des Portals waren eigentlich monochrom, auch wenn sich der Stein verfärbt hatte.

Die Darstellung der Menschen war auf diesen Fresken ganz anders als die Bilder aus der Renaissance, die er gewohnt war; sie waren flach, zweidimensional, ohne Tiefengefühl. Bei einigen Darstellungen meinte er, einen orthodoxen Einfluss wahrzunehmen. Er war froh um einen kleinen Flyer, der in der Kirche auslag, und um die Informationen, die er im Internet fand. Johannes den Täufer hätte er jedenfalls nicht auf Anhieb erkannt. Die beiden sizilianischen Heiligen Santa Lucia und San Vito Martire waren ihm bisher nur vage bekannt. Er erinnerte sich, dass er einmal ein Bild Caravaggios von Santa Lucia gesehen hatte, und fand den entsprechenden Eintrag im Internet sehr schnell. Was für ein Unterschied zwischen Caravaggios Bild des Begräbnisses von Santa Lucia mit den typischen Braun- und Goldtönen und der schlichten Darstellung auf dieser Freske!

Als er sich der Stelle näherte, wo die Frau gestern gesessen hatte, war es vorbei mit der Konzentration. Achim setzte sich genau dorthin, wo sie gestern gestorben war. Als er vor sich hinmurmelte, was sie gestern gesehen haben mochte, was sie umgebracht hatte, fiel ihm etwas Weißes unter der vorderen Sitzbank auf. Er musste niederknien, um es fassen zu können. Er hielt ein altes Schwarzweißfoto in den Händen, welches vier junge Menschen vor einem Auto zeigte, eine Frau und drei Männer. Aufgrund der Kleider und des Autos schloss Achim, dass es aus den 50er Jahren stammte. Die Frau hatte das Foto vielleicht fallengelassen, als sie gestorben war, und die Carabinieri hatten es offenbar übersehen.

Achim umklammerte das Foto mit beiden Händen. Wer waren diese Leute? War dies die Frau, die gestern hier gestorben war? Wer waren die drei Männer? Zwei schienen eine gewisse Ähnlichkeit zu haben. Vielleicht waren die beiden rechts von der Frau Brüder. Beim genaueren Hinschauen fiel ihm auf, dass die Hand des dritten Mannes, desjenigen zur Linken der Frau, sie an der Taille hielt; er hatte seinen Arm zwischen sie und das Auto geschoben. Achim war sich sicher, dass das der Lebenspartner der Frau war, wahrscheinlich ihr Mann. Er dachte an ihre Tränen.

Für Achim war es unmöglich, ein solches Foto anzuschauen, ohne an eine Geschichte zu denken, die mit diesem Bild verbunden ist. Wieso musste sie weinen, als sie das Foto angeschaut hatte? Wieso ist sie dabei gestorben? Wieso ist sie hierhergekommen und hat das Foto hier in der Kirche angeschaut?

Abgesehen von den Menschen und dem Auto konnte Achim nicht viel erkennen, was ihm weitergeholfen hätte. Das Auto stand auf einer nicht geteerten Straße vor einem Feld, das ungenutzt aussah, aber vielleicht war es auch einfach eine Wiese. Dahinter war eine Ebene und so wie es ihm schien, war auf der rechten Seite in einiger Entfernung die Silhouette einer Ortschaft auf einem Hügel zu sehen. Das konnte irgendwo in der Basilikata sein. Er schüttelte den Kopf. Vielleicht war es nicht einmal in der Basilikata, auch anderswo wurden Ortschaften zuoberst auf den Hügeln gebaut.

Achim steckte das Foto ein, denn er wollte diesen Fragen nachgehen. Seltsamerweise beruhigte ihn diese Absicht und er konnte sich die Kirche in Ruhe zu Ende ansehen. Als er die Kirche wieder verließ, war es schon Nachmittag und heiß. Er setzte sich in den Schatten eines Olivenbaums und sammelte seine Gedanken. Dabei aß er getrocknete Tomaten, grüne Oliven und ein Panino. Eine der kleinen Flaschen Wasser ohne Kohlensäure leerte er in einem Zug.

Achim liebte es, sich in die Menschen hineinzuversetzen, die in solchen Orten gelebt hatten. Das war die Geschichte, die den Historiker Achim Crocco interessierte, nicht die Schlachten, die seiner Meinung nach zu viel Platz in den Geschichtsbüchern einnahmen. Die Vorstellung, dass unter ihm, nur wenige Zentimeter unter dem Boden, die Reste einer Stadt waren, die vor 650 Jahren abgebrannt war, faszinierte ihn.

Zwischen der Burg und der Kirche stand im 14. Jahrhundert eine Stadt, und bis auf die Kirche war alles bei einem Stadtbrand niedergebrannt. Kein Wunder, sahen die Menschen im Mittelalter es als Zeichen Gottes, dass die Kirche verschont wurde.

Achim liebte seine Erkundungstouren in der Basilikata, weil die Themen nicht so eng wie in Florenz vorgegeben waren. Von den alten Griechen bis zu Mussolinis Faschisten hatten viele fremde Herren ihre Spuren in der Gegend hinterlassen. Beruflich war er so lange in engen Bahnen gelaufen, dass er es erfrischend fand, wenn überall eine Überraschung aus einer unerwarteten Epoche auftauchte. Herauszufinden, welches Gebäude aus welcher Epoche stammte, fand er unglaublich spannend. Es gab hier nicht eine Geschichte, sondern viele Geschichten, die übereinandergeschichtet waren. Hier in Anglona und in Guardia Perticara lebte vor den Griechen das Volk der Enotrer. Die schönsten Fundstücke wurden im Museum von Policoro der Öffentlichkeit gezeigt. Dort lagerte der Staat auch alles, was nicht ausgestellt war.

Achim hätte gerne ein Seminar an der Universität angeboten,

welches die Studenten schulen würde, die Augen offen zu halten, sich von vorgefertigten Meinungen nicht einengen zu lassen, auch nicht von Expertenmeinungen. Die Basilikata wäre ein idealer Übungsplatz für so ein Seminar gewesen. Achim konnte sich lebhaft vorstellen, wie er mit einer Gruppe Studenten das Museum in Policoro besuchen würde, um sich über die alten Griechen zu informieren und sie vor einem Fundstück aus Guardia Perticara zu fragen, was die Enotrer in diesem Museum verloren hätten und wieso die Einheimischen sich Lukaner und nicht Enotrer nennen würden. Das wäre ein großartiges Seminar gewesen!

Nach seiner Verpflegung lief er um die Kirche herum, um auch den Teil der Besichtigung nachzuholen. Auf der Ostseite der Kirche war der Geruch, den er schon am Vortag wahrgenommen hatte, besonders stark, aber Achim wollte nicht herausfinden, welche Pflanze den ihm unbekannten Duft ausströmte.

Die Rückseite der Kirche wirkte dank der Rundung der Apsis viel freundlicher als die Fassade. Achim fotografierte sie mehrmals aus verschiedenen Blickwinkeln. Von einer bestimmten Stelle aus gelang es ihm, die Kirche von hinten so zu fotografieren, dass sie in der ganzen Länge zu sehen war, mit der Apsis vorne und dem Campanile hinten.

Hätte ihm nicht jemand von diesem Ort erzählt, so wäre er ihm verborgen geblieben. Achim hatte als Historiker gefühlt alle Kirchen der Toskana besucht, war in Deutschland ein anerkannter Spezialist der Blütezeit von Florenz, aber dass hier im Süden Italiens einmal ein Bischofssitz war, ein Ort, der im Mittelalter mit Ausnahme der Kathedrale völlig abbrannte, und die Kathedrale jahrhundertelang erhalten blieb, hatte ihm sein Vater nicht einmal dann erzählt, als Papst Johannes Paul II. der Kirche 1999 den Status einer Basilika minor gab.

# DON NATALE

Zwei Tage später kam Achim kurz vor Mittag gerade von den Einkäufen zurück und erschrak, als der ältere der beiden Carabinieri ihn auf seinem Handy anrief. Während er den Anruf annahm, schob er die Eingangstüre mit dem Fuß zu und stellte die Einkäufe auf den Esstisch. Der Carabiniere kam sofort zur Sache.

«Ich will Ihnen nur sagen, dass die alte Frau eines natürlichen Todes gestorben ist. Der Gerichtsmediziner hat das bestätigt. Für Sie ist die Geschichte damit erledigt, der Staat wird Sie in Ruhe lassen.»

Achim hätte ihm am liebsten gesagt, dass er schon erwarte, dass der Staat ehrliche Bürger nicht noch für ihre Ehrlichkeit bestrafe. Zumal der Carabiniere nicht einmal fragte, wie es ihm gehe oder ihm dankte, dass er sie gerufen hatte. Am liebsten hätte er gleich aufgelegt, aber der Carabiniere hielt schon die nächste Überraschung für ihn bereit.

«Die Beerdigung ist bald und der Priester hat mich gefragt, ob Sie ihm helfen könnten, denn die Verwandten leben alle in Deutschland und sprechen nur Deutsch. Ich habe ihm Ihre Handynummer gegeben und gesagt, dass Sie sicher helfen werden.»

Achim war so verblüfft, dass er gar nicht widersprechen konnte. «Wenn der Priester anruft, werde ich das machen, was möglich ist», antwortete er automatisch, ohne groß zu überlegen, worauf er sich da einließ.

Nachdem der Carabiniere sich dankend verabschiedet hatte,

lief Achim fluchend zwischen Küche und Esszimmer hin und her. Er rückte einen Stuhl zurecht, der etwas weit weg vom Tisch stand, blieb stehen, verwarf die Hände, drehte eine komplette Runde um den Tisch. «Wofür hält sich der eigentlich, verdammt nochmal!», schrie er auf Deutsch, ballte die rechte Faust und schlug damit in seine offene linke Hand.

Nachdem er sich ausgeschrien hatte, schaute er beschämt um sich herum. Er war froh, dass ihn scheinbar niemand gehört hatte. Achim setzte die kleine Espressokanne mit Illy Espresso auf den Gasherd und räumte die Einkäufe ein, bevor er mit dem Kaffee auf seine Terrasse ging. Es war zwar schon sehr heiß, aber der Blick auf den Val Sauro verfehlte wie immer seine Wirkung nicht und Achim entspannte sich. Jetzt im Sommer führte der Fluss praktisch kein Wasser, zumindest nicht an der Oberfläche. Achim wusste, dass der Fluss weiterhin unter dem Flussbett existierte, unter den Steinen, und meistens Wasser führte. In Jahren großer Dürre konnte aber auch dieser unterirdische Fluss versiegen. Dieses Jahr waren die Dürre und die Hitze so extrem, dass überall in Süditalien Waldbrände ausgebrochen waren. Vor knapp einem Monat hatte auch der Hang unterhalb seines Hauses gebrannt. Wer dort anhielt, konnte den Geruch des kalten Rauchs immer noch wahrnehmen.

Von seiner Terrasse aus konnte er die verkohlten Büsche und Bäume erkennen. Sonst war der Anblick wie immer im Sommer, abgeerntete Felder, die gelb wirkten, weil das Gras dürr war, Weiden ohne Tiere, die woanders Zuflucht vor der Sonne suchten, dunkelgrüne Wälder, das wasserlose Flussbett, das sich ohne menschlichen Eingriff einen Weg bahnte, das kleine Industrieviertel direkt neben der kleinen Kirche der Madonna del Sauro. Auch einzelne Fahrzeuge und Menschen konnte Achim ausmachen. Minutenlang konnte er diese Aussicht auf Veränderungen untersuchen.

Als der Priester anrief, saß Achim im Schatten der Pergola aus dunklem Holz in einem Sessel, den er auf einer Reise von Coverciano hierher gekauft und fast nicht in seine Giulia gebracht hatte. Daneben stand ein kleiner Beistelltisch, wo er ein Buch, sein Handy oder wie jetzt seinen Kaffee abstellen konnte. Ein kleiner Tisch mit zwei Stühlen stand in der Sonne, dort war es erst nach Sonnenuntergang auszuhalten.

Der Priester hieß Don Natale und sie verabredeten sich für den späteren Nachmittag bei dessen Kirche in Policoro. Dort wohnte die alte Frau also. Keine fünfzehn Kilometer bis Anglona, aber zu Fuß doch kaum zu bewältigen in ihrem Alter. Er beschloss, das Foto mitzunehmen, und realisierte erst dann, dass er dem Carabiniere nichts davon erzählt harre. Eigentlich war ihm das recht. Das Verhalten des Carabiniere nahm jede Lust, proaktiv zu sein und sich ihm gegenüber kooperativ zu zeigen.

Achim aß noch eine Kleinigkeit im Stehen, bevor er losfuhr. In Policoro stellte er sein Auto auf den großen Parkplatz in der Nähe der Parocchia Buon Pastore und sah beim Aussteigen den Priester vor der Kirche warten. Don Natale schien mindestens siebzigjährig zu sein, hatte weißes kurzes Haar, die dunkle Haut der Leute des Südens, ihre dunklen Augen und einen durchdringenden Blick, der ihm ein strenges, fast bedrohliches Aussehen verlieh. Er trug einen schwarzen Anzug, der perfekt zur hageren Figur des Priesters passte, und über dem weißen Hemd war der Römerkragen gut zu sehen. Achims helle Hose, das hellblaue Kurzarmhemd, die weißen Turnschuhe und der Größenunterschied waren ein starker Kontrast zu Don Natales Erscheinung, obwohl der Priester mit rund einem Meter fünfundsiebzig eher groß für lokale Verhältnisse war. Auf dem Weg zu Don Natales Wohnung fragte dieser mit einer sanften Stimme, ob er den Weg einfach gefunden habe, und lachte laut los, als Achim antwortete,

Kirchen seien nicht schwierig zu finden, mit einem Navigationssystem erst recht nicht.

Don Natales kleine Wohnung war in einem Nebengebäude auf dem Gelände der Kirche, welches auch offenbar so etwas wie ein Kirchengemeindehaus mit Büroräumlichkeiten, Schulungs- oder Sitzungszimmer war. Als Achim eine Maske aufsetzen wollte, winkte der Priester ab.

«Ich bin doppelt geimpft und einmal genesen. Ich nehme an, Sie haben ein gültiges Zertifikat, also können Sie es von mir aus auch lassen.»

«Bei mir ist es umgekehrt, zuerst genesen und dann zweimal geimpft. Ich verzichte gerne auf die Maske», antwortete Achim erleichtert.

In den Gängen roch es so penetrant nach Putzmittel, dass Achim die Nase rümpfte. In Don Natales Wohnzimmer hingegen verströmte eine Duftkerze einen angenehmen Orangengeruch. Don Natale bat Achim in seiner kleiner Küche Platz zu nehmen und setzte eine runde Espressokanne auf den Gasherd, nachdem er Wasser und Kaffee eingefüllt hatte. Bevor er sich zu Achim setzte, rührte er Kaffeeschaum in einer Espressotasse mit etwas Zucker und Kaffee an. Mit dem restlichen Kaffee füllte er die beiden kleinen Espressotassen aus bunt bemaltem Porzellan, verteilte den Schaum auf die beiden Tassen und stellte diese auf den kleinen Tisch, wo Achim schon saß. Achim hatte die Frauen in Guardia Perticara dabei beobachtet, wie sie diesen Schaum herstellten, er selbst hatte es noch nie versucht. Der Espresso roch hervorragend. Achim nahm einen kleinen Schluck. Der Kaffee hatte eine deutliche Note von Nüssen und Kakao. Don Natale nahm einen Schluck, setzte die Tasse langsam ab und faltete die Hände wie zum Gebet, bevor er mit ruhiger Stimme zu erzählen begann.

«Die Frau, die Sie in der Basilika gefunden haben, hieß Costanza Gentile. Sie wohnte hier ganz in der Nähe, kam regelmäßig zur Messe, ganz im Gegensatz zu ihrem Mann Gianfranco. Gianfranco hasste Priester und mich besonders. Er behauptete immer, ich hätte einen Röntgenblick und würde in die Seele der Menschen hineinschauen.»

Don Natale musste dabei lachen und sein strenges Gesicht wurde auf einen Schlag hell und freundlich. «Ich habe Gianfranco vor fünf Jahren trotzdem beerdigt, weil das Costanzas Wunsch war. Ihr war das wichtig, denn sie wollte neben ihm beerdigt werden. Ihm war eine Beerdigung egal, er fand das hinausgeworfenes Geld.»

«Sind das Signora Gentile und ihr Mann?», fragte Achim, zog das Foto aus der Brusttasche seines Hemdes und legte es vor dem Priester auf den Tisch.

«Das könnte schon sein. Woher haben Sie das Foto?» Don Natale schien neugierig, nicht so distanziert wie die Carabinieri. Achim gefiel das, also beschloss er, ehrlich zu sein, und begann zu erzählen.

«Ich bin in Deutschland aufgewachsen, habe aber seit ein paar Jahren ein Haus in der Basilikata, wohne dort mehr als in Deutschland. An dem Tag wollte ich eigentlich die Basilika in Anglona besuchen, konnte aber die Besichtigung nicht zu Ende führen. Also bin ich einen Tag später noch einmal dorthin gefahren und habe das Foto unter der Sitzbank gefunden, vor der die Verstorbene am Vortag saß.»

Don Natale schlug die flache Hand auf den Küchentisch und fuhr Achim mit rauer Stimme so heftig an, dass dieser zusammenzuckte. «Sagen Sie den Namen, sagen Sie Costanza, oder meinetwegen Signora Gentile, sagen Sie nicht einfach die Verstorbene.» Achim war sprachlos, hatte den Faden seiner Erzählung verloren. Dafür nahm der Priester mit ruhiger Stimme die Erzählung wieder auf, die er angefangen hatte, bevor Achim ihn mit dem Foto unterbrochen hatte.

«Costanza ist dort oben aufgewachsen, ihre Eltern hatten ein Bauernhaus etwas unterhalb der Kirche. Sie hat immer noch ihren Gemüsegarten dort oben gepflegt, ein paar Hühner gehalten und, soviel ich weiß, brachte sie immer wieder Olivenöl vom Hof mit. Der Mann zu ihrer Linken scheint Gianfranco zu sein und das Auto sieht wie das Auto von Costanza aus. Sie und ihr Mann hatten das Auto schon, als ich Priester in Policoro geworden bin. Die beiden anderen Männer auf dem Foto könnten ihre Brüder sein, Paolo und Claudio. Sie sind beide nach Deutschland ausgewandert. Deshalb brauche ich Ihre Hilfe. Paolo und Claudio wanderten in den 50er Jahren aus, Paolo war etwas über zwanzig und Claudio erst etwa sechzehn. Costanza und Gianfranco hingegen hatten entschieden, ihre Chance in Policoro zu suchen, weil viele Arbeitsplätze dank der Investitionen und neuen Gesetze entstanden. Costanza hätte es lieber gesehen, wenn ihr kleiner Bruder bei ihr und ihrer Mutter geblieben wäre, aber Claudio liebte das Abenteuer und reiste mit seinem Bruder nach Deutschland. Was dort passiert ist, weiß ich nicht genau. Costanza hat nicht gerne darüber geredet. Jedenfalls muss Claudio in Deutschland Blödsinn gemacht haben, ist nach Südamerika ausgewandert und spurlos verschwunden. Costanza und Paolo haben nie mehr von ihm gehört. Das hat Costanza immer beschäftigt, sie hat sich immer wieder Vorwürfe gemacht, sich selbst, aber auch Paolo, weil er als älterer Bruder hätte besser auf Claudio aufpassen müssen.» Don Natale sprach ohne Luft zu holen.

«Paolo hingegen war ein harter Arbeiter, er heiratete eine Deutsche und tat alles, damit sein eigenes Kind ein gutes Leben haben würde. Er gab ihm sogar einen deutschen Vornamen, Markus. Dieser Markus hat wiederum eine Deutsche geheiratet. Sie ist die nächste noch lebende Verwandte von Costanza, denn sowohl Paolo als auch Markus sind tot. Paolos Frau lebt vielleicht noch, aber von ihr habe ich weder eine Adresse noch eine

Telefonnummer. Nur von Paolos Schwiegertochter. Allerdings spricht sie kein Wort Italienisch, war auch nie hier in der Region und ich weiß nicht, wie ich sie überzeugen kann, zur Beerdigung zu kommen.»

Achim schaute am Priester vorbei zum Küchenfester hinaus und atmete tief durch. Die Geschichte kam ihm allzu bekannt vor. Wenn diese Frau wie seine Mutter keinen Bezug zur Basilikata hatte, dann würde das ein schwieriges Unterfangen werden. Achims Vater hatte mit seiner Vergangenheit in der Basilikata abgeschlossen und zuhause kaum davon erzählt. Er war allerdings stolz, dass sein Sohn sich für Italien interessierte und Italien sogar zu seinem Beruf gemacht hatte. Florenz, Venedig, Verona, Cremona, Pisa, Siena, Lucca und noch viele Städte mehr hatten sie in seiner Kindheit bereist, die Kulturgüter besucht. Achim war überzeugt, dass sein Beruf aus diesen Reisen und den damit verbundenen Entdeckungen entstanden war. In die Basilikata waren sie jedoch nie gereist. Da gebe es nichts zu sehen, hatte sein Vater immer behauptet, das sei eine bitterarme Gegend, die keine Zukunft habe. Achims Mutter hatte deshalb nie Interesse für diese Region entwickelt. Achims Großeltern waren mit seinem Onkel nach Brescia ausgewandert und lange hatte Achim geglaubt, er habe in Italien keine anderen näheren Verwandte. Es fiel ihm schwer, den Priester zu enttäuschen.

«Ich glaube nicht, dass das gelingt», begann Achim und schwieg gleich wieder, als er Don Natales Blick sah. Das musste der Röntgenblick sein, den Costanzas Mann gefürchtet hatte. «Schauen Sie mich nicht so an, da versteht man ja gleich, wieso Gianfranco Gentile Angst vor Ihnen hatte!» sagte Achim vorwurfsvoll.

«Pierro war sein Name, nicht Gentile, Gianfranco Pierro. Costanza hieß Gentile.» Don Natale schien von der Aussage über seinen Blick unbeeindruckt. Er war sich wohl bewusst, wie er wirken konnte.

«Pierro, wie der Poet Albino Pierro?», staunte Achim.

«Ja, wie der Poet, aber ich weiß nicht, ob sie verwandt waren. Wieso kennen Sie den Poeten Albino Pierro?» Nun war es der Priester, der erstaunt war. Achim wurde klar, dass er einiges über sich selbst preisgeben musste. Also begann er, über sich und seine Eltern zu erzählen.

«Mein Vater war auch aus der Basilikata, ist wie diese beiden Brüder nach Deutschland ausgewandert, hat wie dieser Paolo», Achim tippte mit dem Zeigefinger auf dem Foto auf den älteren der Brüder, «auch eine deutsche Frau geheiratet und hat seinem Sohn auch einen deutschen Vornamen gegeben. Ich heiße nicht Gioacchino, sondern Achim, weil mein Vater überzeugt war, dass ich es dadurch im Leben besser haben würde. Achim ist die deutsche Form von Gioacchino. Wir waren sehr oft in Italien, einmal pro Jahr, aber die Basilikata habe ich erst nach dem Tod meines Vaters entdeckt. Seine Eltern und sein Bruder sind nach Brescia ausgewandert und wir haben sie jedes Jahr besucht. Bei meiner ersten Reise in die Basilikata lernte ich Verwandte kennen, von denen ich gar nicht wusste, dass es sie gibt. Ich habe ein Haus und Landanteile in einer Gegend geerbt, die laut meinem Vater keine Zukunft hat. Eine Gegend, die mein Vater endgültig hinter sich gelassen hatte, mit seiner Frau und mir nie besucht hat. Meine Mutter war noch nie in der Basilikata. Verstehen Sie nun, wieso ich denke, dass es ein schwieriges Unterfangen ist?» Achim sah dem Priester direkt in die Augen. Nach einem kurzen Schweigen nickte Don Natale.

«Durchaus, ich verstehe sehr, wieso Sie das denken, aber wenn es jemandem gelingen kann, dann Ihnen. Wer, wenn nicht Sie, versteht diese Frau, die zu der Beerdigung einer entfernten Tante kommen soll, die sie nie gesehen hat?»

«Was wissen Sie über diese Frau?» Achim musste sich eingestehen, dass der Priester Recht hatte.

«Nur den Namen, ihre Adresse und eine Telefonnummer.»

Achim verzog das Gesicht, gerade viel war das nicht. «Sie ist die Frau des einzigen Sohns von Paolo Gentile, dem Bruder von Costanza Gentile. Ihr Mann hat Costanza gekannt, sie aber nicht. Denn sie war nie in der Basilikata. Habe ich das richtig zusammengefasst?»

Don Natale nickte stumm und schaute ihn gebannt an.

Achim zückte sein Handy. «Gut, ich versuche es. Geben Sie mir die Telefonnummer?»

Don Natale schaute ihn liebevoll an und bedankte sich, erklärte, er habe die Informationen in seinem Arbeitszimmer liegen gelassen, und lief aus der Küche. Achim setzte seine Kaffeetasse an die Lippen und stellte fest, dass sie leer war. Er starrte sie an. Wie konnte er diese Frau überzeugen, zu der Beerdigung zu kommen? Er musste Vertrauen erwecken, bei der Organisation der Reise Hilfe anbieten. Was noch? Weiter kam er in seinen Überlegungen nicht, denn Don Natale hielt ihm ein Blatt Papier mit den ausgedruckten Angaben entgegen. Die Frau hieß Julia Gentile und wohnte in Essen, höchstens eine halbe Stunde vom Viertel in Bochum, wo Achim aufgewachsen war und wo seine Mutter immer noch lebte. Er überlegte, ob er je jemandem im Ruhrgebiet begegnet war, der Gentile hieß.

«Was ist, wieso rufen Sie nicht an?» Don Natale hatte sich wieder gesetzt, hielt den Kopf leicht nach rechts geneigt und fixierte sein Gegenüber.

Achim hielt dem Blick stand und winkte mit dem Blatt. «Entschuldigung! Ich war in Gedanken versunken. Ich bin eine halbe Stunde entfernt von dieser Adresse aufgewachsen, meine Mutter lebt immer noch dort. Mein Vater kannte in der Gegend einige Auswanderer aus der Basilikata. An eine Person, die Gentile hieß, kann ich mich aber nicht erinnern. Aber ich werde mein Glück versuchen. Ich muss nur überlegen, wie ich vorgehe.»

Achim fühlte sich vom Priester unter Druck gesetzt, wagte es aber nicht, sich zu wehren. Er spürte einen inneren Widerstand, diese Brücke zwischen der Basilikata und Deutschland nicht zu schlagen. Als ob eine innere Stimme ihm sagen würde. «Tu es Achim! Sonst wirst du es bereuen! Du musst es tun!»

Achim hielt den Blick des Priesters nicht mehr aus, stand auf und lief ins Wohnzimmer. Er war viel zu unruhig, um überzeugend zu wirken. «Es geht nicht um dich, Achim!», sagte er laut auf Deutsch. «Du bist nur der Überbringer einer Botschaft. Du hilfst diesem alten Mann, der nur seine Pflicht tut. Es geht nicht um dich, nicht um deinen Vater! Du kannst helfen, weil du dir vorstellen kannst, wie deine Mutter reagieren würde. Das kann der Priester nicht. Nur du kannst das jetzt tun! Beherrsch dich und tu es!»

Achim atmete noch einmal tief durch, gab sich einen Ruck und lief zurück in die Küche. Der Priester schaute ihn gebannt an, ohne etwas zu sagen. Achim setzte sich, nickte und sagte, er sei bereit.

# JULIA

Während Achim wählte, schenkte der Priester beiden ein Glas Wasser ein. Achim stellte das Handy auf Lautsprecher und legte es auf den Tisch. Das Telefon klingelte lange, bis sich eine Frauenstimme meldete.

«Ja?», hallte aus dem Lautsprecher, als ob das Wort aus sieben a und einem j bestehen würde. Achim atmete tief durch und versuchte so freundlich zu tönen, wie er nur konnte.

«Spreche ich mit Julia Gentile?»

«Wer ruft an und will das wissen?» Die Temperatur in der kleinen Küche schien um mehrere Grade zu fallen. In Achims Nacken kribbelte es, seine Nackenhaare sträubten sich. Ein kurzer Schüttelfrost zog durch seine Schultern.

Achim konzentrierte sich auf seine Aufgabe. «Mein Name ist Achim Crocco, Dr. Achim Crocco.» In Deutschland machte ein Doktortitel noch Eindruck. «Ich bin ein deutscher Historiker und lebe teilweise in Italien. Spreche ich mit Julia Gentile?»

«Ich bin Julia Gentile», sagte die Frau barsch, «was wollen Sie?»

Achim blickte zur Decke und verzog das Gesicht. Don Natale entging der Tonfall der Frau nicht, er nickte Achim aufmunternd zu. Achim nickte zurück und blieb ruhig. «Die Tante Ihres Mannes, Costanza Gentile, ist vor wenigen Tagen gestorben. Sie sind die nächste noch lebende Verwandte. Ich sitze hier mit dem Priester, der sie beerdigen wird, und weil dieser kein Deutsch spricht und Sie kein Italienisch, helfe ich als Dolmetscher.»

«Woher wollen Sie wissen, dass ich kein Italienisch spreche?»
Die zuvor kalte Stimme war nun eiskalt, der Tonfall bekam einen
drohenden Unterton. Don Natale schaute Achim erstaunt an.
Mit einem Schulterzucken deutete dieser an, dass er auch nicht
wisse, wieso die Stimmung der Frau kippte.

«Das wurde mir so gesagt», antwortete Achim. Langsam
nervte ihn dieses Frage-Gegenfrage-Spiel, aber er musste ruhig
bleiben. «Stimmt es nicht?»

«Ich spreche kein Italienisch.» Die Antwort schoss Achim
regelrecht entgegen.

«Nun, da dies geklärt ist», sagte Achim unfreundlicher als ihm
lieb war, «können wir zum Grund meines Anrufs kommen. Wir
rufen Sie an, weil die Beerdigung bald ist und wir Sie einladen
möchten.» Er bemühte sich, eine gewisse Ruhe auszustrahlen,
und fügte lächelnd gleich an: «Wir beide helfen Ihnen auch
gerne vor Ort.»

«Ich werde nicht kommen. Ich habe diese Person nicht gekannt, die am Ende der Welt gelebt hat.» Don Natale zuckte
zusammen, wahrscheinlich weil die Frau sehr aggressiv tönte.
Achim versuchte ihn mit einer Handbewegung zu beruhigen.

«So weit weg ist das gar nicht, wenn Sie einen Direktflug nach
Bari oder Brindisi nehmen», begann Achim und wurde gleich
unterbrochen.

«Ich weiß nicht, wieso Sie sich in fremde Angelegenheiten
einmischen, ich werde mich sicher nicht für eine fremde Person
in Unkosten stürzen.» Die Aggressivität der Frau war in Wut
umgeschlagen. Achim ließ sich nicht beeindrucken und konzentrierte sich weiter auf seine Aufgabe. «Costanza Gentile war
immerhin Ihre Tante», versuchte er es noch einmal.

«Wir sprechen hier nicht von *meiner* Tante, sondern von einer
entfernten Verwandten meines Mannes, die nicht einmal zu seiner
Beerdigung gekommen ist.» Der Tonfall war nun vorwurfsvoll.

Achim fragte sich, was das wieder für eine Geschichte war. Julia Gentiles wandelnde Stimmung nervte ihn gewaltig, seine Geduld war am Ende. Er hatte keine Lust mehr, mit der Frau weiter zu verhandeln. Dem Priester hatte er gesagt, dass er nicht glaube, dass es möglich sei, die Frau zu einer Reise hierhin zu bewegen, und so war es auch.

«Die Hintergründe kenne ich nicht und sie gehen mich nichts an. Ich wollte nur behilflich sein, aber Ihnen scheint das egal zu sein! Sie müssen aber trotzdem wissen, dass Sie vom italienischen Staat als Erbin noch kontaktiert werden, ob Ihnen das passt oder nicht», bellte er zurück. Julia Gentile stöhnte und hängte grußlos auf. Achim schwieg, bis Don Natale ihn aufforderte zu erzählen. Es sei wohl nicht gut gelaufen, meinte der Priester.

«Schlimmer als das», antwortete Achim und schwieg abermals. Er war schlecht gelaunt, genervt und die negative Stimmung von Julia Gentile hing noch in der Luft.

«Kommen Sie, erzählen Sie, ich habe schließlich nichts verstanden!», forderte ihn der Priester auf und untermalte seine Aufforderung mit einer rasch rotierenden Handbewegung.

Achim blies die Backen auf, ließ lange Luft zwischen den zusammengepressten Lippen entweichen. Erst als keine Luft mehr rauskam, fasste er das Gespräch zusammen. Don Natales Stimme wurde rau und sein Gesicht verfinsterte sich. «Diese Frau hat ja keine Ahnung, wie arm Costanza war. Costanza hätte sich keine Reise zur Beerdigung ihres Bruders oder dessen Sohnes leisten können. Sie wäre so gerne auf die Beerdigung ihres Bruders gegangen, aber Gianfranco war dagegen. Zu teuer, zu kompliziert, zu was auch immer. Das hat Costanza damals sehr belastet.» Der Priester schüttelte betrübt den Kopf.

Plötzlich stand Don Natale auf, holte zwei Gläser und eine Flasche Grappa, füllte die Gläser, gab Achim ein Glas, hob seins hoch. Sein Blick war immer noch finster, aber seine Stimme hatte ihre Sanftheit zurückgefunden. «Auf die Familie, die Basis eines christlichen Lebens!»

Sie leerten das Glas bedächtig und schwiegen dabei. Der Grappa war ausgezeichnet, brannte etwas im Hals und duftete leicht nach Beeren. Die schlechte Stimmung war weg und machte einer entspannten Ruhe Platz.

Achims Gedanken hingen zuerst beim verpatzten Gespräch. Hatte er einen Fehler gemacht? Wieso war es so aus dem Ruder gelaufen? Er war doch sachlich geblieben, die Frau hingegen war von Anfang an emotional gewesen. Auf Emotionen einzugehen war nicht gerade seine Stärke, das war sich Achim bewusst. Der Priester beherrschte das scheinbar besser. Mit einem christlichen Spruch und einem ausgezeichneten Grappa hatte er die Stimmung verbessert. Er schaute den Priester an, der sein Glas betrachtete.

«Darf ich Sie etwas fragen, Don Natale?»

«Selbstverständlich.» Don Natale wandte seinen Blick etwas erstaunt zu Achim.

«Sind Sie aus der Basilikata?»

«Nein, ich komme aus dem Cilento. Wieso?»

«Dieser Grappa und der Kaffee vorhin haben beide etwas, was ich in der Basilikata noch nie angetroffen habe. Sie haben mich an Brescia erinnert, wo meine Großeltern gelebt haben, nachdem sie ausgewandert sind.»

«Das freut mich sehr!» Don Natale strahlte über beide Ohren. «Die Menschen hier sind anderes gewohnt. Verstehen Sie mich richtig, ich liebe die Küche des Südens, ich bin damit aufgewachsen, aber bevor ich in Policoro Priester wurde, durfte ich in verschiedenen Regionen Italiens für die Kirche tätig sein. Sie haben Recht, beides kommt aus Venetien, ein Freund schickt mir regelmäßig Nachschub. Brescia ist zwar in der Lombardei, aber nicht weit weg von Venetien. Dieser Kaffee kommt aus Affi.»

«Affi am Gardasee? Da gibt es auch anständigen Kaffee?»,
entfuhr es Achim.

Don Natale lachte laut los. «Für Sie ist der Gardasee auch nicht
mehr Italien, wie?» Achim hob entschuldigend die Hände, er
hatte dem alten Mann nicht zu nahe treten wollen. Dieser grinste
nur und winkte ab. «Ich kenne andere, die den Gardasee meiden,
keine Angst. Die Kaffeerösterei heißt Caffè Roen.» Don Natale stand auf und nahm eine Büchse Kaffee aus einem Küchen-
schrank. «Hier, nehmen Sie eine Büchse mit und versuchen Sie!
Nehmen Sie es als Dankesgeschenk an, denn Sie haben mehr für
Costanza getan als ihre eigene Familie. Ich würde mich sehr
freuen, wenn Sie zur Beerdigung kommen würden.»

«Danke! Wo wird sie denn beerdigt? Hier in Policoro oder
in Anglona?»

«Dort oben gibt es schon lange keinen Friedhof mehr», erwiderte Don Natale. «Policoro also», sagte Achim und sie verabschiedeten sich. Achim lief allein zum Parkplatz vor der Kirche, wo er sein Auto gelassen hatte. Den Kaffee setzte er auf den
Beifahrersitz.

Anstatt einzusteigen, blickte Achim nochmals zurück. Den
Priester konnte er nirgendwo sehen. Die Wut war ihm anzusehen
gewesen, als ihn die Argumentation von Julia Gentile genervt
hatte. Sein Blick war zwar finster geworden, die Stimme rau, aber
laut war er nicht geworden. Werden Priester darin geschult, ihre
Emotionen zu mäßigen? Wenn Achim von den Emotionen über-
wältigt wurde, konnte er nur schweigen, Distanz zwischen sich
und den Menschen schaffen. Don Natale hatte auch geschwiegen
und dann einen Ausweg gefunden. Achim gefiel das. Vielleicht
wäre das für ihn auch ein mögliches Verhalten. Nicht viel sagen,
aber mit einer freundlichen Geste, wie ein Getränk oder etwas zu
essen anbieten, signalisieren, dass man seine Mitmenschen nicht
vergessen hatte.

# NACHSICHT

Achim brauchte Ruhe und fuhr direkt zur Schildkröten-rettungsstation des WWF. Der Parkplatz war praktisch leer. Die Einheimischen würden erst in einer Stunde oder zwei zurück-kommen und den naturbelassenen Küstenabschnitt genießen. Sobald er den Sand erreichte, zog er seine Schuhe und Socken aus, nahm sie in die Hand und lief barfuß über den heißen Sand bis zum Wasser. Er starrte ins Meer hinaus. Wieso war er wieder wütend auf seinen Vater?

Paolo Gentile hatte für seinen Sohn auch einen deutschen Vornamen gewählt. Das Vorgehen seines Vaters war also nichts Außergewöhnliches, wenn auch die Mehrheit der Auswanderer-kinder in seinem Umfeld einen Vornamen aus der Heimat hatten. Achim war überzeugt, dass er seine akademische Karriere nicht diesem Namenstrick verdankte. Er hatte sie durch harte und ehr-liche Arbeit erreicht.

Seine Gedanken führten ihn immer wieder zur Über-zeugung, dass seine Wut erst nach dem Tod seines Vaters entstanden war. Ausgelöst wurde sie durch ein Gefühl einer inneren Leere. Sein Vater hatte ihm etwas Wichtiges vorent-halten. Vorher war ihm nicht bewusst, dass er einen Teil seiner Identität nicht kannte.

Achim brüllte «Perché?» ins Meer hinaus. Wieso hatte ihm sein Vater nur ein materielles Erbe hinterlassen und kein kulturelles? Aus dem Meer kam keine Antwort zurück. Achim drehte sich wütend um und stampfte zu seinem Auto zurück.

Seine Tränen konnte er nicht unterdrücken und er reizte seine Augen zusätzlich, als er die Tränen mit seiner Hand voller Sand wegwischen wollte. Zum Glück hatte er noch ein Fläschchen mit Wasser ohne Kohlensäure im Auto. Er wusch sich den Sand und die Tränen aus dem Gesicht. Der salzige Geschmack blieb, obwohl er das Fläschchen austrank.

Er entschied sich für ein Fischrestaurant in der Nähe, er hatte keine Lust, für sich allein zu kochen. Auch mitten in der Hochsaison gab es immer einen Platz für einen einzelnen Gast. Er bekam einen Tisch direkt neben der Türe zu Küche. Jedes Mal, wenn sie aufging und wenige Zentimeter vor seinem Kopf stoppte, schreckte er aus seinen dunklen Gedanken auf.

Er kam rechtzeitig für die Videokonferenz nach Hause. Seine Wut über seinen Vater erwähnte er nicht, sondern erzählte von seinem Besuch in Policoro und von dem unangenehmen Gespräch mit Julia Gentile.

«Dann hat sie einfach grußlos aufgelegt! Einfach unglaublich! Die Frau war sowas von unverschämt, das kannst du dir gar nicht vorstellen!»

«Sei nicht so hart mit dieser Frau», tadelte ihn Vivian. «Überleg mal, wie das aus ihrer Sicht war. Sie ist wahrscheinlich so alt wie ich und bereits Witwe. Stell dir mal vor, du wärst gestorben, bevor du die Basilikata kennengelernt hast. Dann ruft mich irgend so ein Unbekannter an und sagt mir, dass irgendeine Tante von dir, die ich gar nicht kenne, gestorben sei und ich zur Beerdigung kommen soll. Wie, denkst du, hätte ich reagiert?»

«Du hättest dankend abgelehnt, aber wärst nichts so unhöflich gewesen», gab Achim trotzig zur Antwort, obwohl ihm klar war, dass seine Frau Recht hatte.

«Wahrscheinlich nicht, außer ich hätte mich sowieso wegen etwas anderem geärgert und der Anruf hätte das Fass zum Überlaufen gebracht. Da hätte der arme Kerl wohl auch etwas abgekriegt! So wie ich dich kenne, bist du am Schluss des Gesprächs auch nicht mehr freundlich gewesen.»

«Muss ich mich jetzt noch bei dieser Frau entschuldigen, oder was?», knurrte Achim.

«Nein, nur etwas nachsichtig sein.» Vivian schüttelte den Kopf und ließ sich von Achims Stimmung nicht anstecken.

«Abgesehen davon, dass deine Aussage, deine Pseudo-Drohung, gar nicht korrekt ist. Sie ist gar nicht die direkteste Erbin, wenn ihre Schwiegermutter noch lebt.»

«Ist ja schon gut. Falls ich der Frau einmal begegne, werde ich es korrigieren. Falls es je geschehen wird. Bei der Beerdigung werde ich sie nicht antreffen.» Achim war weiterhin knurrig und gab Julia Gentile die Schuld.

«Wieso gehst du überhaupt auf diese Beerdigung? Ich verstehe das nicht.» Vivians Gedanken schienen in eine andere Richtung zu gehen. Im Beruf hatte Achim oft die Tendenz, einer Sache verbissen nachzugehen, wenn sein Bauchgefühl ihm dazu riet. Privat war er nur manchmal so. Achim war nicht aufgefallen, dass seine Teilnahme an der Beerdigung nicht selbstverständlich war.

«Irgendwie hatte ich den Eindruck, ich sei Don Natale das schuldig.»

Vivian packte ein so heftiger Lachanfall, dass sie sich den Bauch hielt und Tränen flossen. «Mein Mann der Atheist fühlt sich einem Priester gegenüber verpflichtet. Ich glaube es nicht!» Wenn sie lachte, entstanden unter ihren Augen Grübchen, die Achim besonders mochte, aber dieses Mal nahm er sie nicht einmal wahr.

Achim fand das gar nicht lustig und grummelte. «Du bist dem nicht gegenübergesessen. Du wärst dem auch auf den Leim gegangen. Seine Mimik ist gewaltig. Da durchlöchert er dich mit seinem Röntgenblick und im nächsten Augenblick schaust du in die reinste christliche Nächstenliebe!» Achim schüttelte ein Kältegefühl weg, das seinen Rücken hinunterkroch. Er gab es nicht gerne zu, aber Don Natale hatte Eindruck auf ihn gemacht.

«Jetzt weißt du immerhin, wer die Tote war, das hätte dich sonst nicht losgelassen.» Vivian wischte sich eine Träne aus dem Gesicht und lächelte ihren Mann an.

Achim ließ das Lächeln kalt. Er hätte schon mehr Mitgefühl von seiner Frau erwartet. Dass sie nun ablenken wollte, anstatt sich zu entschuldigen, nervte ihn.

«Die Zeitungen kannten den Namen auch nicht. Jedes Lokalblatt hat meinen grausigen Fund gebracht. Mein Name fiel allerdings auch nicht. Überall steht, ein deutscher Tourist hätte sie gefunden.» Achim knurrte zwar nicht mehr, aber freundlich tönte er anders.

«Bist du deswegen beleidigt?», fragte Vivian und musste grinsen.

«Ich bin kein deutscher Tourist. Allerdings stört es mich ausnahmsweise nicht, dass ich so bezeichnet werde. Ich habe keine Lust, auf den Fall angesprochen zu werden», grummelte Achim vor sich hin. «Nein, ich bin nicht beleidigt. Obwohl ich wahrscheinlich mehr Einheimischer bin als dieser Säufer von Carabiniere!»

Vivian schaute ihn nur an, grinste weiter und sagte weiterhin nichts.

«Was ist?», wollte Achim kurz angebunden wissen.

So knurrig habe sie ihn schon lange nicht mehr erlebt, erklärte Vivian. Da sie beim Gespräch nicht dabei gewesen sei, wisse sie nicht, ob es an der deutschen Frau oder am italienischen Priester liege. «An meinem Vater», dachte sich Achim.

«Wieso entweder oder? Die Frau hat mich genervt. Wie der Priester mich um den Finger gewickelt hat, auch. Der Carabiniere nervt mich. Es nervt mich, dass ich zwar weiß, wie die Tote hieß, aber nichts damit anfangen kann.» Achim sprach wie ein Maschinengewehr.

Weil Vivian nicht mehr grinste, sondern ihn mit großen Augen anschaute, entschuldigte sich Achim. Es tue ihm leid, sie könne nichts dafür und müsse ihn aushalten, weil er gereizt sei. Er hob die Kaffeedose aus Affi ins Bild und lud seine Frau zum Kaffee ein. Sie versprachen sich, direkt nach dem Videogespräch einen Kaffee zu trinken und sich je ein Foto von der Kaffeetasse per WhatsApp zu schicken.

# GIOVANNI

Costanza Gentile winkte ihn zu sich. Sie trug immer noch die gleichen schwarzen Kleider. Er solle kommen, sie wolle ihm etwas zeigen. Achim ging auf sie zu, aber plötzlich war sie weg und er stand vor einem Sarg. Er erschrak, denn im Sarg lag sein Vater Giovanni Crocco, und Achim erwachte schweißgebadet.

Schwer atmend setzte er sich in seinem Bett auf. Was sollte dieser Traum? Er hielt nicht viel von Traumdeutung, aber dieser Traum ging ihm unter die Haut. Er schaute auf die Uhr. 2 Uhr morgens. Nach dem Gespräch mit Vivian konnte er nicht sofort einschlafen. Er hatte höchstens eine Stunde geschlafen, bevor der Alptraum ihn geweckt hatte.

Er stand auf und lief ins Bad. Er wollte sich Wasser übers Gesicht spritzen, hielt aber inne und schaute dieses Gesicht an, sein Gesicht. Seine kurzen Haare waren graumeliert, sein sauber getrimmter Bart war nur grau, seine braunen Augen hatten die Farbe der Augen seines Vaters. Er war kreidebleich, von seiner Bräune war nichts mehr zu sehen. Er hatte den Eindruck, ins Gesicht seines Vaters zu blicken, obwohl dessen Gesicht kantiger gewesen war. Achim war jetzt einundsechzig und fühlte sich plötzlich alt.

Er lief in die Küche hinunter und nahm eine Flasche Limoncello aus dem Kühlschrank. Der Limoncello war hausgemacht, eine der zahlreichen Köstlichkeiten, die Marios Frau hervorzaubern konnte. Mit der Flasche und einem kleinen Glas gewappnet lief er die Treppe wieder hinauf und setzte sich an den kleinen Tisch im vorderen Teil der Terrasse. Es war stockfinster. Obwohl Achim in T-Shirt und Unterhose schlief, war ihm auf der Terrasse nicht kalt. Achim mochte die Eigenschaft der lukanischen Berge, in der Nacht abzukühlen, egal wie warm der Tag gewesen war. Hier ließ sich gut schlafen, normalerweise. Achim hatte das Gefühl, Luft zu brauchen, und atmete mehrmals tief durch.

Ob sein Vater die Basilika in Anglona gekannt hatte? Wie die jungen Menschen auf dem Foto, hatte sein Vater Anfang der 50er Jahre noch in der Basilikata gelebt, bevor er nach Deutschland auswanderte. Achim hätte ihn gerne gefragt, aber es war nicht mehr möglich. Die Wahrscheinlichkeit, dass sein Vater die tote Frau gekannt hatte, stufte er als gering ein, denn damals gab es die Basentana, die Schnellstraße im Basentotal, noch nicht und die Hügellandschaft zwischen Campomaggiore und Anglona auf den schlechten Straßen von damals zu durchqueren musste ziemlich anstrengend gewesen sein. Wahrscheinlich waren die Straßen damals nicht geteert und sein Vater hatte kein Auto, als er in Deutschland ankam. Achim ging jedenfalls davon aus, denn sein Vater hatte einmal erzählt, er sei mit dem Zug nach Deutschland gekommen.

Achim versuchte sich zu erinnern, was sein Vater über seine Zeit vor der Einwanderung erzählt hatte. Mit dem Zug sei er angereist, mit vielen anderen, die dem Ruf Deutschlands nach Arbeitskräften gefolgt waren. Achim hatte keine Ahnung, wieso sein Vater nach Deutschland ausgewandert war und nicht nach Florenz wie Nicolò.

Er beschloss, seine Mutter zu fragen. Achim wusste, dass alle in der Fabrik seinen Vater Hans nannten, und er hatte nie verstanden, wieso sein Vater stolz darauf gewesen war. Es sei doch ein Zeichen der Akzeptanz, dass er, der kleine Italiener, als einer von ihnen betrachtet werde, hatte sein Vater immer gemeint.

Klein war sein Vater wirklich, knapp ein Meter dreiundsechzig. Achim überragte alle hier, sein Vater wäre hingegen nicht groß aufgefallen.

Vielleicht hatte sein Vater klein nicht nur wegen der Körpergröße gemeint. Einen Beruf hatte sein Vater nie gelernt, immer die Arbeit angenommen, die er bekam. Sein stolzer Vater im Anzug mit Krawatte kam ihm in den Sinn, damals an Achims Abiturfeier. Sein Vater hatte ihn mit Tränen in den Augen an sich gedrückt und auf Italienisch gesagt, er sei so stolz auf ihn. Wenn die Mutter anwesend war, sprachen sie normalerweise Deutsch, aber als Achim in der Schule Italienisch belegte und sich später auf italienische Geschichte an der Universität spezialisierte, sprachen sie immer öfter Italienisch miteinander. Damals, bei der Abiturfeier, war das aber etwas Spezielles gewesen. Italienisch war für seinen Vater die Sprache der Emotionen, er konnte sie nur auf Italienisch gut ausdrücken.

Wie Nicolò, fand Achim, der ist in Guardia Perticara auch ganz anders als in Florenz. Sein Magen zog sich zusammen. Achim kannte dieses Zeichen, sein Bauchgefühl zeigte ihm an, dass er da an etwas Wichtigem dran war. Nicolò war in Florenz ein anderer Mensch als in Guardia Perticara. Wieso? Beides liegt doch in Italien? Achim war in Bochum aufgewachsen und lebte in Heidelberg, deswegen war er aber in Bochum nicht ein anderer Mensch als in Heidelberg. Die Erkenntnis schlug wie ein Blitz ein und Achim haute sich mit der flachen Hand auf die Stirn. Kultur! Man wird nicht Lukaner, man wird als Lukaner geboren. Obwohl er in Italien blieb, wanderte Nicolò genauso in eine fremde Kultur aus wie sein Vater!

Plötzlich bekam die Distanz zwischen seinem Vater und der Basilikata eine neue Dimension. Diese Distanz war nicht der Scham über die ärmliche Herkunft geschuldet, oder zumindest nicht nur. In diesen zwei Welten zu leben war auch hart, emotional hart. Diese Welten waren so verschieden und während die Basilikata für Nicolò eine Energiequelle war, schien sie für seinen Vater etwas anderes zu sein. Wieso hatte er nie mit ihm darüber gesprochen, als sein Vater noch lebte?

Achim begann zu weinen, die Tränen flossen wie Bäche. Immer wieder musste er schluchzen. Er streckte sich durch, atmete tief, schaute zum Himmel hinauf und fragte seinen Vater «mi vedi? Siehst du mich weinen?»

Während seiner Kindheit waren sie jedes Jahr nach Italien in den Urlaub gefahren, aber nie weiter als Rimini, wenn es ans Meer ging, oder in die Toskana, wenn es ins Landesinnere ging. Das sei das große Italien, hatte sein Vater immer gesagt, wenn sie die Städte der Toskana besuchten. Im Nachhinein fand er diesen Begriff des großen Italiens seltsam für jemanden, der sich selbst als kleiner Italiener bezeichnete.

Um den Gardasee hatten sie immer einen großen Bogen gemacht, das sei Italien für Deutsche. Später hatte Achim einmal mit seiner Frau und den Kindern ein paar Tage Urlaub am Gardasee gemacht und verstanden, was sein Vater meinte. Don Natales Reaktion zeigte, dass sein Vater mit dieser Meinung nicht allein war.

Achim holte ein Foto seines Vaters, das er im Wohnzimmer aufgestellt hatte, und legte es neben das Foto, das er in Anglona gefunden hatte. Fünf Menschen einer Generation, drei waren ausgewandert, zwei nicht. Wieso blieben die einen und gingen die anderen? Wo war der Unterschied? Sein Vater hatte hier keine Zukunft gesehen, die Brüder Gentile auch nicht, Costanza und ihr Mann aber schon.

Er kannte kein Foto seines Vaters aus dessen Zeit in der Basilikata. Vielleicht gab es auch keins. Er holte ein weiteres Foto, sein Lieblingsfoto mit seinen Eltern. Er war damals vierzehnjährig, so groß wie seine Mutter, die mit einem Meter achtzig für eine

Frau groß war, und damit deutlich größer als sein Vater, der in der Mitte stand. Im Hintergrund war der neue Dom von Brescia, seine Mutter und er hatten ihre Arme gekreuzt über die Schultern des Vaters gelegt. Sie strahlten vor Glück. Das Foto war auch schon fast fünfzig Jahre alt, schwarzweiß, aufgenommen von seinem Onkel Mauro, der immer noch in Brescia lebte.

# RAFFAELLA

Drei weitere Tage waren vergangen, als Achim um 16 Uhr die Kirche in Policoro betrat. Es waren rund zwanzig Menschen anwesend, fast ausschließlich ältere Frauen. Die Parrocchia Buon Pastore war eine dieser lieblosen modernen Kirchen aus Beton, die Achim nicht mochte. Sie erfüllte sicher ihren Zweck, aber strömte nicht die Wärme aus, die Geborgenheit, die alte Kirchen schenkten. Achim war sich bewusst, dass er voreingenommen war, weil er Kirchen als Historiker und nicht als Christ betrachtete. Immerhin war die Temperatur in der Kirche angenehm kühl, während draußen fast vierzig Grad die Menschen Schatten und Abkühlung suchen ließen. Achim setzte sich eine Reihe hinter den hintersten Anwesenden. Alle hatten sich umgedreht, als er die Kirche betrat, und dann miteinander geflüstert. Achim war überzeugt, dass sie miteinander diskutierten, dass er ‹der Deutsche› sei, der Costanza gefunden hatte. Die Sitzbänke waren ungemütlich, zu tief für einen so großen Mann wie ihn, und Achim hoffte, dass die Zeremonie nicht lange dauerte. Er realisierte, dass er keine Ahnung hatte, wo der Friedhof in Policoro war. Wahrscheinlich lag er außerhalb der Stadt, was ihm die Chance geben würde, nach der Gedenkfeier wieder zu verschwinden.

Die Orgel begann zu spielen, als Don Natale die Kirche durch eine Seitentüre in der Nähe des Altars betrat. Die Anwesenden erhoben sich. Don Natale begrüßte niemanden. Offenbar gehörte keiner der Anwesenden zur Familie von Costanza, was bei Achim Beklemmung auslöste. Don Natale sprach seine Sätze am

Altar wie ein abzuspulendes Pflichtprogramm. Dieser Priester blieb Achim ein Rätsel, manchmal voller Leben und manchmal so unnahbar. Sein Vater hatte immer behauptet, katholisch zu sein, sei in Deutschland nicht das Gleiche wie in Italien. In Italien gäbe es ‹die da vorne auf ihrem erhöhten Platz› und das gemeine Volk, das passiv zuhöre und die Rituale mechanisch ausführe. Achim beobachtete die Anwesenden. Sie schienen den Ablauf auswendig zu kennen, wussten, wann welche Wörter gesagt werden mussten, wann man sich bekreuzigte, wann man aufstand usw. Mechanisch, wie es sein Vater beschrieben hatte.

Als er zum Lesepult wechselte, veränderten sich die Stimme und die Körperhaltung von Don Natale. Die Gemeinschaft sei hier versammelt, um von Costanza Gentile Abschied zu nehmen, die der Herr in der Basilika von Anglona zu sich gerufen habe. Zehn Minuten lang erzählte Don Natale aus dem Leben der Verstorbenen, von ihrer Kindheit am Fuße dieser Basilika, vom elterlichen Bauernhof, vom Vater, der im Krieg gefallen sei, man wisse nicht einmal wo. Von der Mutter, die so gut es ging, die Kinder großzog und sie früh einspannte, damit die Familie über die Runden kam. Von den Brüdern, die auswanderten und nach dem Tod der Mutter nie zurückkamen. Er beschrieb die Hoffnung, die Costanza und ihr Mann in Policoro gesteckt hatten, diese Stadt, die Anfang der 50er Jahre noch ein Dorf war. Das einfache, aber glückliche Leben, das Costanza führte, bis das große Drama ihres Lebens passierte, der Tod des einzigen Sohnes bei einem Autounfall. Sie habe damals mit Gott gehadert, ihn immer wieder gefragt, wieso er ihr eine Zukunft in Policoro gegeben und ihrem Sohn die Zukunft genau in dieser Stadt genommen hatte. Er schloss mit der Feststellung, es sei bezeichnend, dass Costanza im Gespräch mit dem Herrn gestorben sei und von einem Fremden gefunden wurde. Alle drehten sich zu Achim hin. Don Natale lächelte ihn an, aber Achim war überhaupt nicht wohl, zur Schau gestellt und gleichzeitig ein Fremdkörper.

Als sie die Kirche verließen, trat eine kleine rundliche Frau zu ihm. Sie war etwas älter als Achim und trug ein dunkelblaues Kleid mit kleinen aufgedruckten Blumen. Ihre Schminke um die Augen hatte sich mit den Tränen vermischt. Die wilden, gekrausten schwarzen Haare verstärkten den unordentlichen Eindruck.

«Kommen Sie auch zum Friedhof? Ich muss mit Ihnen reden», sagte sie mit einer tiefen, rauchigen Stimme.

Achim sah keine Möglichkeit auszuweichen, nickte nur, stieg in sein Auto und reihte sich in die Kolonne ein, die dem Leichenwagen folgte. Sie bogen in die Via Puglia ein und fuhren durch die ganze Stadt, ohne abzubiegen. Teilweise blieben die Menschen stehen, bekreuzigten sich, Männer nahmen den Hut ab, während andere desinteressiert anderswo hinblickten. Deutlich außerhalb der Ortschaft kamen sie beim Friedhof an, der rechts von der Via Puglia lag. Achim realisierte, dass sie unweit des Einkaufszentrums Heraclea waren.

Die Frau, die ihn vor der Kirche angesprochen hatte, trat zu ihm, nachdem die Urne in das Wandgrab gelassen worden war, wo schon die Urne Gianfrancos stand. Sie hatte eine große Sonnenbrille mit braunen Gläsern aufgesetzt. «Ich heiße Raffaella Varasano. Ich bin – war – die Nachbarin von Costanza und ich habe eine Bitte an Sie.» Sie hielt Achim einen Schlüsselbund hin. «Können Sie nachschauen, wie es den Hühnern geht? Ich habe kein Auto und kann nicht selbst hinfahren.»

«Ich verstehe nicht ganz, was Sie meinen. Von welchen Hühnern reden Sie?»

«Costanza ist am Tag ihres Todes zum Hof ihrer Eltern gefahren. Sie hat das mehrmals pro Woche gemacht. Dort hat sie nach ihren Hühnern und dem Garten geschaut. Leider war seither niemand mehr dort. Wahrscheinlich ist das Auto auch noch dort oben. Bitte fahren Sie hin und schauen Sie nach, wie es den Hühnern geht.» Sie faltete die flachen Hände vor der Brust.

71

# DIE HÜHNER

Als er links ein grau-weißes Haus bei einer Kreuzung sah, bog er in die kleine Nebenstraße ab. Es war ein zweistöckiges Steinhaus in schlechtem Zustand, aber nicht eingefallen, außer einem kleinen Anbau. Die Balkone des oberen Geschosses schienen durchgerostet zu sein. Auf der von der Straße abgewandten Seite des Hauses stand ein uralter hellblauer Fiat Cinquecento.

Achim stellte seine Giulia hinter dem Cinquecento ab. Das alte Auto war abgeschlossen, aber der Schlüssel am Schlüsselbund passte. Achim hatte Costanzas Hof tatsächlich gefunden. Auf der anderen Straßenseite führte eine weitere Straße zur Basilika hinauf und ein Straßenschild mit einem weißen P auf blauem Hintergrund wies auf einen Parkplatz hin. Er musste nach seinem ersten Besuch von Anglona daran vorbeigefahren sein, aber er konnte sich nicht erinnern.

Die Aussicht war gewaltig. Auf dem gegenüberliegenden Hügel lag Rotondella, diese Stadt, die in konzentrischen Kreisen auf dem Hügel gebaut war. Richtung Tursi war ein weiterer Bauernhof und dahinter begannen schon die Calanchi. Die kleine, geteerte Straße neben dem Haus führte zu einem neueren weißen Haus und daran vorbei weiter in die Felder hinein. Ein weißes Gebäude stand unweit auf der Straße Richtung Policoro, ein zugewachsener Kubus mit zwei Kaminen, danach kam in dieser Richtung bald der Weiler Anglona. Den Fiat Cinquecento sah man von der Straße aus, wenn man an diesem Kubus vorbeifuhr, aber Achim konnte sich nicht erinnern, ihn beim letzten Mal gesehen zu haben.

Was früher wohl der Innenhof des Bauernhofs gewesen war, sah nach einem Gemüsegarten aus. Außer Tomaten und Kräutern, unter anderem ein riesiger Rosmarinstrauch, konnte Achim jedoch nicht viel erkennen. Zwei Seiten des Innenhofes waren durch eine Art gedeckte Galerie abgegrenzt und Achim sah die Hühner darin frei herumlaufen. Wo früher das Tor war, konnte er problemlos den Garten betreten. Er durchquerte ihn und realisierte beim genaueren Hinsehen, dass der Garten durchaus noch mehr zu bieten hatte, nur kannte er sich in Gartenbau überhaupt nicht aus. Der Geruch nach unterschiedlichsten Kräutern war sehr intensiv. Zwischen den Pfosten der Galerie war ein Maschendrahtzaum gespannt, der die Hühner daran hinderte, den Hof zu verlassen. Achim zählte sechs Hühner und einen Hahn, die herumliefen oder Körner vom Boden aufpickten. Ein totes Huhn sah er nicht. Wie konnten die Hühner so lange überlebt haben? Achim hatte keine Ahnung, was Hühner brauchten.

Die drei Seiten des Innenhofes waren gleich hoch, standen unter einem Dach mit dunkelgrauen Ziegeln, aber die Galerie befand sich nur in zwei Seiten. Die Seite talwärts hingegen war auch gegen den Innenhof hin gemauert, mit zwei großen Toren und fensterlos.

Da die Hühner nicht in Not schienen, begann sich Achim für das Haus zu interessieren. Er betrat es durch eine kleine Türe zum Innenhof hin, die zugezogen, aber nicht verschlossen war. Das Erdgeschoss bestand nur aus kargen Räumen mit einem Naturboden, Achim stand direkt auf der Erde. Weil er keinen Lichtschalter fand, nutzte Achim die Taschenlampe seines Handys. Er war im Teil des Hauses für die Landwirtschaft, der aus drei Räumen bestand, die praktisch leer waren. Nur ein paar Gartenwerkzeuge standen herum. Die grauen Wände waren nicht verputzt und fensterlos. Zwischen den vorderen Räumen gab es einen offenen Durchgang ohne Türe. Die Türen zur Nebenstraße waren beide verschlossen, im Gegensatz zur Türe, die er benutzt hatte, die von der Seitenstraße aus nicht sichtbar direkt neben der Galerie mit den Hühnern stand. Die Türe zum hinteren Raum war zu, aber nicht verschlossen. Hinter der Türe war ein angenehm kühler Raum, der den gesamten hinteren Teil des Erdgeschosses in Anspruch nahm. Dort fand Achim mehrere Fünfliter-Olivenölfässer und zahlreiche Einmachgläser. Ein Bund Oregano und drei Bünde getrocknete Peperoni hingen an der Decke, vielleicht waren es auch scharfe Peperoncini. Achim roch daran, Schärfe kitzelte seine Nase. Er musste niesen.

Weil er innen keine Aufstiegsmöglichkeit ins obere Stockwerk fand, betrat Achim wieder den Innenhof und lief um das Haus, um den Eingang zum Wohnteil zu suchen. Er musste fast um das ganze Haus herumlaufen. Eine kleine Steinbrücke führte von der Hauptstraße zum Haus. Die Brücke war notwendig, um den Graben zwischen dem Straßenrand und dem Haus zu überwinden, denn es war nicht direkt am Hang angebaut. Von der Seitenstraße aus konnte man über eine Treppe direkt auf die Brücke gelangen. Allerdings war diese Steintreppe instabil und überwuchert. Als er auf dieser Brücke stand, sah Achim, dass die rechte Hälfte des Hauses ein Flachdach hatte, während die linke Hälfte ein Giebeldach hatte, dessen Längsachse vom Berg zum Tal lief. Nicht zur selben Zeit gebaut, dachte sich Achim, und schaute nach unten. Der untere Teil der rechten Hälfte unterschied sich nicht vom linken Teil, also war nur das obere Stockwerk später dazugebaut worden.

Der Wohnteil war abgeschlossen, aber schon der erste Schlüssel, den Achim probierte, passte. Die Decke war so tief, dass er sie mit den Haaren berührte. Auch hier fand er keinen Lichtschalter, aber an der Decke hing eine Öllampe über einem Esstisch. Achim zündete sie an und drehte sich einmal um seine Achse, um den Raum zu erfassen. Als er mit seinem großen Körper dem Licht im

Weg stand, musste er einen Schritt zur Seite machen. Der Wohnbereich unter dem Giebeldach bestand nur aus diesem Raum, zwei Türen führten zum Hausteil mit dem Flachdach. Einzig die Wand Richtung Hauptstraße war ohne Fenster. Dort stand die Küche, oder besser gesagt ein Gaskochherd, eine Wasserspüle und uralte Holzschränke. Achim ging zur Küche und öffnete die Schränke. Darin gab es ein wenig Geschirr, Teigwaren, Einmachgläser, vor allem mit Tomatensauce, und Gewürze. Sonst nichts. Er drehte den Gashahn einer Kochplatte auf und vernahm ein leises Zischen. Der Herd funktionierte.

In der Mitte des Raumes, unter der Öllampe, stand ein einfacher Tisch mit vier Holzstühlen. Nichts befand sich auf dem Tisch, außer einem Öltuch mit einer undefinierbaren Farbe. Zwei uralte Sessel, völlig abgenutzt, standen links und rechts vom Fenster talwärts. Richtung Anglona, auf der Seite der Eingangstüre, war ein vom Ruß völlig schwarz gefärbter Kamin zwischen der Türe und einem Fenster. Wie in der Gegend üblich, waren die Fensterläden aus Holz auf der Innenseite des Fensters, sie waren alle geschlossen. Vorhänge hatten die Fenster nicht.

Das talseitige Fenster ging bis zum Boden hinunter und führte auf einen rostigen Balkon. Achim öffnete zwar das Fenster, wagte es aber nicht, den Balkon zu betreten, sondern bückte sich leicht hinaus und sah zu seiner Rechten einen weiteren Balkon. Achim ging zur Türe des Zimmers, das zum Balkon gehören musste. Eine Lichtquelle fand er nicht, aber da die Holzläden nicht komplett geschlossen waren, drang genügend Licht durch das Fenster zum Balkon und ein weiteres Fenster zum Innenhof ein. In diesem Zimmer standen ein altes Doppelbett, ein Stuhl und ein antiker Schrank. Die weißen Wände waren nackt, wie im anderen Raum, ohne ein einziges Bild. Das Bett stand mitten im Zimmer, die Kopfseite an die Wand Richtung Basilika gerückt, und war frisch bezogen. Es knarrte laut, als er den Schrank öffnete. Darin waren lediglich Leintücher und Decken sowie zwei Kissen. Die Wände sahen anders aus als in der Küche. Das Schlafzimmer musste in diesem neueren Teil mit dem Flachdach sein, denn die Quader waren gut zu sehen.

Zurück in der Küche führte eine andere Türe in ein weiteres Schlafzimmer mit einem Fenster zum Innenhof. Auch hier gab es keine Lichtquelle außer das Außenlicht, das durch das Fenster eindrang. Darin standen drei Einzelbetten aus Metall ohne Matratzen, zwei längs entlang der fensterlosen Wand zur Basilika hin, das dritte längs der Wand zur Küche. Sonst war das Zimmer komplett leer und verstaubt. Wie das andere Schlafzimmer hatte dieser Raum keinen Kamin. Achim betrat den Raum gar nicht.

Achim schloss die Türe wieder und drehte sich um. Der Wohnbereich bestand also aus drei Räumen. Der erste Raum, den er betreten hatte und wo er auch wieder stand, war vermutlich früher der einzige Raum des Wohnbereichs gewesen. Küche, Wohnzimmer und Schlafzimmer zugleich. Später wurden zwei Zimmer angebaut, die auf dem Untergeschoss aufgebaut wurden und vielleicht eine Terrasse ersetzten. Abgesehen vom Staub im hinteren Schlafzimmer war alles sauber, Costanza schien das Haus also wirklich noch genutzt zu haben. Da das Doppelbett bezogen war, ging er davon aus, dass sie dort Siesta hielt, wenn es zu warm war oder wenn sie nicht nach Policoro zurückwollte. Wahrscheinlich das frühere Elternschlafzimmer. Aus dem anderen Zimmer wurde er nicht so recht schlau. Da mussten früher drei Personen geschlafen haben, aber es fehlte an Möbeln. Wurden sie fortgeschafft?

Er hörte jemanden rufen und ging hinaus.

# SALVATORE

Ein kleiner alter Mann stand neben einem alten weißen Fiat Panda, den er direkt auf der Seitenstraße abgestellt hatte. Als Achim von der Brücke aus rief, er sei hier, blickte der Mann angestrengt nach oben. Achim brauchte einen Augenblick, bis ihm klar wurde, dass der Mann ihn nicht gut sehen konnte, weil Achim im Schatten des Hauses stand und der Mann in der Sonne. Achim hingegen sah die braungebrannte Haut problemlos, die die Haare noch weißer erscheinen ließ, als sie wirklich waren, denn die Abendsonne beleuchtete das Gesicht des Mannes. Weiße Bartstoppeln hoben sich vom markanten Kinn des Mannes ab.

«Sind Sie ein Verwandter von Costanza?», fragte er mit rauer Stimme. Achim lief über die Brücke, stieg die wacklige Steintreppe hinunter und antwortete erst, als er sich näherte. «Ich bin ein entfernter Bekannter. Costanzas Nachbarin hat mich gebeten, nach den Hühnern zu schauen.»

«Denen geht es gut! Ich heiße Salvatore», stellte sich der Mann vor und gab Achim die Hand. Sein Händedruck war kräftig, seine Hände rau, wie von landwirtschaftlicher Arbeit gezeichnet. Er war so gekleidet, wie Achim gerne für diese Hausbesichtigung gekleidet gewesen wäre: Jeans, T-Shirt und Turnschuhe. Achims Anzughose, Hemd und Lederschuhe, die er für die Beerdigung angezogen hatte, quälten ihn inzwischen.

«Gioacchino», stellte sich Achim vor, um Diskussionen zu vermeiden.

«Ich wohne dort drüben und habe gesehen, dass jemand da war», sagte Salvatore und zeigte zum Bauernhof Richtung Tursi. «Sportliches Auto!»

Achim lächelte zuerst stolz, bemerkte das Grinsen des alten Mannes und rechtfertigte sich. «Ich reise sehr viel, nicht nur in Italien, da ist so ein Auto schon sehr praktisch.»

Das Grinsen verschwand aus dem Gesicht des Mannes. «Im Sitzen lässt sich besser diskutieren, komm!» Er führte Achim zu einer Holzbank im Innenhof und forderte ihn auf, sich zu setzen. Sie saßen in der Sonne, die zum Glück an diesem frühen Abend nicht mehr so heiß brannte, weil sich ein leichter Wolkenschleier gebildet hatte. Es war noch knapp dreißig Grad, für Regen würde es aber schon wieder nicht reichen. Der alte Mann begann zu sprechen, kaum hatten sie sich gesetzt. Er schaute in die Abendsonne, drehte sich beim Reden manchmal kurz zu Achim, als ob er sicherstellen wollte, dass dieser zuhörte.

«Ich habe immer dort drüben auf dem Hof gewohnt und bin mit Costanza zur Schule gegangen. Als das Gerücht umging, in der Basilika sei eine alte Frau tot aufgefunden worden, habe ich sofort an Costanza gedacht und bin rübergekommen. Mich hat fast der Schlag getroffen, als ich den Fiat Cinquecento vor dem Haus sah und von Costanza weit und breit keine Spur war. Ich habe versucht sie auf ihrem Handy anzurufen, es kam aber immer nur die Mailbox. Ich bin mit meinem Auto zur Basilika gefahren, aber die Carabinieri wollten mich nicht durchlassen. Als ich einem jüngeren Carabiniere gesagt habe, ich wisse vielleicht, wer die Frau sei, die in der Basilika gestorben ist, hat er mich in die Kirche geführt. Ein älterer Carabiniere hat diesen jungen Mann fürchterlich zusammengestaucht und mich danach angeknurrt, wenn ich schon da sei, könne ich ja nun auch sagen, ob ich die Frau kenne. Es war tatsächlich Costanza. Gesagt habe ich das dem jüngeren Carabiniere, das andere

Arschloch habe ich einfach ignoriert und dem jüngeren eine kleine Rache gegönnt.»

Salvatore hatte das in einem Zug erzählt, als ob er das alles loswerden wollte. Nun blickte er Achim an, deutete mit einer Kinnbewegung an, dass dieser nun erklären solle, was er hier verloren hatte. Achim gehorchte und schaute beim Reden dem alten Mann in die Augen.

«Ich bin derjenige, der Costanza gefunden hat. Ich habe sie nicht gekannt und werde seit ihrem Tod dennoch von allen eingebunden», erklärte Achim und beschrieb, wie er Costanza gefunden hatte, erzählte von Don Natale und vom Anruf nach Deutschland. «An der Beerdigung heute hat mir dann eine Nachbarin die Schlüssel in die Hand gedrückt und gebeten nachzuschauen, wie es den Hühnern geht und ob das Auto hier oben sei.»

Achim hatte sich beim Reden Salvatore zugewandt, seine linke Seite war wegen der Sonne wärmer als die rechte. Er rieb sich den nackten Arm warm, als ob es kühl wäre. Salvatore hatte interessiert zugehört, aber kein Wort gesagt, kaum einen Ton von sich gegeben. Sogar sein Gesicht zeigte kaum Regungen, jedenfalls bis Achim bei der Beerdigung angelangt war. Da begann er Kopfbewegungen zu machen, wie wenn er eine Nackenverspannung lösen wollte.

«Ich habe die Hühner gefüttert.» Salvatore hatte die Hände auf seinem Bauch gekreuzt und den Blick nach vorne gerichtet. Wahrscheinlich wollte er nicht, dass Achim seine Tränen sah, aber sie waren nicht zu übersehen. Seine raue Stimme brach zeitweise weg. «Ich habe das schon früher gemacht, wenn Costanza krank war oder die Straßenverhältnisse schlecht waren. Mit Costanza hatten wir vereinbart, dass ich dafür die Eier bekomme, die die Hühner an diesen Tagen legen. Ich hoffe, das ist immer noch in Ordnung.» Nun schaute Salvatore Achim erwartungsvoll an, die Tränen hatten einen Schleier über seine braunen Augen gelegt.

«Von mir aus schon, allerdings habe ich ja in der Geschichte eigentlich nichts zu sagen», meinte Achim und kramte das Foto hervor. «Wer ist auf diesem Foto?»

Salvatore lächelte, als er das Foto sah, und nahm es mit beiden Händen. «Ist das lange her! Da waren wir noch jung! Die Frau, das ist Costanza.» Er drehte das Foto ein wenig zu Achim hin, hielt es mit der rechten Hand und nutzte den linken Zeigefinger, um auf die Männer zu zeigen. «Das hier ist ihr Mann Gianfranco. Damals waren sie allerdings noch nicht verheiratet. Schau, wie er den Arm um sie legt, als ob sie ihm gehören würde! Direkt neben Costanza, das ist ihr jüngerer Bruder Claudio und der ganz außen, das ist ihr älterer Bruder Paolo. Das Foto habe ich 1958 gemacht, hier vor dem Haus. Ich zeige es dir.» Salvatore stand ächzend auf und ging schweren Schrittes zum Cinquecento.

Salvatores Panda stand ziemlich genau dort, wo der Cinquecento damals stand. Achim verglich das Foto mit dem, was vor ihm war. Fast alles sah tatsächlich noch so aus wie damals. Die Silhouette einer Ortschaft auf dem Foto, das war Rotondella. Den Hof links, den gab es damals scheinbar noch nicht, aber es stand ein anderes Gebäude an der Stelle. Achim zeigte auf den Hof und das Foto. «Wurde das alte Gebäude abgerissen?»

«Der alte Hof ist eingestürzt, der war schon verlassen, als das Foto gemacht wurde. Vor rund zwanzig Jahren ist dann der Enkelsohn der Besitzer nach seiner Pensionierung hierhergezogen, hat das neue Haus gebaut und die Straße teeren lassen.»

Sie gingen zurück in den Innenhof und setzten sich wieder auf die Sitzbank. Achim hatte kleine Wasserflaschen aus seinem Auto genommen und Salvatore eine gegeben. «Hast du denn Costanza und ihre Brüder gut gekannt?»

«Natürlich!», antwortete Salvatore, nachdem er einen großen Schluck aus der Wasserflasche getrunken hatte. «Hier oben kennt jeder jeden. Paolo, Claudio, Costanza und ich sind zusammen aufgewachsen, zusammen mit meiner Schwester, die jetzt in San Brancato wohnt. Costanza und ich sind zusammen in die Schule gegangen, Paolo war etwas älter und Claudio etwas jünger. Zwei Tage nach dem Foto sind die Brüder nach Deutschland gefahren, Gianfranco hat sie mit seinem Auto nach Policoro gebracht, wo sie einen Bus genommen haben.»

Salvatore schaute schweigend von Achim weg. Dieser leerte seine Wasserflasche, schaute den Hühnern zu und wartete geduldig, dass der alte Mann weitererzählen konnte. Die Luftfeuchtigkeit war etwas angestiegen, seine Kleider klebten an seinem Körper. Dennoch wollte Achim unbedingt mehr erfahren, blieb also ruhig sitzen und wartete. Der Schweiß tropfte an seinen Augen vorbei, bis er von seinem Bart aufgefangen wurde. Endlich erzählte Salvatore nach einem tiefen Seufzer weiter.

«Mit seinem Auto war Gianfranco eine gute Partie. Hier oben hatte lange kaum jemand eins. Er hatte eine Stelle in Policoro gefunden und sich das Auto geleistet, weil es doch einfacher war als jeden Tag mit dem Fahrrad nach Policoro zu fahren und jeden Abend wieder nach Tursi, wo er damals lebte. Costanza und er haben ein Jahr später geheiratet und die beiden Brüder sind von Deutschland angereist. Das war das letzte Mal, dass ich Claudio gesehen habe. Claudio ist nach Südamerika ausgewandert und danach hat Costanza nie mehr etwas von ihm gehört. Es war zu erwarten, dass Claudios Leben keinen positiven Verlauf nehmen würde, der war schon immer ein Nichtsnutz, hat die Schule geschwänzt. Nicht so wie sein Bruder Paolo.»

Auch Salvatore leerte seine Flasche und schwieg wiederum, schüttelte den Kopf, nahm die nächste Flasche an, die Achim ihm hinhielt, trank aber nicht daraus. «Du hast die Schwiegertochter von Paolo kennengelernt. Wie ist sie?»

Achim verzog das Gesicht. «Kennengelernt ist wohl das falsche Wort. Ich habe einmal mit ihr telefoniert, unter schwierigen

Umständen und aus einem schwierigen Grund. Ich habe allerdings den Eindruck bekommen, dass Verbitterung da ist. Ärger und Enttäuschung vielleicht auch. Aber ich verstehe, dass sie nicht kommen wollte.»

Auf Salvatores fragenden Blick reagierte Achim mit der Frage, ob er nach Deutschland an die Beerdigung einer unbekannten Verwandten gehen würde. Salvatore musste zugeben, dass er nicht gehen würde. Achim wollte unbedingt wissen, wieso Costanza nicht wie ihre Brüder nach Deutschland ausgewandert sei, also stellte er die Frage.

«Costanza hatte auch eine Stelle in Policoro bekommen. Gianfranco und sie haben eine Wohnung dort unten gefunden und sind nach der Hochzeit zusammengezogen. Von da an lebte die Mutter allein hier. Paolo ist noch einige Male gekommen, am Anfang auch mit seiner deutschen Frau und seinem Sohn. Er hat jeweils eine Ferienwohnung im Lido gemietet. Die Frau und der Sohn sind meistens am Strand gewesen, während Paolo Arbeiten auf dem Hof erledigte, die seine Mutter nicht machen konnte. Siehst du den Maschendrahtzaun? Den hat Paolo vor über 25 Jahren aufgestellt. Das ist gute deutsche Ware. Die Mutter ist allerdings wenige Monate später gestorben, Paolo ist noch zur Beerdigung gekommen und dann nie mehr. Die deutsche Frau und der Sohn haben schon früher aufgehört mitzureisen, Paolo ist einige Male allein gekommen.»

Weil Salvatore schon wieder schwieg, ging Achim zu den Hühnern, mehr um einmal im Schatten zu sein als aus Interesse für die Tiere. Unter der Anzughose tropfte der Schweiß. Achim hoffte, der alte Mann würde mehr erzählen. So konkret hatte er noch nie mit jemandem über die Auswanderung gesprochen. Salvatore schenkte ihm einen Einblick in eine verborgene Welt, die ihn brennend interessierte.

Salvatore stand nach ein paar Minuten auf und zeigte auf die

Olivenbäume oberhalb der Hauptstraße. Achim stellte sich neben ihn und sah die Bäume, die er vorher nicht beachtet hatte. «Gianfranco und Costanza sind oft gekommen und haben auch bei der Olivenernte geholfen. Der Mutter ging mit den Jahren die Kraft für die Ernte aus. Da habe ich begonnen zu helfen und habe dafür ein paar Liter Olivenöl bekommen. Das sind ausgezeichnete Bäume, die geben richtig gute Oliven der Sorte Ogliarola del Bradano. Als die Mutter gestorben ist, hat Costanza mir angeboten, dass mein Sohn und ich die Ernte einfahren, und sie immer ihren Jahresbedarf an Olivenöl bekommt. Ich hoffe, das kann so bleiben.»

«Wie gesagt, ich habe ja eigentlich nichts zu sagen, aber wenn es gute Oliven sind, dann wäre es doch schade, sie nicht zu ernten», fand Achim und deutete ein Schulterzucken an.

Salvatore verschwand wortlos in den Keller, kam mit einem Kanister Olivenöl heraus und gab ihn Achim. «Überzeuge dich selbst, das ist etwas anderes als das Olivenöl im Supermarkt. Costanza hat das Öl lieber hier gelagert, weil der Keller hier besser sei als ihr Keller in Policoro.»

Achim nahm den Kanister dankend an und brachte ihn zum Auto, damit das Öl nicht an der Sonne blieb. Als er zurückkam, stand Salvatore am Maschendrahtzaun und schaute den Hühnern zu. Er hatte sich eine Zigarette angezündet. «Ich kann es immer noch nicht fassen, dass Costanza gestorben ist. Ich wäre gerne zur Beerdigung gekommen». Er bot Achim eine Zigarette an, der dankend ablehnte.

«Wieso hat dich denn niemand informiert?» Achim war froh, dass sie im Schatten standen. Hätte er gewusst, dass er nach der Beerdigung hierherfahren würde, hätte er andere Kleider mitgenommen. Salvatore drehte sich um und schaute Richtung Meer. Mit dem Kinn wies er Richtung Policoro.

«Ich gehöre nicht zur Gemeinschaft dort unten. Ich habe

Costanza auch nie dort besucht. Gianfranco und ich haben uns nicht besonders gut verstanden. Er hat immer das Neue gelobt und das Alte verurteilt. Ich fühle mich wohl in der Welt meiner Vorfahren. Ich könnte dir zuhause viele Fotos zeigen, wie es hier oben früher war. Seit einigen Jahren stelle ich die nach. Da sieht man, was gleichgeblieben ist und was sich geändert hat. Da Costanza nach Gianfrancos Tod ohnehin mehrmals pro Woche hierhergekommen ist, habe ich eigentlich auch keinen Grund gehabt, sie anderswo zu treffen.»

«Bist du denn oft in Policoro?» Achim hatte den Eindruck, die Fremde beginne für Salvatore schon vor der größten Ortschaft der Gegend.

«Nein, ein paar Mal pro Jahr, vielleicht drei- oder viermal.» Der alte Mann schüttelte den Kopf. «In die Stadt fahre ich nur, wenn ich muss. Dieses moderne Einkaufszentrum habe ich mir einmal angeschaut. Nie wieder! Die kühlen das Gebäude derart ab, dass ich mich erkältet habe.» Salvatore lachte kurz und deutete mit einem Finger an der Schläfe an, was er von den kühlen Temperaturen im Einkaufszentrum hielt.

«Dann weißt du gar nicht, wo Costanza gewohnt hat?» Achim verstand nicht, wieso Costanza im Leben von Salvatore wichtig war, aber nur hier in Anglona, nicht in Policoro.

«Die Adresse habe ich schon, aber ich war nie dort. In der Wohnung zumindest war ich nie.» Salvatore schaute Achim mit einem schiefen Grinsen an. «Als ich einmal im Spital war, bin ich einen kleinen Umweg gefahren und an diesem Wohnhaus vorbeigefahren. Das ist lange her, da lebte Gianfranco noch, ich bin nur durchgefahren und habe gehofft, dass ich ihn nicht treffe. Costanza habe ich nie davon erzählt. Ich würde nie freiwillig in ein Haus ohne Garten einziehen.»

Achim dachte an das trostlose Viertel um Don Natales Kirche. Wohnblöcke, die so aussahen, als ob sie ungefähr in den 60er

Jahren in Eile aufgerichtet worden wären. Wahrscheinlich war die Bausubstanz schlecht. «Vielleicht ist Costanza auch deshalb so oft hierhergekommen, meinst du nicht? Die Luft ist besser als in der Stadt, es gibt viel weniger Lärm und man ist unbeobachtet.»

Salvatore nickte und zündete eine weitere Zigarette an. Dieses Mal bot er Achim keine an. «Vielleicht auch. Der Hauptgrund war aber, dass sie den Garten und die Hühner brauchte, damit sie im Alltag durchkam, denn viel Geld hatten beide nie. Wenn ich zusammenzähle, was die während über sechzig Jahren an Miete bezahlt haben, wird mir schlecht. Mit dem Geld kannst du dir etwas kaufen.»

«Wieso haben sie denn nichts gekauft?», fragte Achim erstaunt. Er konnte die Überlegung des alten Mannes gut nachvollziehen. Die Liegenschaftspreise waren im Vergleich zur Toskana oder gar Deutschland sehr niedrig.

Salvatore schnaubte laut und verächtlich. «Weil Gianfranco seinen Lohn immer gleich ausgegeben hat. Nie haben die gespart, wenn es möglich gewesen wäre. Immer hat er sich neue Sachen gekauft! Costanza war da viel sparsamer, das Leben hier oben und die alltäglichen Entbehrungen während der Kindheit haben sie geprägt. Ihre Mutter hatte es ihr vorgemacht, wie man mit wenigen Mitteln gut leben konnte.»

Achim musste an die spärliche Einrichtung des Hauses denken. «Wovon hat denn die Familie gelebt? Das Haus ist nicht groß, ich nehme an, es gehört auch nicht viel Land dazu?»

«Die Familie war nicht reich, aber auch nicht wirklich arm.» Salvatore drückte seine Zigarette mit dem Schuh am Boden aus. «Im älteren Teil des Hauses haben schon die Eltern von Pietro gewohnt, dem Vater von Costanza, und wahrscheinlich auch frühere Generationen. Den neueren Teil mit den Backsteinen hat Pietro Ende der 30er Jahre gebaut, kurz nach der Geburt von Paolo. Vorher hat die ganze Familie in einem einzigen Raum gewohnt. Das Land hat genug hergegeben, um die Familie zu ernähren, das Olivenöl hat als Zahlungsmittel beim Tauschhandel genügt, denn der Ertrag des Olivenhains war deutlich größer als der Bedarf der Familie. Das gute Olivenöl der Familie Gentile war in der Gegend immer beliebt.»

Seit sie im Schatten standen, schwitzte Achim nicht mehr. Das fast leere Schlafzimmer ging ihm nicht aus dem Kopf. «Hat Costanza mit ihren Brüdern im gleichen Zimmer geschlafen?»

«Bis die Brüder ausgezogen sind», sagte Salvatore und schaute Achim zum ersten Mal seit langer Zeit in die Augen. «Das war damals üblich. Im Winter wird es recht frisch und je kleiner und kompakter die Häuser sind, umso weniger Energie ist notwendig, um sie warm zu halten. Früher hatte man auch den Stall mit den Tieren direkt unter dem Haus, dadurch wurde der Boden nicht einmal kalt.»

Achim fühlte sich in eine andere Zeit versetzt, die Welt, die Carlo Levi in seinem Buch beschrieben hatte. Bilder aus dem gleichnamigen Film kamen ihm in den Sinn. «Ich habe keinen Lichtschalter gefunden. Hat das Haus keinen Strom?»

Salvatore schüttelte den Kopf und lachte leise. «Maria, Costanzas Mutter, wollte keinen Strom haben. Sie hat immer gesagt, sie sei in Pane e Vino ohne Strom aufgewachsen, also könne sie auch hier oben ohne Strom leben.»

Achim erinnerte sich, dass er auf der Fahrt hierhin durch ein kleines Dorf mit diesem lustigen Namen gefahren war. Salvatore nickte mehrmals mit dem Kopf, als ob er sich selbst etwas bestätigen müsste. Er zündete sich die nächste Zigarette an. «Maria hat zwar manchmal ihren eigenen Kopf gehabt, aber sie hat hier glücklich gelebt. So selbstverständlich war das nicht. Wenige Wochen vor Claudios Geburt 1942 hat sie Post von der Armee erhalten, Pietro sei für Italien gefallen. Claudio hat seinen Vater nie gesehen, Costanza hatte auch kaum Erinnerungen an ihn. Maria hat ihr Schicksal angenommen und ist immer für ihre Kinder da gewesen. Die Söhne in der Ferne zu wissen, das war sehr schwer für sie. Dass der jüngere sogar spurlos verschollen ist, wohl auch, aber sie hat kaum darüber geredet. Maria hat sich an den Sachen im Leben gefreut, die sie beeinflussen konnte. Alles andere hat sie als Gottes Wille akzeptiert.»

Salvatore musste husten, setzte sich auf die Sitzbank und nahm einen großen Schluck Wasser. Achim gesellte sich zu ihm. Die tiefstehende Sonne blendete ihn. Die Erzählung gefiel ihm, sie war so konkret, fassbar. Zu seiner großen Freude erzählte Salvatore von sich aus weiter.

«Nach dem Tod der Mutter hat Costanza das Land meinem Sohn verpachtet. Sie hat immer einen Teil der Ernte als Zahlung bekommen. So war allen gedient. Gianfranco und sie hatten zwar nie viel Geld, aber dank den Ernteanteilen, dem Gemüsegarten und den Hühnern konnten sie anständig und gesund leben.» Salvatores Erklärungen klangen wie Entschuldigungen. Achim fragte sich, ob Salvatore sich davor fürchtete, dass diese Vereinbarungen ihre Gültigkeit verlieren würden. Er wollte den alten Mann damit nicht belasten und wechselte das Thema. «Ich habe mich gefragt, ob Costanza zu Fuß zur Basilika gelaufen ist.»

«Das hat sie jedes Jahr am Todestag ihrer Mutter gemacht.»

Achim wollte etwas sagen, brachte aber keinen Ton heraus. Salvatore nickte. «Ja, es ist so, Costanza ist am Todestag ihrer Mutter gestorben.»

Ein kalter Schauer lief Achim den Rücken hinunter. Er schüttelte sich, schluckte leer. «Ich habe das Foto in der Kirche gefunden. Costanza hat das Foto wahrscheinlich fallengelassen, als sie gestorben ist.»

«Wie ihre Familie auseinanderbricht, hat Costanza nie losgelassen. Nach dem Tod ihres Sohnes war das noch schlimmer. Komm, hilf mir, wir stellen das Auto in die Scheune.» Salvatore stand auf und ging zur dritten Seite des Innenhofes. Er öffnete das linke Tor, der Innenraum war komplett leer. «Wir schieben das Auto hier rein.»

«Wieso schieben?» fragte Achim und hob den Schlüsselbund in die Höhe, «willst du fahren?»

Salvatore schaute Achim verwundert an, nahm den Schlüsselbund und setzte sich ins Auto. Bevor er losfuhr, atmete er tief durch und sprach vor sich hin. Da die Autotüren geschlossen waren, hörte Achim nicht, was er sagte. Salvatore fuhr vorsichtig an und holte weit aus, um das Auto in die Scheune zu fahren, kam dabei ganz nahe an Costanzas Garten, ohne jedoch darüber zu fahren. Bevor sie die Scheunentüre schlossen, gab Salvatore Achim den Schlüsselbund zurück.

«Kannst du dir vorstellen, dass ich dieses Auto seit Jahrzehnten kenne und noch nie drinsaß? Das Auto war immer Teil meines Lebens, ich weiß gar nicht mehr, wie oft ich es gesehen habe, aber es war für mich immer Gianfrancos Auto. Es hat sich gut angefühlt, es zu fahren. Gott möge mir diese kleine Revanche verzeihen.» Salvatore bekreuzigte sich.

Zusammen schlossen sie das Tor und Salvatore lief zu seinem Auto. Achim hätte gerne weiter diskutiert, aber der alte Mann hatte wohl genug. Sie tauschten ihre Handynummern aus. Bevor Salvatore ins Auto stieg, kam Achim doch noch eine Frage in den Sinn. «Willst du die Hühner nicht zu deinem Hof nehmen?»

«Lieber nicht! So habe ich einen Grund, mich von meiner Schwiegertochter zu entfernen!», erwiderte Salvatore lachend und drückte das linke Auge zu.

Salvatore fuhr mit offenem Fenster einfach rückwärts auf die Hauptstraße zurück, denn der Verkehr auf dieser Straße war spärlich. Bevor er wieder vorwärtsfuhr, steckte er den Kopf nochmals zum Fenster raus. «Ich schaue weiterhin nach den Hühnern, kannst du das der Nachbarin sagen? Danke!» Er gab Gas und winkte mit der linken Hand. Die Schaltung reklamierte, als er in den nächsthöheren Gang wechselte.

Achim lief noch einmal über die Brücke. Da er sich nicht sicher war, ob er die Öllampe gelöscht hatte, öffnete er die Türe noch einmal. Der Raum lag im Dunkeln. Achim schluckte schwer. Was für eine Familiengeschichte! Salvatore hatte gleichzeitig ein glückliches Familienbild gezeichnet und von vielen Spannungen erzählt. Gianfranco schien er gar nicht zu mögen. Ob er als junger Mann in Costanza verliebt war?

Nachdem Achim den Wohnteil abgeschlossen hatte, stieg er in sein Auto und fuhr wie Salvatore rückwärts auf die Hauptstraße. Erst auf der Heimfahrt realisierte Achim, dass Salvatore keine Fragen gestellt hatte. Abgesehen davon, dass er gesagt hatte, er spreche Deutsch, weil er in Deutschland aufgewachsen sei, hatte Achim nichts von sich preisgegeben. Achim hatte das auch nur gesagt, um seine Dolmetscherrolle klarzumachen. Diese Asymmetrie gefiel ihm nicht. Er hatte von Salvatore viel mehr profitiert als umgekehrt.

Erst als er den Garten unter seinem Haus sah, kam ihm der Gedanke, dass Salvatore zum Haus gefahren war, weil er fürchtete, seine Abmachungen mit Costanza würden ihre Gültigkeit verlieren. Wieso hatte er aber Achim so viel erzählt? Es war doch rasch klar, dass Achim nicht derjenige war, der etwas ändern würde.

Er lief an der Todesanzeige einer 93-Jährigen vorbei, die heute gestorben war. Achim blieb stehen und starrte das Plakat an. Salvatore hatte die Diskussion beendet, als sie über Costanzas Tod sprachen. Wieso?

# CARMINE FILIPO

Wieder in seinem Haus angekommen, zog sich Achim sofort um. Im weißen T-Shirt und in hellbrauner Bermudahose lief er barfuß durch seine Wohnung und verglich sie mit dem Bauernhof in Anglona. Die Wände waren nicht nackt, sondern verputzt, im Badezimmer hellgelb, in den anderen Räumen weiß gestrichen. Im Badezimmer und im WC unter der Treppe schmückten Keramikplättchen die Wand bis auf eine Höhe von rund einem Meter fünfzig. Achim fiel auf, dass er in Anglona kein Badezimmer gesehen hatte. Ein WC gab es wohl nur außerhalb des Wohnhauses, mutmaßte er.

Hier im Dorf waren die Häuser ineinander verschachtelt, aneinandergebaut, eine andere Möglichkeit, die Kälte am Eindringen zu hindern, als alle in einen Raum zu pferchen, der über dem Tierstall lag. Unter seiner Wohnung war ein Keller, der nicht ihm gehörte. Der Eingang befand sich ein Stockwerk weiter unten, auf der Talseite. Davor war ein Gemüsegarten, der von einem alten Mann gepflegt wurde, der allein ein paar Häuser weiter wohnte. Was der alte Mann im Keller aufbewahrte, wusste Achim nicht. In jedem Raum seiner Wohnung stand ein Kamin, auf dem Dach waren entsprechend viele Schornsteine. Achim musste nachdenken, wo er einen Kamin im Haus in Anglona gesehen hatte, und erinnerte sich nur an den Raum, der Küche, Esszimmer und Wohnzimmer zugleich war. Er verfluchte sich, weil er keine Fotos gemacht hatte. Von außen hatte er zwei Schornsteine in Erinnerung, einer oberhalb des alten Teils des

Wohnhauses, der zum Kamin im Raum passte. Der andere ragte aus einem kleinen Anbau vor dem Haus. Er hatte nicht nachgeschaut, was in diesem Anbau war.

Achim fragte sich, was nun mit dem Haus geschehen würde. Eine Renovierung schien ihm sehr aufwändig. Ein Neubau, wie es der Nachbar gemacht hatte, war wohl vernünftiger.

Am nächsten Vormittag gegen 9 Uhr klopfte es an der Türe und Nicolò schaute in die Wohnung hinein. «Darf ich reinkommen?»

«Selbstverständlich!», antwortete Achim etwas verdutzt. Nicolòs Besuche waren selten, da sie sich abends auf der Piazza trafen. Achim zeigte auf einen Stuhl am Esstisch und bat seinen Gast, Platz zu nehmen, während er in die Küche ging. Er holte die kleine sechskantige Bialetti-Espressokanne für zwei Tassen hervor, füllte das Wasser ein, legte sorgfältig drei Löffel Illy-Kaffee in den Behälter und stellte die Kanne auf den Gasherd. Die kleinste Kochplatte brauchte immer Anlauf, bis das Gas brannte, es klickte mehrmals. Achim drehte sich um. «Was kann ich für dich tun, Nicolò?»

Nicolò antwortete, während Achim ihm den Rücken zuwandte, um zwei weiße Espressotassen aus dem Schrank zu nehmen. «Ich bin gekommen, um dir genau diese Frage zu stellen. Ich bin gekommen, um dich zu fragen, was ich für dich tun kann. Ich habe das Gefühl, der Todesfall in Anglona beschäftigt dich sehr. Ich möchte dir meine Hilfe anbieten, wenn diese von Nutzen ist.» Er saß sehr gerade auf seinem Stuhl, wie verkrampft. Nicolò war beim Sprechen noch nie jemand der ausufernden Bewegungen gewesen, aber jetzt wirkte er besonders angespannt und steif.

Achim stellte eine Flasche stilles Wasser und zwei Gläser auf den Tisch und blieb beim Herd stehen, bis die Kaffeemaschine pfiff. So konnte er überlegen, was er sagen wollte. Er schenkte beiden Kaffee ein, bevor er antwortete. Das Gespräch mit Salvatore hatte ihm klar gemacht, dass er von anderen Menschen etwas über die Zeit der Auswanderung seines Vaters erfahren konnte. Nicolò gehörte mit Bestimmtheit dazu.

«Danke, Nicolò! Mit deiner Erfahrung und deinem Wissen kannst du vielleicht ein paar Fragen beantworten, die ich mir in letzter Zeit gestellt habe. Du hast Recht, die Geschichte in Anglona wirft bei mir Fragen auf. Nachdem ich diese tote Frau fand, ist vieles geschehen und ich habe viel nachgedacht. Ich weiß wenig über die Zeit, als mein Vater die Basilikata verlassen hat. Da ich meinen Vater nicht mehr fragen kann und du nur wenige Jahre jünger bist, kennst du vielleicht Antworten auf diese Fragen.»

So persönlich waren ihre Gespräche bisher nie geworden. Achim wusste nicht recht, wie offen er sein durfte, schließlich waren es sehr private Fragen. Er holte das Schwarzweißfoto hervor, legte es auf den Tisch und schob es zu seinem Besucher.

«Ich weiß nun, wer auf dem Bild ist, wo und wann es gemacht wurde, ja sogar von wem.» Er zeigte auf Claudio und Paolo Gentile. «Das sind zwei Brüder, die nur zwei Tage später nach Deutschland ausgewandert sind. Die Frau ist die Frau, die ich in Anglona tot aufgefunden habe. Sie hat nach der Auswanderung der Brüder den dritten Mann auf dem Foto geheiratet. Die beiden haben Arbeit in Policoro gefunden, sind dorthin gezogen und ihr Leben lang dortgeblieben. Ich versuche zu verstehen, wieso einige sich für die Auswanderung entschieden haben und andere fürs Bleiben. Wo ist der entscheidende Unterschied?»

Nicolò nahm das Foto in die Hand und sah es lange an. Er wirkte, als ob er in die Vergangenheit eintauchen würde. Bevor er zu sprechen begann, hob er den Kopf und gab Achim das Foto zurück. «Wieso diese vier sich so entschieden haben oder wieso dein Vater ausgewandert ist, kann ich nicht sagen. Ich kann dir aber erzählen, wie es dazu kam, dass ich ausgewandert bin und mein Bruder, Marios Vater, geblieben ist», meinte er und schaute Achim aufmerksam in die Augen. Da Achim zustimmend nickte, fuhr er fort: «An sich sind nur zwei Fragen ausschlaggebend. Das mag seltsam klingen, aber so ist es. Die erste Frage war, ob man eine Perspektive fürs Bleiben hatte. Mein Bruder war bereit, den Hof des Vaters zu übernehmen, ich hingegen habe einen Beruf gelernt, der keine Aussichten auf genügend Einkommen für ein sorgloses Leben gab. Früher hat man ein gutes Paar Schuhe fürs Leben gekauft und dieses mit der Zeit ausbessern lassen. Mit der Massenproduktion sind günstige Schuhe auf den Markt gekommen, die die kleinen Budgets der Familien weniger belastet haben. Als Schuhmacher hätte ich hier nicht überleben können, im Gegensatz zu meinem Bruder, der dank dem Hof eine Existenz hatte.»

Nicolò trank seinen Espresso aus. Wie Achim hatte er auf Zucker verzichtet und den Kaffee schwarz getrunken. «Die zweite entscheidende Frage stellte sich nur denjenigen, die auswanderten, nämlich wo eine bessere Zukunft möglich war. Die besten Chancen auf Erfolg hatten Orte, wo man Beziehungen hatte, also Bekannte, die einem Arbeit beschaffen konnten. Ich habe einen Schuhmacher gekannt, der nach Florenz ausgewandert war, also habe ich den gefragt, ob es Möglichkeiten gebe, als Schuhmacher in Florenz zu leben. So ist es dann gekommen.»

«Perspektive und Beziehungen? Mehr nicht? Eine Chance erkennen können und Menschen kennen, die helfen können, diese Chance zu ergreifen? Und das hat euer ganzes Leben geprägt?» Achim schaute seinen alten Freund ungläubig an. War das bei seinem Vater auch so gewesen? Gab es jemanden in Bochum, der ihm geholfen hatte?

«Besser kann man das nicht zusammenfassen», bestätigte Nicolò und rückte seinen Stuhl zurecht. Er wirkte nicht mehr so angespannt wie am Anfang, aber wohl war ihm offenbar immer noch nicht. Der Dichter Leonardo Sinisgalli kam Achim in den Sinn. «Lucano si nasce e si resta! Lukaner haben Lukaner geholfen?»

«Genau! Das Netzwerk war sehr wichtig. Deshalb gibt es den Verein der Lukaner in der Toskana, der uns beide zusammengebracht hat», sagte Nicolò mit ernster Miene und erinnerte Achim an ihre allererste Begegnung vor rund zwanzig Jahren. Achim sah die Chance gekommen, eine Frage zu stellen, die ihn seither begleitete.

«Ich habe damals nicht verstanden, wieso es von Bedeutung ist, dass ich wie du Lukaner bin. Ein italienischer Kollege in Florenz hatte mir mit dieser Begründung erklärt, ich müsse dich kennenlernen. Wieso war das eine Pflicht?»

«Dein italienischer Kollege war selbst Lukaner. Er war aus Pisticci.» Nicolò hob dabei beide Schultern, als ob seine Aussage alles erklären würde. Achim wagte nicht nachzufragen, wieso einer aus Pisticci den Sohn eines Auswanderers aus Campomaggiore mit einem Auswanderer aus Guardia Perticara bekannt machen musste. Freiwillig schon, aber als Pflicht? War das der Preis der Hilfe? Musste man selbst anderen helfen?

Achim hatte den Eindruck, nun sei er an der Reihe, etwas von sich preiszugeben: «Das war bei mir ganz anders. Die vielen Reisen mit meinen Eltern in der Toskana haben mein Interesse geweckt und weil ich gut in der Schule war, durfte ich an der Universität Geschichte studieren.»

Nicolòs Kopf ging mehrmals auf und ab, als ob er sich selbst bestätigte. «Viele Auswanderer haben sich genau das erhofft. Wir hatten den Wunsch, dass unsere Kinder einen Beruf haben, der zu ihren Begabungen und Interessen passt, ohne von Beziehungen abhängig zu sein. Dein Vater muss sehr stolz auf dich gewesen sein, denn du hast diese Vorstellung verwirklicht.» Nicolò legte eine Hand auf sein Herz.

Achim bekam feuchte Augen und konnte nicht sofort antworten. Er schenkte Wasser in die Gläser ein und trank gleich einen Schluck, bevor er reden konnte. «So hat es mein Vater aber nie ausgedrückt. Seinen Stolz, ja, den hat er mir mitgeteilt, aber dass ich damit auch einen Teil seines Lebensplans verwirklicht habe, das kam nie zur Sprache. Haben denn deine Kinder auch die Möglichkeit gehabt, ihren Beruf zu wählen?»

Nicolò hatte selbst feuchte Augen bekommen, wischte die Tränen aber bei der Frage nach seinen Kindern weg. Ein breites Lächeln erhellte sein Gesicht. «Giuseppina und ich haben geheiratet, bevor wir in die Toskana ausgewandert sind und ja, die Zukunftsaussichten für die Kinder, die wir uns wünschten, haben auch für Florenz gesprochen. Giuseppina und ich waren uns auch einig, dass wir altmodische Vornamen für unsere Kinder meiden wollten, oder auch solche, die nur in Süditalien vorkamen. Letzten Endes ist das nichts anderes als seinem Kind in Deutschland einen deutschen Vornamen zu geben.» Achim erinnerte sich, dass Nicolòs Kinder sehr alltägliche Vornamen hatten, was auch auf seinen Neffen zutraf. «Mario ist aber auch ein Vorname, der in ganz Italien vorkommt.»

Nicolò schmunzelte. «Mein Bruder hieß eigentlich Carmine und mochte seinen Vornamen überhaupt nicht, deshalb haben ihn auch alle Filipo genannt, es war sein zweiter Vorname. Filipo war es wichtig, seinen Kindern alltägliche Vornamen zu geben.»

Achim grinste, nickte bestätigend und zeigte auf seine Brust. «Das kann ich gut verstehen, ich wurde selbst in der Basilikata schon mehrmals gefragt, ob ich ein Nachfahre des Briganten bin. Ich kann mir gut vorstellen, dass dein Bruder die Frage, ob seine Eltern ihn zur Ehre des Briganten so getauft haben, nicht mehr hören konnte.»

Sie mussten beide laut lachen, weil Nicolò behauptete, Carmine Crocco werde in den Sagen immer größer beschrieben als er wohl war. Sicher sei er in Wirklichkeit nicht so groß wie Achim gewesen. Achim holte das Foto aus Brescia und gab es Nicolò mit der Bemerkung, seine gesamte deutsche Verwandtschaft sei sehr groß. Der alte Mann war nun entspannt, das Lachen hatte ihn anscheinend befreit. Achim fragte sich, ob Giuseppina ihn aufgefordert hatte, Achim aufzusuchen. War es eine Pflicht, bei Freunden vorbeizuschauen, wenn man merkte, dass sie Hilfe brauchen könnten?

Achim genoss die Anwesenheit seines Freundes. So nahe waren sie sich in zwanzig Jahren noch nie gekommen. Nicolò legte die Fotos aus Brescia und Anglona nebeneinander. «Deine Großeltern leben wahrscheinlich nicht mehr, oder?»

«Alle vier sind gestorben, stell dir mal vor, wie alt die heute wären!» Achim wunderte sich, dass Nicolò nach seinen Großeltern fragte. Wenn er schon 61 war, dann war doch klar, dass sie alle nicht mehr lebten. Allerdings gab es in Guardia Perticara mehrere Hundertjährige, obwohl das Dorf nur 500 Einwohner hatte. So abwegig war die Frage vielleicht gar nicht. Er glaubte, Nicolòs Eltern nie begegnet zu sein, hatte automatisch angenommen, dass sie tot waren. Sicherheitshalber fragte er nach. Nicolòs Mutter war vor drei Jahren gestorben, Achim und seine Familie waren ihr vorgestellt worden, als sie das erste Mal im Dorf waren. Achim konnte sich vage erinnern, als Nicolò ihm erklärte, wo sie gewohnt hatte. Sie lag im Friedhof neben ihrem Mann, der sieben Jahre vor ihr gestorben war.

Achim lenkte das Gespräch wieder auf seine Familie, es war ihm etwas peinlich, dass er sich nicht an Nicolòs Mutter erinnerte. Wahrscheinlich hatte Nicolò ihm vor drei Jahren auch gesagt, dass er seine Mutter beerdigen musste.

«Meine drei Onkel leben aber noch alle. Zwei sind verwitwet, der Bruder meines Vaters und der ältere Bruder meiner Mutter. Ihr jüngerer Bruder und seine Frau leben gemeinsam in einem

kleinen Haus im Dorf meiner deutschen Großeltern. Meine
Großeltern hatten einen Bauernhof, den zuerst mein älterer
Onkel übernommen hat und dann dessen Sohn. Der ältere Onkel
lebt in einem Nebengebäude des Bauernhofes und hilft immer
noch auf dem Hof. Er ist 88 Jahre alt und liebt es, sich um die
Kühe zu kümmern, sie zu melken. Er spricht mit ihnen, kennt
jede beim Namen, ich glaube, Mario und er würden sich blendend verstehen!»

«Interessant! Dass dein Vater aus einer Bauernfamilie stammt,
hattest du mir schon erzählt, aber dass dies auch bei deiner Mutter so ist, wusste ich nicht.» Nicolò sprach oft in komplizierten
Formulierungen. Schon vor zwanzig Jahren hatte sich Achim
gewundert, wieso ein Schuhmacher so gepflegt und kompliziert
sprach.

Hingegen fand er es nicht erstaunlich, dass er wenig über seine
Mutter erzählt hatte. Schließlich hatten Nicolò und er bis jetzt
nur über das Verbindende gesprochen und das waren die lukanischen Wurzeln. «Meine Mutter ist ein Stadtmensch. Sie lebt
immer noch in der Wohnung, in die wir gezogen sind, als ich ein
kleines Kind war. Das Bauernleben liegt ihr nicht», wich Achim
aus. Er wollte nicht über seine Mutter reden.

Nachdem sich Nicolò verabschiedet hatte, blieb Achim nachdenklich sitzen. Sinisgallis Aussage, man käme als Lukaner zur
Welt und bleibe sein Leben lang Lukaner, wollte ihm nicht aus
dem Kopf. Auch sein Vater hatte mehrere Freunde aus der Basilikata gehabt. Achim konnte sich gut an die Treffen erinnern, als er
noch bei seinen Eltern gewohnt hatte. Seine Mutter konnte ihm
da sicher weiterhelfen. Er schaute seinen Vater auf dem Foto in
Brescia an. «Was hast du mir alles nicht erzählt?»

# POLICORO

Achim rief seine Mutter an und kündigte einen Besuch in Bochum in fünf Tagen an. Anstatt seiner Mutter die Wahrheit zu sagen, behauptete er, er habe beruflich im Ruhrgebiet zu tun. Dabei begannen sich die unbeantworteten Fragen vor ihm zu türmen. Achim hasste das, er wurde immer unruhig, wenn mehr Fragen in seinem Leben auftauchten als Antworten.

Bevor er losfahren konnte, musste er jedoch einiges regeln. Zuerst rief er Don Natale an. «Guten Tag, Don Natale. Achim Crocco. Costanzas Nachbarin hat mir nach der Beerdigung die Schlüssel zum Haus in Anglona gegeben. Ich möchte sie zurückgeben, habe aber weder eine Adresse noch eine Telefonnummer. Hätten Sie die Telefonnummer von Raffaella Varasano? Bei der Gelegenheit möchte ich in der Wohnung nachschauen, ob ich etwas finde, was ich der Familie Gentile in Deutschland mitbringen kann. Im Haus in Anglona habe ich nichts Geeignetes gefunden, das war fast leer. Vielleicht habe ich in der Wohnung mehr Glück», sagte er in einem Zug.

«Ja klar, ich schicke Ihnen die Koordinaten von Raffaella per WhatsApp inklusive Adresse. Danke, dass Sie sich so engagieren. Auf Wiedersehen, mein Sohn», antwortete der Priester knapp und hängte gleich wieder auf.

Achim hatte den Priester nicht so modern eingeschätzt, dass er Kontakte über WhatsApp verschicken würde. Außerdem schien es ihm, als ob Don Natale eine Diskussion vermeiden wollte. Wieder einmal gab dieser Priester Achim Rätsel auf. Nur Sekunden später blinkte sein Handy.

Raffaella war sofort von der Idee begeistert, der Familie in Deutschland etwas mitzubringen, weshalb Achim gleich ins Auto stieg und nach Policoro fuhr. Sie wohnte in einem vierstöckigen Haus in der Via Gonzaga. Es war ein hässlicher gelblicher Wohnblock mit Flachdach, dessen Verputz abblätterte und sich an vielen Stellen dunkel gefärbt hatte. Die meisten Gebäude der Straße wirkten jünger, vielleicht waren sie im Gegensatz zu diesem Wohnblock renoviert worden. Der Eingangsbereich war in der Mitte, links und rechts waren Wohnungen. Jede Wohnung hatte einen Balkon mit einer rotweiß gestreiften Markise, die gerade nach unten bis zur Balkonbrüstung reichte. Achim stellte sein Auto auf den Parkplätzen vor dem Wohnblock ab. Raffaella saß draußen und plauderte mit anderen Frauen. Achim meinte, alle bei der Beerdigung gesehen zu haben. Raffaella winkte Achim zu sich.

«Das ist Gioacchino, er hat Costanza in Anglona gefunden und nach der Beerdigung nach den Hühnern geschaut», stellte sie ihn den Frauen vor und legte ihm dabei eine Hand auf den Arm.

«Braver Mann. Sie sind mutig, dass Sie nicht weggeschaut haben, sondern die Carabinieri gerufen haben. Wie geht es den Hühnern, was passiert nun mit ihnen? Costanza ist Ihnen sicher sehr dankbar! Wo haben Sie Costanzas Auto?» Die Frauen hatten einen Kreis um ihn gebildet, redeten alle durcheinander, berührten ihn am Arm, während Achim sich noch bei der ersten Aussage aufhielt. Er empfand sich nicht als mutig, höchstens pflichtbewusst. Zum Glück überragte er alle Frauen um einiges, denn ihr Kreis kam ihm wie eine Belagerung vor, die er nicht durchbrechen konnte.

«Den Hühnern geht es gut, ein Nachbar schaut nach ihnen. Er kennt Costanza seit der Kindheit und hat auch schon früher nach den Hühnern geschaut, wenn Costanza verhindert war. Das

Auto haben wir in eine Scheune beim Haus in Anglona gestellt»,
beantwortete er dennoch alle Fragen auf einmal und blickte auf
die Frauen hinunter.

«Sehr gut, sehr gut! Danke! Kommen Sie, wir gehen in die
Wohnung.» Raffaella zog Achim zum Hauseingang. Costanzas
Wohnung war im dritten Stockwerk. Im Treppenhaus war es so
heiß, dass Achim sofort ins Schwitzen kam. Die Luft stand still,
obwohl Raffaella die Eingangstüre offenließ.

Während Raffaella die Wohnungstüre öffnete, atmete Achim
tief durch. Der Besuch des ehemaligen Bauernhofes hatte ihn
nicht gestresst, aber hier begannen seine Nerven zu flattern. Hier
ging es nicht um die Vergangenheit. Er hatte das Gefühl, in die
Gegenwart von Costanza Gentile einzudringen und fühlte sich
nicht wohl dabei. Das wurde ihm zu persönlich. Abbrechen und
umkehren konnte er nicht, also konzentrierte er sich auf das,
was er konnte: Gebäude mit professioneller Distanz betrachten.
Die zwei Schlafzimmer lagen auf der Rückseite des Hauses, dazwischen war ein Badezimmer. Das Wohnzimmer war zugleich
das Esszimmer und recht groß, durch zwei Fenstertüren konnte
man auf den Balkon treten, der dank der alten Markise im Schatten lag. Achim öffnete eine Fenstertüre in der Hoffnung, etwas
frische Luft reinzulassen. Doch die Hitze auf dem Balkon war
unerträglich. Die Küche war sehr eng und lag oberhalb des Ein-
gangsflurs im Erdgeschoss. Achim verstand, wieso das Treppenhaus im hinteren Teil des Hauses war, so konnten einige Wohnungen eine Küche über diesem sonst nutzlosen Raum haben. Diese
kleine Trouvaille in diesem hässlichen Gebäude erfreute ihn. Er
wandte sich zu Raffaella, die im Wohnzimmer stand.

«Ich suche etwas, das der Familie in Deutschland etwas bedeutet, obwohl sie nie in Policoro war. Haben Sie eine Idee?»
Achim hörte sich selbst wie durch Watte sprechen.

Raffaella strahlte ihn an. Sie war sichtlich stolz. «Ich habe mir darüber Gedanken gemacht. Es gibt Fotos mit dem Sohn von Paolo. Das war doch der Ehemann dieser Frau, die nicht auf die Beerdigung kommen wollte, nicht?» Raffaella lief zu einem großen Möbel aus dunklem Holz mit vielen Schubladen. Sie holte ein Fotoalbum hervor und hielt es Achim hin. «Die Frau verdient das gar nicht, aber gut. Vielleicht finden ihre Kinder daran Gefallen. Alte Fotos vom eigenen Vater und von der eigenen Großmutter sind immer spannend.» Raffaela strömte Lebenslust aus. Achim lächelte, die Energie dieser Frau löste seine Beklemmung auf.

«Der Nachbar, der nach den Hühnern schaut, hat mir erzählt, dass Markus, Paolos Sohn, als Kind einige Male nach Policoro gereist ist. Schauen wir mal, ob es Bilder davon gibt.»

Sie setzten sich auf das Sofa und während Achim im Fotoalbum blätterte, seufzte Raffaella: «Ach! Salvatore, der treue Jugendfreund, der immer für Costanza da gewesen ist! Ich bin überzeugt, Salvatore hätte Costanza einen Heiratsantrag gemacht, wenn es Gianfranco nicht gegeben hätte. Deshalb mochte ihn Gianfranco nicht, er war ein Konkurrent.»

Achim schaute verwundert vom Fotoalbum auf, Salvatores Tränen vor Augen, und blickte Raffaella vorwurfsvoll an. «Wieso hat dann niemand Salvatore zur Beerdigung eingeladen?»

Raffaella blickte zurück, als sei er von einem fremden Planeten. «Gerade deswegen! Don Natale hat die Freundschaft zwischen Costanza und Salvatore nie gutgeheißen. Der ist so was von altmodisch und meint, eine Frau müsse bis zum eigenen Tod trauern, wenn ihr Mann gestorben ist. Salvatore war ein Freund, nur ein Freund. Ein sehr guter Freund zwar, vor allem aber eine Vertrauensperson. Er hat seine eigene Ehe gehabt, aber diese Priester haben manchmal eine schmutzige Fantasie.»

Achim sagte nichts und blätterte weiter im Fotoalbum. Raffaella erklärte ihm jedes Foto, wer auf dem Foto war, wann es aufgenommen wurde, manchmal auch wer den Abzug drückte. Nicht nur Markus und seine Mutter kamen vor, sondern auch Costanza, Gianfranco, Costanzas Sohn Enzo, ihre Mutter Maria und Paolo. Von Claudio gab es kein Bild, allerdings war eine Stelle auf der zweiten Seite leer. Achim nahm das Foto, das er in Anglona gefunden hatte, und klebte es ein.

Raffaella hatte ihm erstaunt zugeschaut und fuhr mit der Hand über das Bild. «Woher haben Sie denn dieses Foto?»

«Das lag in der Basilika, ich nehme an, Costanza hat es an ihrem Todestag verloren. Sie wissen viel über Costanza.»

Raffaella nickte bedächtig, schaute auf ihre Fingernägel ohne Nagellack, dann Richtung Balkon und dann wieder auf ihre Fingernägel. Sie wischte eine Träne von der Wange. «Nach vierzig Jahren guter Nachbarschaft weiß man viel übereinander. Costanzas Geschichte war viel spannender als meine eigene. Da wir beide nie reisen konnten, haben wir Geschichten zu diesen Fotos aufleben lassen. Wie oft haben wir diese Fotos angeschaut? Wie viel hat mir Costanza dazu erzählt? Ich weiß es nicht mehr. Dieses Fotoalbum ist eine Sammlung von allem, was sie einmal hatte und nun verloren hat.»

«Das Fotoalbum ist perfekt! Ich nehme es mit!» Achim klappte das Fotoalbum zu, stand auf und schritt zum Ausgang. Das wurde ihm zu sentimental und er wollte da nicht reingezogen werden. Bei der Wohnungstüre kamen ihm die Schlüssel in den Sinn. Er holte sie aus seiner Hosentasche und wollte sie Raffaella geben, aber sie nahm den Schlüsselbund nicht an.

«Behalten Sie die Schlüssel, bis Sie wissen, was mit dieser Wohnung geschieht. Ich rede mit der Vermieterin, damit sie Ihnen die nötige Zeit lässt, mit der Familie zu sprechen.» Raffaella schob den Schlüsselbund von sich weg.

Achim bedankte sich, winkte beim Rausgehen den Frauen zu und fuhr sofort los, die Klimaanlage auf Anschlag. Er habe auch nie verstanden, wie man freiwillig in ein Haus ohne Garten einziehen kann, hatte Salvatore gesagt. «Wenn der wüsste, wie es drinnen aussieht», dachte sich Achim. Er fuhr zum Supermarkt neben dem Fußballstadion. Achim war der Meinung, dass dieser die beste Auswahl in Policoro hatte. Allerdings war er auch teurer als die anderen, mit Ausnahme des Supermarkts im Heraclea. Costanza hatte wohl in beiden nie eingekauft.

Achim verbrachte fast zwei Stunden im Supermarkt, weil er sich unschlüssig war, was er alles mit nach Deutschland nehmen sollte. Frischwaren gingen nicht, dafür würden zu viele Tage vergehen, bis er in Bochum ankommen würde. Abgesehen von ein paar Weinflaschen kaufte er am Schluss nur Dinge, die er für sich selbst brauchte.

Er rief Julia Gentile an, sobald er zurück in seinem Haus war. Sie nahm seine Entschuldigung für seine Vorwürfe überrascht an und entschuldigte sich ihrerseits für ihr Verhalten. Es tue ihr leid, dass sie so unfreundlich gewesen sei, sie habe während des Gesprächs vergessen, dass er ein unbeteiligter Dritter sei, der nur helfen wolle. Achim fragte, ob er vorbeikommen dürfe, er sei in ein paar Tage ohnehin im Ruhrgebiet und könne ihr gerne schildern, was sie möglicherweise erben würde. Das sei doch nicht nötig, meinte Julia zuerst, willigte aber doch ein, als Achim sagte, er habe ein Fotoalbum mit Fotos ihres Mannes als Kind gefunden.

# ANGELA

«Dein Vater ist mit zwei anderen jungen Männern aus seinem Dorf nach Deutschland gekommen und hat zuerst bei einem Onkel von einem der beiden gewohnt.»

Es duftete nach tierischem Bratfett und Röstzwiebeln. Die Küche war zu klein für zwei Personen, er wäre seiner Mutter nur im Weg gewesen, deshalb stand er knapp vor dem Türrahmen, so dass er den Kopf nicht einziehen musste. Seine Mutter wohnte immer noch in der Viereinhalbzimmerwohnung, in der Achim aufgewachsen war. Die Wohnung war renoviert worden, aber es war immer noch diese Wohnung, die aussah wie alle anderen Wohnungen in einem Wohnblock, der aussah wie alle anderen Wohnblöcke um ihn herum. Ihre Eltern hatten die letzte Renovierung genutzt, um auch viele Möbel zu ersetzen, die sie teilweise Anfang der 60er Jahre gekauft hatten. Dadurch wirkte die Wohnung frisch und modern, auch wenn viele Fotos und Souvenirs das vergangene Leben der Bewohner in Erinnerung riefen.

Angela kochte leidenschaftlich gern und liebte es, wenn sie mit Essen Freude bereiten konnte. Sie hatte ohnehin Freude an Qualität, kleidete sich schlicht, aber elegant, hatte eine moderne Frisur, graue Haare hin oder her. Sie hatte sogar mehrere Brillen mit unterschiedlichen Rahmen, um stets die passende zu ihrem Outfit tragen zu können. Seine Mutter war immer noch eine schöne Frau. Er konnte sehr gut verstehen, dass sein Vater sich in diese große, blonde, blauäugige Frau verliebt hatte.

«Die drei hatten dank dem Onkel bereits einen Arbeitsvertrag und sind erst beim Onkel ausgezogen, als sie sich selbst eine Wohnung leisten konnten», erzählte Angela weiter, ohne vom Kochherd aufzusehen. «Am Anfang haben sie sich mit anderen Lukanern getroffen, ich weiß gar nicht, ob es diesen Verein noch gibt. Nach unserer Hochzeit ist dein Vater immer seltener zu diesen Treffen gegangen. Er wolle nicht alten Zeiten nachtrauern, die nie wieder zurückkommen würden, hat er mir damals erklärt. Mit seinen beiden Freunden aus dem Dorf hat er länger Kontakt gehalten. Pantaleo, der Freund mit dem Onkel, ist jung, keine sechzig Jahre alt, an Lungenkrebs gestorben. Vito Di Perna ist nach der Pensionierung zurück nach Campomaggiore gegangen, seine Adresse müsste ich suchen.»

«Ich kann mich an Zio Vito erinnern, habe ihn aber in Campomaggiore nie angetroffen. Kennst du denn noch andere Lukaner, die hier in Bochum leben?», fragte Achim den Rücken seiner Mutter.

«Du hast ihn zwar Zio genannt, aber er war nicht dein Onkel. Ich habe keinen Kontakt zu Lukanern gesucht, war einfach dabei, wenn es ein Treffen gab und wir Frauen auch dabei waren. Je weniger Kontakt dein Vater hatte, umso weniger Kontakt hatte ich. Aber wieso gräbst du in alten Geschichten herum?» Angela drehte sich um und schaute ihren Sohn fragend an. «Was soll die Fragerei?», schien ihr Gesicht zu sagen. Achim lächelte.

«Berufskrankheit? Nein, im Ernst: Ich war da in eine Geschichte verwickelt, die mich zum Nachdenken angeregt hat.» Er holte Costanzas Fotoalbum, zeigte das Schwarzweißfoto, das er in der Kirche gefunden hatte, und erzählte die Geschichte von Anfang an. Seine Mutter hörte ihm höflich zu, sagte nichts, aber Achim spürte ein gewisses Interesse.

«Himmelherrgott, so weit kommt es noch, dass du wegen Geschichten aus der Vergangenheit um dein Lieblingsessen kommst!», rief seine Mutter plötzlich laut. Achim küsste seine Mutter auf die Stirn, wofür er sich nicht bücken musste.

Sie wechselten zum Esstisch. Achim öffnete zwei Bierflaschen. «Entdecken, dass man zwei Wurzeln hat, die in ganz unterschiedlichen Böden stecken, ist schon eine seltsame Erfahrung. In meinem Alter erst recht. Manchmal nehme ich es Papa übel, dass er mir nicht mehr über die Basilikata erzählt hat. Ist er denn nicht über das Emigrationszentrum in Neapel nach Deutschland gekommen?»

«Doch, doch, dein Vater ist schon über Neapel gekommen», antwortete Angela. Achims Vorwurf an seinen Vater hatte sie beim Essen innehalten lassen. Sie senkte ihre Gabel wieder. «Ohne den Arbeitsvertrag wäre eine Einreise in Deutschland auch kaum so früh möglich gewesen. Diese Gastarbeiter, wie sie genannt wurden, sind alles andere als willkommene Gäste gewesen, besonders bei den Gewerkschaften war das Abkommen zwischen Deutschland und Italien gar nicht beliebt. Die Wirtschaft hat aber Arbeitskräfte gebraucht und wenn ein eigener Mitarbeiter wie Pantaleos Onkel jemanden empfohlen hat, war das auch für den Arbeitgeber interessant. Das war so etwas wie eine Garantie.» Angela forderte ihren Sohn auf, endlich zu essen. Achim gehorchte und blickte immer wieder seine Mutter an. Würde sie von sich aus weitererzählen oder musste er eine Frage stellen? Angela aß langsam mehrere Bissen. Gerade als Achim eine Frage stellen wollte, nahm sie ihre Erzählung wieder auf.

«Der Onkel hat eine eigene Wohnung gehabt, in der er mit seiner Frau allein lebte, nachdem die Kinder ausgezogen waren. So mussten die Freunde nicht in Baracken leben, wie so viele andere. Da hat sehr vieles gepasst und allen das Ganze einfacher gemacht. Dein Vater hat dieses Startglück zu nutzen verstanden.»

Sie trank einen großen Schluck von ihrem Weißbier und redete gleich weiter. «Ich kann mich gut erinnern, wie dieser kleine Mann plötzlich in meinem Büro stand und sich entschuldigend fragte, wo er Deutsch lernen könne. Mein Chef ist aus seinem

Büro gekommen und hat geantwortet, er solle sich an die Katholische Kirche wenden, die könne vielleicht helfen. Ich war ganz überrascht gewesen, dass er ihn nicht einfach rausgeworfen hat, denn die Arbeiter durften nicht einfach so, ohne Vorladung, in die Büroräumlichkeiten kommen. Am Sonntag darauf habe ich dann völlig verblüfft diesen kleinen Mann im Gottesdienst gesehen, im Gottesdienst auf Deutsch, nicht den auf Italienisch für die Italiener. Ich habe mich nach dem Gottesdienst getraut ihn zu fragen, wieso er denn den deutschsprachigen Gottesdienst besucht. Die Antwort werde ich nie vergessen: Er könne nur Deutsch lernen, wenn er Deutsch sprechen höre, und in der Fabrik werde nicht Deutsch gesprochen. So hat meine Geschichte mit Giovanni Crocco begonnen, dem kleinen Fabrikarbeiter, und daraus ist ein glückliches Leben geworden.» Achims Mutter lächelte, während sie erzählte. Achim kannte seine Mutter als zurückhaltende Person, die sehr ausgeglichen wirkte, nie laut wurde. Er wusste, dass sie wirklich sehr glücklich sein musste, wenn sie mit warmer Stimme und so einem Lächeln erzählte.

«Dein Vater hat alles unternommen, um sich zu integrieren. Er hat sich vieles anhören müssen, weil er sich mit einer Deutschen traf, und zwar nicht nur von den Deutschen. Mir ist es zunächst nicht besser ergangen und als wir beschlossen zu heiraten, haben meine Kolleginnen im Sekretariat mich beschimpft. Ich sehe noch heute, wie der Chef aus seinem Büro rausgekommen ist, diese Kolleginnen angeschnauzt hat, manch ein Deutscher könne sich ein Vorbild an Herrn Crocco nehmen, und wieder in sein Büro verschwunden ist. Eine Kollegin hat nur noch gemeint, dass ich wohl die seltene Perle gefunden habe, und von da an ließen sie mich in Ruhe. Einige sind zur Hochzeit gekommen, andere nicht.»

Das Lächeln seiner Mutter hatte sich in eine wütende Verspannung verwandelt. Zu sehen, wie seine Mutter all das über sechzig Jahre später immer noch verletzte, stimmte Achim traurig. Was müssen das für Zeiten gewesen sein?

«Ich habe das alles nicht gewusst. Ich wusste schon, dass die Gastarbeiter schlecht behandelt wurden, ausgegrenzt und manchmal ausgenutzt, aber dass auch meine Mutter darunter leiden musste, finde ich schlimm.» Er legte seine Hand auf die seiner Mutter.

«Dein Vater war ein intelligenter Mann, der dafür gesorgt hat, dass wir alle drei nicht als italienische Einwandererfamilie gesehen wurden», fuhr seine Mutter fort und fand ihr Lächeln wieder, als sie sich an ihren Mann erinnerte. «Der Name Crocco war dabei hilfreich, den ordnet man nicht automatisch Süditalien zu, und als wir in dieses neue Viertel gezogen sind, waren wir eine Familie unter vielen und fielen nicht besonders auf. Es war auch dein Vater, der einen deutschen Vornamen für seinen Sohn wollte.»

«Wieso war das denn wichtig?», fragte Achim, der die Antwort seines Vaters kannte, aber seine Mutter nie gefragt hatte.

«Weil du damit automatisch als Deutscher angesehen wurdest. Wo auf der Welt außerhalb Deutschlands gibt es Achims?», forderte Angela ihren Sohn mit einem Grinsen heraus.

Achim kannte keinen einzigen Achim, der nicht Deutscher war.

Sie schwiegen eine Weile, während sie die Mahlzeit genossen. Seine Mutter schien in Erinnerungen zu schwelgen, aber Achim wagte es nicht, weiter zu fragen. Nach einer gefühlten Ewigkeit nahm Angela den Faden wieder auf.

«Mein Vater hat sich zuerst schwergetan, dass ich einen Italiener geheiratet habe, aber je besser er Giovanni kennenlernte, umso besser haben sich die beiden verstanden. Die sind echte Freunde geworden und mein Vater hat ‹seinen Hans› immer öfter um Rat gebeten.»

Angela hatte mit den Fingern Anführungszeichen in die Luft gemalt, als sie ‹seinen Hans› gesagt hatte. Dann räumte Angela ab und startete ihre Nespresso-Maschine. Für Achim gab es einen Espresso aus einer schwarzen Kapsel, für Angela einen Caffè Latte aus einer goldbraunen Kapsel. Sie brachten je ihren Kaffee zum Tisch und setzten sich wieder. Angela erzählte gleich nach dem ersten Schluck weiter.

«Mein Vater konnte ziemlich rabiat werden, wenn sich jemand abfällig über Italiener äußerte. Es gäbe überall schlechte und gute Menschen, sagte er immer wieder. Giovanni hat auch gerne auf dem Bauernhof meiner Eltern ausgeholfen. Als Familie Landwirtschaft zu betreiben, gemeinsam Lebensmittel herzustellen und gemeinsam das zu essen, was das eigene Land hergebe, sei eine der schönsten Sachen im Leben, das war seine Überzeugung. Mein Vater hat mir dann immer wieder gesagt: ‹Siehst du, Hans schätzt im Gegensatz zu dir den Wert des Bauernhofes›. Zum Glück hat mein Bruder den Hof übernommen, sonst wäre ich noch Bäuerin geworden! Giovanni hätte es sicher gefallen, den Hof zu übernehmen, schließlich war er selbst Bauernsohn», sagte sie mit weit geöffneten Augen und schüttelte dabei ungläubig den Kopf.

«Ich sehe dich beim Melken, die langen Haare hochgesteckt, in einem langen Rock und Gummistiefeln!» Achim schmunzelte, als er dies sagte, und musste laut lachen, als er den entsetzten Blick seiner Mutter sah. Sein Lachen steckte sie an.

«Ich habe kurz geglaubt, dass du das ernst meinst!», meinte Angela vorwurfsvoll und wischte sich eine Träne aus den Augen. «Mensch Achim, was für ein Bild! Was für ein Bild zeichnest du da von deiner Mutter! Schrecklich!»

Achim hatte einen anderen Bezug zum Bauernhof als seine Mutter. Für ihn war es ein Ferienort, ein Ort zum Entspannen und Spaßhaben. Sie war diesem Ort entflohen, war zum

Stadtmenschen geworden. Er war ihr in dieser Hinsicht nicht unähnlich, hatte keine Ahnung von Botanik. Im Gegensatz zu seinen Kindern hatte er sich als Kind auch nie ein Haustier gewünscht. Sein Gehirn war sein Werkzeug, ein sehr analytisches Werkzeug. Beobachten, interpretieren und möglichst präzise beschreiben, ohne sich von den Gefühlen leiten zu lassen. Achim handhabte es auch so, wenn es um ihn und sein eigenes Leben ging.

«Es ist manchmal schon überraschend, was zum Vorschein kommt, wenn man in der Vergangenheit gräbt. Mit dem Leben in Campomaggiore habe ich mich noch nicht viel befasst. Ich habe mir zwar jede Parzelle angeschaut, an der ich gemäß Grundbuch Anteile geerbt habe, aber was früher gewesen ist, darüber habe ich mit niemandem geredet. Einmal im Jahr werde ich von Papas Cousine zum Essen eingeladen, aber da wird über das Essen und die heutigen Probleme und Menschen diskutiert, nicht über die Vergangenheit. Wie gesagt, ich habe nicht einmal gemerkt, dass Zio Vito dort wohnt.»

«Machen wir ja nicht anders, wenn wir unsere Verwandten treffen, oder nicht? Ich meine, über das Essen und die heutigen Probleme und Menschen diskutieren. Wir sind morgen zum Abendessen bei meinem Bruder eingeladen, beziehungsweise bei seinem Sohn und seiner Schwiegertochter, die den Hof übernommen haben», sagte Angela und brachte die Kaffeetassen in die Küche.

«Schön! Ich freue mich!», rief ihr Achim nach. «Übermorgen muss ich noch zu dieser Julia Gentile. Hoffentlich wird sie dieses Mal etwas freundlicher sein.»

Seine Mutter trat in den Türrahmen, stützte sich mit einer Hand ab und schaute ihn böse an. Die Bemerkung seiner Mutter, der Besuch dieser Frau sei der wahre Grund seines Kommens, traf ihn unerwartet. «Nein, ich bin gekommen, weil ich mit dir über

Papa sprechen wollte. Natürlich kombiniere ich das mit dem Besuch dieser Frau, aber es ist nicht der Hauptgrund.»

«Du hast mich angelogen, Achim. Sag mir die Wahrheit! Wieso bist du gekommen?»

Achim erzählte seiner Mutter erstmals ausführlich, wie er zwischendurch wütend auf seinen Vater wurde. Sie setzte sich wieder an den Tisch, hörte ihm aufmerksam zu, unterbrach ihn nicht. Achim beschrieb die Leere, die er fühlte, weil er zu wenig über seine italienische Herkunft wusste. Mühsam Fakten aus vergangener Zeit zusammentragen gehöre zwar zu seinem Beruf, aber es belaste ihn sehr, dies über sich selbst zu tun. Die Medicis könne er nicht mehr fragen, wenn er etwas nicht wisse, aber sein Vater hätte ihm vieles erzählen können. Nicht zu verstehen, wieso sein Vater sich so verhalten habe, nage an ihm. Erst als Achim lange schwieg, stellte Angela ihre erste Frage. Wieso er seinem Vater dafür die Schuld gebe, wollte sie wissen.

«Weil er uns immer gesagt hat, in der Basilikata gäbe es nichts. Das sei eine Gegend ohne Zukunft. Das war seine Wahrnehmung, aber er hat uns nie die Chance gegeben, uns ein eigenes Bild zu machen. Es war für mich ein Schock zu entdecken, dass die Basilikata für mich etwas anderes ist. Wieso wusste ich nicht, dass wir noch Verwandte dort haben? Wieso musste ich nach seinem Tod erfahren, dass wir noch ein Haus und Land dort haben? Wieso gibt es keine Fotos davon in dieser Wohnung?» Achims Wut brach aus ihm heraus, er untermalte seine Fragen mit ausschweifenden Bewegungen, sprach laut, sehr laut.

Seine Mutter schwieg zuerst betroffen und lächelte plötzlich. Er könne regelrecht zum Italiener werden, so kenne sie ihn gar nicht. «Siehst du! Nichts ist verloren! Deine Italianità kommt zum Vorschein, ohne dass dein Vater dich dazu ermutigen musste. Ja, er wollte nicht zurück. Aber er hätte dich nie daran gehindert, in die Basilikata zu reisen. Du hättest dir schon viel früher ein

eigenes Bild machen können. Hast du aber nicht. Dafür darfst
du deinem Vater die Schuld nicht geben!»

# ACHIMS KINDERZIMMER

Achim saß in seinem alten Kinderzimmer, als er mit Vivian sprach. Sie hatten nie gemeinsam in diesem Zimmer übernachtet. Vivian war immer lieber wieder nach Heidelberg gefahren, obwohl die Fahrt vier Stunden dauerte, also trafen sie sich normalerweise zu Mittag mit Achims Eltern. Wenn sie im Ruhrgebiet übernachteten, dann war es auf dem großelterlichen Bauernhof. Dort war mehr Platz. Zu viert hätten sie schlecht in die Wohnung seiner Eltern gepasst und den Kindern gefiel es auf dem Bauernhof ohnehin besser. Dass dieser eine halbe Stunde in Richtung Heidelberg lag, war zudem praktisch.

«Und? Konnte dir deine Mutter deine Fragen zur Auswanderung deines Vaters beantworten?», wollte Vivian wissen. Sie war immer noch an der Universität, aber dieses Mal hatte sie Zeit gehabt, den Laborkittel auszuziehen. Sie trug ein rosarotes T-Shirt, das Achim noch nicht kannte. Die Halskette harmonierte mit dem Rosarot.

Achim hatte einen dunkelblauen Pullover angezogen, denn der Temperaturunterschied zu Süditalien war markant. «Wir haben gar nicht so lange sprechen können. Ich bin erst kurz vor 18 Uhr angekommen. Ich habe heute länger ausgeschlafen, als ich geplant hatte, dann bin ich noch Wolfgang in die Arme gelaufen, als ich Unterlagen in meinem Büro an der Uni deponieren wollte. Du kennst ihn ja, er kennt alle Gerüchte. Die Entwicklungen gefallen mir nicht. Es gibt einige Forschungsprojekte zu Italien, aber die machen alle einen Bogen um Florenz. Sie befassen sich lieber mit Venedig, Rom und Sardinien-Piemont. Als ob sie einen großen Bogen um mich herum machen würden. Sie sind nur froh, dass ich die Lehraufträge annehme, die niemand will. Wenn ich nicht mehrheitlich mit Drittmitteln finanziert wäre, würde ich es wohl nicht bis zur Rente schaffen», meinte Achim nachdenklich. Seine Augen trübten sich, er sah seine Frau nur noch verschwommen.

«Wegen des Geldes musst du es ja auch nicht mehr machen, Achim! Ist es so kalt, dass du einen Pullover trägst?» Vivian versuchte ihn von diesen negativen Gedanken zu entfernen.

Achim schaute auf den Pullover und wusste gar nicht mehr, wann er das letzte Mal einen Pullover getragen hatte. Er hatte den ganzen Sommer in Italien verbracht und schon das Wetter in Heidelberg als frisch empfunden, obwohl es für lokale Verhältnisse sehr schön und warm war. Sein Organismus hatte sich in der Basilikata wohl an die Temperaturen um die vierzig Grad gewöhnt. «In der Toskana habe ich ihn ein paar Mal am Abend über die Schulter geworfen, aber in der Basilikata war es so warm, dass es nicht einmal um Mitternacht nötig war. Es ist dennoch schräg, dass ich hier kalt habe. Ich bin doch hier aufgewachsen und es ist auch hier überdurchschnittlich warm.»

«In ein paar Tagen wirst du dich wieder akklimatisiert haben», meinte Vivian und kam zu ihrer ursprünglichen Frage zurück: «Was hat denn das Gespräch mit deiner Mutter nun gebracht? Weißt du Neues zur Auswanderung deines Vaters?»

«Wir haben mehr über die Spannungen zwischen italienischen Gastarbeitern und Deutschen gesprochen. Das war schon interessant. Mama und Papa haben ja in der gleichen Firma gearbeitet, als sie sich kennenlernten. Offenbar hatte mein Vater in der Führungsetage einen sehr guten Ruf. Mamas Chef hat ihn einmal als Vorbild für Deutsche bezeichnet», erzählte er stolz.

«Dein Vater war so gewissenhaft. Ich kann mir vorstellen,

dass Deutsche eine gute Meinung von ihm hatten. Allerdings ist es schon außergewöhnlich, wenn diese gute Meinung geäußert wird.» Vivian strahlte ihren Mann an. Achim dachte nicht mehr an das Gespräch mit Wolfgang und erzählte weiter.

«Neu war für mich, dass deutsche Frauen, die Italiener heirateten, von anderen deutschen Frauen schlecht behandelt wurden. Meiner Mutter ging es jedenfalls so. Sie wird noch heute wütend, wenn sie es erzählt. Übermorgen bin ich bei dieser Julia Gentile, ich bin gespannt, was sie erzählt.»

«Du weißt, dass ich nicht nachvollziehen kann, wieso du das tust», meinte Vivian und schüttelte den Kopf.

«Dabei bist du ja schuld. Ich habe ein schlechtes Gewissen, weil ich Julia Gentile schlecht behandelt haben soll», erwiderte Achim. «Und da ich eh in der Gegend bin und dieses Fotoalbum ein gutes Andenken ist, passt das schon. Sie hat mir bereits am Telefon gesagt, ich könne den Haushalt in Policoro auflösen, das Zeug interessiere sie überhaupt nicht.»

«Das machst du aber nicht, oder? Es ist nicht deine Aufgabe, Achim! Du bist zu gutmütig, lass dich doch nicht einfach so ausnutzen! Du hast mir nicht alles über dein Gespräch mit deiner Mutter erzählt, oder?», hakte Vivian nach. Sie ließ sich nicht von Achims unschuldigem «Wieso?» beirren. «Immer wenn dich etwas tief bewegt, sagst du es nicht. Wie dein Vater schweigst du lieber. Du beschreibst lieber sachlich Fakten, anstatt zu sagen, was sie bei dir auslösen. Wir kennen uns zu lange, ich weiß, dass du das dann machst, wenn du deine Gefühle nicht ausdrücken willst. Also! Was ist los?»

Achim stieß laut und lange Luft aus. «Ich werde in letzter Zeit immer wieder wütend auf meinen Vater und ich schäme mich dafür. Darüber rede ich nun mal nicht gerne! Ich schäme mich, weil ich ihm Unrecht antue. Er hat alles gemacht, damit ich ein besseres Leben habe als er. Ich darf nicht so wütend werden!»

# MUTTER UND TOCHTER

Für den Besuch bei Julia Gentile hatte Achim eine schwarze Anzughose mit einem braunen Ledergurt aus Lucca, ein blaues Langarmhemd und elegante braune Lederschuhe angezogen, die Nicolò für ihn in langer Handarbeit angefertigt hatte. Auf den Sakko des Anzugs hatte er in letzter Minute verzichtet und ihn im Auto gelassen, das er knapp zwanzig Meter vom Reihenhaus geparkt hatte. Der wolkenfreie Himmel und die angenehmen Temperaturen hatten ihn dazu bewogen. Vielleicht hatte er sich auch akklimatisiert, wie Vivian es vorhergesagt hatte. Achim hatte bei der Fahrt die Kiefer so fest zusammengepresst, dass es schmerzte, als er an der Türe von Julia Gentile klingelte. Zu seiner Überraschung öffnete eine jüngere, zierliche, sehr dünne Frau in Bluejeans und einer weißen Bluse mit einem schlichten Strickmuster.

«Julia Gentile?», fragte er völlig überrumpelt. Das soll die Frau sein, mit der er telefoniert hatte und die so unfreundlich gewesen war? Sie war doch zu jung?

«Ich bin Helene, Julias Tochter. Ich nehme an, Sie sind Achim Crocco?» Sie lächelte und streckte ihm die Hand entgegen. Achim drückte Helenes Hand und lächelte zurück.

«Ja, das bin ich. Bitte entschuldigen Sie, dass ich mich gar nicht vorgestellt habe», meinte er ganz betreten und dachte dabei, dieser Besuch fange ja gut an.

«Kommen Sie rein, meine Mutter wartet drinnen», sagte Helene mit einer einladenden Geste und machte Platz, damit Achim

in den Flur treten konnte. Achim betrat den Flur des kleinen
Reihenhauses, der ihn an den Flur mancher Hauseingänge italie-
nischer Einwanderer erinnerte, mit dieser Mischung aus billigen
Möbeln, Bildern und Erinnerungsstücken aus Italien. Nur eine
Italienflagge fehlte.

Julia Gentile wartete im Wohnzimmer auf ihn, stand immer-
hin auf, um ihn zu begrüßen, gab ihm allerdings nicht die Hand.
Ob das pandemiebedingt war oder aus anderen Gründen, wusste
Achim nicht recht. Immerhin trugen sie alle keine Schutzmasken.
Sie zeigte wortlos auf einen Sessel und lud ihn ein, Platz zu neh-
men. Die Stimmung war frostig und der wütende Blick zu ihrer
Tochter, als diese Achim fragte, ob er etwas trinken möchte,
machte die Situation noch schlimmer. Julia Gentile sagte kein
Wort, ihr Gesicht war völlig verschlossen. Achim zog es vor, das
Wohnzimmer genauer zu betrachten.

Überall hingen eingerahmte Fotos von Menschen und von
schönen Orten. «Wie passen diese Erinnerungsbilder zu dieser
Frau in unscheinbaren, billigen Kleidern, mit billigem Schmuck
und einer unauffälligen Frisur?», fragte sich Achim. Julia Gentile
kam ihm wie ein Fremdkörper in ihrem eigenen Haus vor. Er
war froh, als Helene mit dem gewünschten Glas Wasser zurückkam. Erst jetzt setzte er sich und nahm das Fotoalbum aus seiner
Ledertasche hervor.

«Danke! Hier, dieses Fotoalbum kommt aus der Wohnung der
Tante Ihres Mannes und enthält Fotos aus der Zeit, als Markus
Gentile mit seinen Eltern in der Basilikata in den Ferien war.»
Er reichte Julia Gentile das Fotoalbum, aber sie nahm es nicht
entgegen. Sie sah ihn nur verwundert an. «Sind Sie wirklich nur
wegen eines Fotoalbums den ganzen langen Weg bis hierhergefahren?», fragte sie und hielt dabei den Kopf leicht nach rechts
gebeugt.

«Meine Mutter wohnt nur zwanzig Minuten von hier entfernt,

so lange war die Anfahrt nun auch wieder nicht. Ich bin in Bochum aufgewachsen. Meine Mutter ist Deutsche im Gegensatz zu meinem Vater, der wie der Vater Ihres Mannes in den 50er Jahren aus der Basilikata nach Deutschland ausgewandert ist», antwortete Achim und legte das Fotoalbum auf den Salontisch zwischen ihm und der Frau. Er hatte mit der Reaktion gerechnet. Dass er wie Julia Gentiles Mann einen deutschen Vornamen hatte, eine deutsche Mutter und einen Vater aus der Basilikata fand er eine passende Erklärung, um ins Gespräch zu kommen.

Helene schaute das Fotoalbum gebannt an, wagte es aber nicht, es anzurühren, solange ihre Mutter das Geschenk nicht angenommen hatte. Diese schwieg und starrte Achim an. Sie war noch unfreundlicher als beim Telefongespräch, aber Achim war dieses Mal nicht unvorbereitet und wusste, was er sagen wollte.

«Non si diventa Lucano, si nasce Lucano, behaupten die Leute von dort unten. Das bedeutet Lukaner wird man nicht, als Lukaner wird man geboren. Ich habe das als Erwachsener lernen müssen. Meine Geschichte ist sehr ähnlich zur Geschichte Ihres Mannes Markus, mit dem Unterschied, dass meine Eltern nie mit mir in die Basilikata gereist sind. So ein Fotoalbum von mir an den Orten der Jugend meines Vaters gibt es nicht. Ich bin mit diesem Fotoalbum gekommen, weil es einen Teil der Geschichte Ihres Mannes erzählt.»

Helene hatte interessiert zugehört und wagte, das Wort zu ergreifen. «Ein Teil der Geschichte meines Vaters und damit meiner Familie. Wie ist das denn zu verstehen, man werde als Lukaner geboren?» Sie erntete einen weiteren bösen Blick ihrer Mutter.

Das Verhalten der Mutter war zum Aus-der-Haut-Fahren. Fast hätte Achim sie angeschnauzt, besann sich eines Besseren und wandte sich lächelnd zur Tochter. «Ihre Vorfahren kommen aus einer Gegend, die manche Auswanderungswelle gekannt hat.

Dass Ihr Vater oder ich einen deutschen Vornamen haben, ist irrelevant in den Augen dieses Volkes, wichtig ist, dass wir unsere Wurzeln in der Heimat haben.»

Jetzt reagierte Julia, die das Fotoalbum immer noch unberührt auf den Salontisch liegen ließ. «So ein Quatsch! Als ob das ein eigenes Volk ist, das sind Italiener, einfach nur Italiener», meinte sie heftig mit versteinertem Gesicht.

Achim traute seinen Ohren nicht. Nur Italiener? Meinte sie das abschätzend? Oder verneinte sie die Unterschiede innerhalb Italiens? Ihr Gesicht war verschlossen, aber ihre Augen glühten vor Wut. Was war mit dieser Frau los? Welches Problem hatte sie mit Italienern? Er schüttelte verneinend den Kopf. «Sie sehen sich primär als Lukaner und erst an zweiter Stelle als Italiener, weil sie sich über eine Kultur definieren, die viel älter als Italien ist. Italien ist kein altes Land, wurde erst Mitte des 19. Jahrhunderts gegründet. Die Kultur der Lukaner gab es schon bevor die alten Römer diese Region eroberten.»

Helene zeigte auf ihr Gesicht. «Deshalb die große Nase?»

Achim musste lachen, zeigte auf seine Nase, die auch groß war. Bei ihm wirkte sie zum Glück nicht so überdimensional, weil er nicht so zierlich und dünn wie die junge Frau war. «Große Nasen sind in der Tat dort unten weit verbreitet und werden offensichtlich auch weitervererbt.»

Sogar Julia musste schmunzeln. Das Eis begann endlich zu brechen. Helene blätterte im Album und hielt es ihrer Mutter hin. «Ist das die Oma auf den Fotos am Strand?» Julia konnte nicht mehr anders als hinschauen.

«Ich glaube schon.» Sie zeigte auf einen Jungen. «Und das ist dein Vater. Am Anfang sind sie noch mit dem Großvater mitgereist, aber die Reise war damals sehr lang und beschwerlich. Deine Großmutter wollte diese Reise nicht immer wieder auf sich nehmen. Strandferien waren auch weniger weit weg möglich. Du könntest ihr dieses Album zeigen, wenn du sie das nächste Mal im Altersheim besuchst. Als seine Mutter gestorben ist, hat dann auch dein Großvater aufgehört, dorthin zu gehen.»

Der Plauderton hielt nicht lange, Julia Gentile wandte sich Achim zu. «Wieso haben Sie einen deutschen Vornamen?» Achim verschlug es kurz die Sprache. Das war sehr direkt, eigentlich unhöflich. Musste er überhaupt antworten?

«Das wollte mein Vater so, in der Hoffnung, dass mir das im Leben helfen würde», erklärte Achim letzten Endes doch. Julia Gentile nickte, als ob Achim eine Vermutung bestätigt hatte. «Wie bei deinem Vater, Helene. Dein Großvater hat genau das Gleiche gesagt, wenn man ihn fragte, wieso sein Sohn keinen italienischen Vornamen habe. Wieso leben Sie denn nun in der Basilikata, Herr Crocco?» Schon wieder! Achim fragte sich, welche medizinische Diagnose die Frau hatte. Konnte man ohne Krankheit so unsensibel sein und einfach so in das Privatleben der Menschen eindringen? Achim antwortete nur, weil die Tochter ihn interessiert anschaute.

«Als mein Vater vor fünf Jahren gestorben ist, habe ich ein Haus geerbt. Also bin ich ins Dorf meines Vaters gereist.» Achim war eigentlich froh, dass die Diskussion endlich Fahrt aufgenommen hatte. Die Schuld auf sich zu nehmen, indem er sie abwürgte, wollte er nicht. «Ich hatte allerdings nie die Absicht, dort sesshaft zu werden. Mein Berufsleben hat sich immer zwischen Heidelberg und Florenz abgespielt. Ich arbeite an der Universität Heidelberg als Historiker. Mein Spezialgebiet ist die Blütezeit von Florenz. Heute arbeite ich nur noch als Experte bei verschiedenen Projekten mit und von der Basilikata aus kann man genauso gut nach Florenz reisen wie von Heidelberg aus. Die Anreisezeit ist sogar kürzer. In der Basilikata wohne ich allerdings eine Stunde vom Geburtsort meines Vaters entfernt.»

Helene war ins Fotoalbum vertieft, Achim wusste nicht recht, ob sie das Gespräch noch mitverfolgte. Julia saß nun etwas nach vorne geneigt. Sie war nicht mehr so frostig. Irgendetwas hatte ihr Misstrauen Achim gegenüber beendet. Nur was?

«Ich habe von dieser Höhlenstadt gelesen, die einmal Europas Kulturstadt war. Was ist daran interessant für einen Kenner der wunderbaren Stadt Florenz?»

«Matera symbolisiert die einzigartige Geschichte der Basilikata, denn Matera kann man nicht auf die Höhlenstadt reduzieren.» Achim war bei seinem Lieblingsthema angekommen. «In Florenz überstrahlt die Renaissance alles andere. Nicht so in der Basilikata, da geht es um Geschichte während Jahrtausenden und Sie können die Spuren vieler Völker sehen. Wussten Sie, dass der letzte Kaiser des Heiligen Römischen Reichs aus der Familie der Staufer gar nicht in Deutschland gelebt hat, sondern in Süditalien?» Er klang wie im Hörsaal. Die Frage hätte er seinen Studenten bestimmt gestellt.

«So groß ist mein Interesse an der Geschichte nun auch wieder nicht. Herzlichen Dank für das Fotoalbum und dafür, dass Sie sich die Zeit genommen haben, es persönlich zu bringen.» Julia stand auf, was Achim als Aufforderung verstand, das Gespräch zu beenden. Helene war so in das Fotoalbum vertieft, dass sie nicht einmal aufschaute, als Achim aufstand. Julia begleitete ihn zur Tür, während Helene sitzen blieb. Achim fand sich unverhofft wieder auf der Straße.

Während er zu seinem Auto lief, schaute er sich das Viertel genauer an. Julia Gentile wohnte in einer Straße, die links und rechts von Reihenhäusern gesäumt war, die alle, abgesehen von kleinen, persönlichen Noten, gleich aussahen. Die Straße hätte als Filmkulisse von «Maria, ihm schmeckt's nicht» dienen können. Achim nahm an, das Viertel sei während des wirtschaftlichen Aufschwungs der 60er Jahre entstanden, also zur gleichen Zeit wie der Wohnblock seiner Mutter beziehungsweise seiner Eltern.

Eigentlich war es auch sein Viertel, sein Wohnblock und seine Wohnung, schließlich hatte er als Kind und Jugendlicher immer dort gelebt. Sogar noch während seiner Doktorarbeit an der Ruhr-Universität in Bochum.

Beim Auto angekommen, blickte er zum Haus der Familie Gentile zurück, bevor er die Türe öffnete. Was war geschehen? Endlich waren sie ins Gespräch gekommen und dann wurde er plötzlich rausgeschmissen. Was stimmte mit dieser Frau nicht? Die Tochter war viel netter. Mit ihr hätte er gerne noch mehr geredet, sie schien ernsthaft interessiert zu sein.

Er stieg ein, wollte den Motor starten und hielt inne. Nur Italiener! Geht's noch! Von Kultur und Geschichte schien die Frau keine Ahnung zu haben. Er fluchte laut auf Italienisch, während er den Motor startete. Die Frau hatte es schon wieder geschafft, ihn so zu ärgern, dass er auf der ganzen Heimfahrt alle Mängel aufzählte, die ihm an der Frau aufgefallen waren.

Bevor er den Wohnblock seiner Mutter betrat, schaute er zum Himmel hinauf. «Hast du das gehört, Papa», sagte er leise auf Italienisch. «Wir sind nur Italiener!»

# ANGELAS WUNSCH

Nach dem Besuch in Essen hatte seine Mutter auf ihn gewartet, um Großeinkäufe im Einkaufszentrum zu machen. Seine Mutter hatte kein Auto mehr und ging jeden Tag so viel einkaufen, wie sie tragen konnte. Jedes Mal, wenn Achim kam, wurde alles eingekauft, was lange haltbar war. Achim hatte deshalb seine Giulia in Heidelberg gelassen und den Volvo XC90 seiner Frau genommen. Dem Volvo tat es ohnehin gut, wieder einmal gefahren zu werden.

«Was hat dir nun dieser Besuch gebracht?», wollte seine Mutter während der Rückfahrt wissen. Achim schaute nur kurz zu ihr hinüber, sie blickte ihn aufmerksam an.

«Ich habe einiges über mich gelernt», meinte Achim, den Blick wieder auf den Verkehr gerichtet. Sie waren wieder in der Nähe des Viertels seiner Mutter und er wollte die Abzweigung nicht verpassen. Die Einkaufstour hatte lange gedauert und seine Nerven strapaziert. Er hatte keine Lust auf eine Diskussion darüber, ob er nur Italiener sei.

«Ach was? Wie kann eine fremde Frau dir etwas über dich beibringen?», entgegnete seine Mutter spöttisch. Achim schwieg, weil er einen Parkplatz suchte. Zum Glück war einer ganz in der Nähe der Eingangstüre frei. Er sprach erst, als das Auto stillstand.

«Die Parallelen und Unterschiede zwischen diesem Markus und mir sind sehr aufschlussreich. Ein Vater, der aus wirtschaftlichen Gründen von der Basilikata aus nach Deutschland ausgewandert ist, hier ein neues Leben begonnen hat, eine

Einheimische geheiratet hat, dem einzigen Sohn einen deutschen Vornamen gegeben hat ...» Achim zählte mit den Fingern mit, nachdem er den Motor abgestellt hatte.

«Dem anderen ist die Frau aber nicht davongelaufen!», sagte Angela, stieg aus und begann die Einkäufe aus dem Kofferraum zu nehmen. Achim holte tief Luft und blieb sitzen. Schon wieder diese Vorwürfe! Bei diesem Thema verlor seine Mutter immer die Zurückhaltung, welche sie sonst so auszeichnete. Er atmete noch einmal tief durch, bevor er ausstieg, rührte die Einkäufe aber nicht an. «Vivian ist nicht davongelaufen, das weißt du ganz genau!», entgegnete er lauter als nötig.

«Ja wie nennst du es denn, wenn eine Frau ihrer Karriere zuliebe den Mann sitzen lässt und mit den Kindern auswandert?», fragte seine Mutter ebenso laut zurück, nahm zwei Taschen und lief los, ohne zu schauen, ob Achim auch kam. Er nahm ebenfalls zwei Taschen, knallte den Kofferraum zu, schloss das Auto mit der Fernbedienung und lief seiner Mutter hinterher, ohne sich die Mühe zu machen, sie einzuholen.

Zum Glück hatte das Gebäude einen Fahrstuhl, denn die Wohnung war im vierten Stock. Vom Balkon aus hatte man eine angenehme Aussicht und sah fast die gesamte Straße. Achim schwieg, bis sie im Fahrstuhl waren. «Vivian ist nicht ausgewandert, sondern zurück in die USA gegangen! Für einen Wissenschaftler ist das eine große Ehre, wenn man ausgerechnet von der Universität, die man als Student besucht hat, zurückgeholt und zum ordentlichen Professor berufen wird. Das ist der Traum jedes Wissenschaftlers, eine der größten Anerkennungen, die man überhaupt bekommen kann.» Er hatte gewartet, bis niemand sie hören konnte. Seine Wut war so groß, dass er sie nicht verbergen konnte und sich im Ton auch nicht mäßigen konnte, nicht mäßigen wollte.

Achim wusste schon gar nicht mehr, wie oft er das seiner

Mutter schon erklärt hatte. Sie wollte es nicht verstehen, davon war er überzeugt. Sie antwortete auch nicht, sondern schwieg vor sich hin. Sie schloss die Türe zur Wohnung auf und Achim hievte die Einkäufe ächzend auf den Küchentisch, damit das Auspacken leichter fiel. Er sprach laut, knallte ein Glas Gurken so heftig in den Schrank, dass es hätte bersten können. «Wir sind nur räumlich getrennt und würden uns mehr sehen, wenn es diese blöde Pandemie nicht geben würde! Tu doch nicht so, als ob Vivian und ich geschieden wären. Du weißt ganz genau, dass wir täglich miteinander telefonieren! Wir würden uns auch öfter sehen, wenn diese blöde Pandemie nicht wäre!»

Angela verteidigte sich. «Ich sehe meine Enkelkinder gar nicht mehr! Das finde ich nicht in Ordnung.» Ihr Blick tadelte ihn gleichzeitig, weil er mit den Einkäufen grob umging.

«Hallo! Meine Kinder sind volljährig und studieren beide an der Universität.» Achim hatte sich immer noch nicht beruhigt, sein Gesicht war vor Anstrengung und Wut rot angelaufen. «Vivian ist es sogar gelungen, Robin einen Platz an ihrer Universität zu sichern. Beide studieren jetzt an zwei der besten Universitäten Amerikas! Aber abgesehen davon, dass du mich immer wieder nervst, weil du mein Eheleben kritisierst, sprichst du schon einen wichtigen Unterschied zwischen diesem Markus und mir an. Denn eins kann ich dir sagen, meine Frau ist nicht so unscheinbar wie diese Julia Gentile. Wenn du mich fragen würdest, wie sie aussieht, könnte ich dir das nicht einmal sagen. Blonde Haare. Mittelgroß, nicht dick, nicht dünn. Augenfarbe? Weiß ich nicht mehr! Besondere Merkmale? Keine! Kleidung? Nullachtfünfzehn, Hose und einfarbige Bluse, ich glaube rosa. Alter? Etwa so alt wie ich, was weiß ich?»

Die Einkäufe, die für die Wohnung bestimmt waren, hatten sie inzwischen eingeräumt. Im Auto warteten alle Einkäufe, die in den Keller mussten. Sie fuhren wieder mit dem Fahrstuhl hinunter und mussten dreimal vom Auto in den Keller laufen, bis es endlich leer war. Anschließend nahm seine Mutter Eistee aus dem Kühlschrank und bat Achim, zwei Gläser auf den Balkon mitzunehmen. Dort führten sie die Diskussion weiter. Achim hatte sich beruhigt, trank einen großen Schluck, bevor er ruhig weitersprach.

«Markus hat die Basilikata als Kind kennengelernt und ist als Erwachsener nie dorthin gegangen. Er hat seine Kinder nie zu seinen Wurzeln geführt, obwohl er eine Tante hatte, die noch dort lebte.» Achim kam zum Thema, das ihn so stark beschäftigte. «Ich habe keine Bezugsperson in der Basilikata gehabt, da Papas Eltern mit Onkel Mauro nach Brescia ausgewandert sind. Für mich war Brescia der Ort meiner Wurzeln gewesen, nicht Campomaggiore. Papas Geburtsort habe ich erst nach seinem Tod entdeckt.»

«Ich habe gar nicht gewusst, dass dir das so wichtig ist.» Bis vor zwei Tagen hatte Achim mit seiner Mutter nie darüber geredet, wieso sie nie in die Basilikata gereist waren. Logisch wusste sie nicht, wie wichtig ihm das war. Wieso es nach dem Tod seines Vaters wichtig und nach den jüngsten Ereignissen noch wichtiger geworden war.

«Noch vor wenigen Wochen wusste ich das auch nicht. Dieses Foto hat alles ausgelöst.» Achim stockte, schüttelte verneinend den Kopf. «Nein, stimmt nicht! Das Foto hat mich auf die richtige Spur gebracht, wieso ich immer wieder auf Papa wütend werde.» Den Alptraum mit Costanza Gentile, die ihn zum Sarg seines Vaters führte, hatte er seiner Mutter nicht erzählt und hatte es auch nicht vor. «Nach Campomaggiore bin ich ja nur wegen des Erbes gegangen und das Dorf hat mir auch nichts gesagt. Ich habe keine Heimatgefühle, wenn ich dort bin. In Guardia Perticara fühle ich mich zuhause, in Campomaggiore nicht. Das ist schon seltsam. Ich frage mich auch, ob es auch so ein Foto von meinem Vater gibt, so kurz vor der Abreise, die alles verändert hat. Ich habe begonnen die Geschichte dieses Markus mit meiner eigenen zu vergleichen. Ich habe verblüffende Ähnlichkeiten und dennoch große Unterschiede entdeckt, das finde ich schon spannend.» Achim schaute zum gegenüberliegenden Wohnblock, wo eine alte Italienerin auf ihrem Balkon erschienen war und ihnen zuwinkte. Achim winkte zurück, Angela nicht.

«Spricht jetzt da der Historiker?», fragte Angela mit sanfter Stimme.

Achim antwortete nicht sofort. Er hatte die Frage seiner Mutter schon gehört, hatte sich aber von der Nachbarin ablenken lassen. Natürlich spielte sein Beruf eine Rolle, aber da war etwas anderes, viel tiefer in ihm, ein innerer Antrieb. «Teilweise schon. Es ist schon außergewöhnlich, die eigene Geschichte und die der eigenen Familie in einem größeren historischen Kontext zu sehen. Hunderttausende haben damals Süditalien verlassen und es ist interessant, der Frage nachzugehen, wieso die einen die Brücken abgebrochen haben und die anderen nicht. Maria Vicenza ist auch ausgewandert.» Achim zeigte mit dem Kinn zum Balkon der Nachbarin hinüber, die wieder in ihre Wohnung zurückgekehrt war.

Seine Mutter stand auf, ging in die Wohnung und kam mit einem Zettel zurück. «Einige sind als Rentner auch wieder nach Hause. Vito ist nach Campomaggiore zurück, zusammen mit seiner Frau Maria, die auch aus dem Dorf ist. Dein Vater und Vito haben häufig miteinander telefoniert. Vito kann dir vielleicht einige Fragen beantworten. Ich würde mich sehr freuen, wenn du mich mitnehmen würdest und mir den Geburtsort von Giovanni zeigst», sagte sie, gab Achim den Zettel mit Vitos Adresse und lächelte ihren Sohn an.

Achim war völlig verblüfft. Diesen Wunsch hatte er nicht erwartet. «Ich habe noch in Florenz zu tun, aber wenn du willst, kannst du mitkommen. Du kannst in Jessicas Zimmer schlafen. Mehr als drei Tage werde ich nicht zu tun haben, in der Zwischenzeit kannst du Florenz besichtigen. Danach können wir in die Basilikata fahren. Allerdings müssen wir übermorgen los. Schaffst du das?»

Seine Mutter schaute Achim vorwurfsvoll an. «Ich brauche doch nicht zwei Tage, um meine Koffer zu packen! Ich mag eine alte Frau sein, Achim, aber so langsam bin ich auch wieder nicht!»

Achim musste schmunzeln und schüttelte den Kopf. «Du bist für dein Alter sehr fit und du weißt das! Ich habe nicht deshalb gefragt, sondern weil ich ja nicht weiß, ob du einfach so losfahren kannst oder ob du noch Termine hast.»

«Ich bin frei, Achim, ich führe ein freies Leben und mache fast jeden Tag, das, was ich will. Ich treffe mich mit meinen Freundinnen, wann ich will, und treffe sie nicht, wenn ich keine Lust dazu habe. Eine Reise wird mir eine schöne Abwechslung geben», meinte seine Mutter strahlend.

Achim schaute seine Mutter an. Sie war inzwischen 84-jährig, aber immer noch so schlank wie sie es immer gewesen war. Er schüttelte den Kopf, musste lächeln und sagte: «Old enough to know it better, young enough to do it anyway», und übersetzte es auf Deutsch.

«Auf gut Deutsch sagt man das über einen alten Trottel, danke schön!», entgegnete seine Mutter entrüstet und trank ihr Glas aus.

Achim prustete los. «So war das nicht gemeint!»

«Entschuldigung angenommen!», erwiderte Angela mit einem leichten Schmunzeln. «Dein Vater ist nicht nur mit seinem Sohn nie dorthin gefahren, er ist es auch nie mit seiner Frau. Auch mir hat er immer gesagt, dass es dort nichts zu sehen gäbe. Nun habe ich die Chance, endlich nachzuempfinden, wieso dein

Vater sein Dorf für immer verlassen hat. Und das hat ihn doch immerhin mir in die Arme getrieben!»

Achim schenkte Eistee nach. Er hatte sich nie Gedanken darüber gemacht, dass sein Vater nicht nur ihm seine Heimat nie gezeigt hatte, sondern auch seiner eigenen Frau nicht. Mit seiner Mutter das nachzuholen gefiel ihm.

# DIE ERBIN

Achim freute sich, Vivian mit der Nachricht der Reise mit seiner Mutter zu überraschen, aber sie raubte ihm die Möglichkeit, die Videokonferenz damit zu beginnen. Sie war mit einigen Minuten Verspätung beigetreten und noch völlig außer Atem. Studenten hätten sie aufgehalten und sie sei dann gerannt. Er solle doch von seinem Besuch in Essen erzählen, während sie sich erholen könne.

«Dann hat heute Abend kurz nach 20 Uhr diese Helene angerufen und mich gebeten, den Auftrag ihrer Mutter, die Wohnung aufzulösen, nicht auszuführen», erklärte er am Schluss seiner Erzählung.

Vivian hatte sich längstens erholt und zugehört, ohne ihren Mann zu unterbrechen. Jetzt schlug sie beide Hände über den Kopf. «Und du machst, was diese Helene sagt, nicht wahr? Wieso?»

«Wieso? Weil du wieder einmal Recht hattest», sagte Achim, ohne eine Miene zu verziehen. «Diese Julia ist nicht die alleinige rechtmäßige Erbin. Die Frau von Paolo lebt nämlich noch. Im Altersheim zwar, aber scheinbar bei vollem Verstand. Es ist normal, dass ich abwarte, was sie will. Stell dir mal vor, das wäre Jessica. Ich wäre tot und sie bekäme so ein Fotoalbum in die Finger. Was würde sie tun? Zu meiner Mutter gehen, oder etwa nicht?»

«Das ist nicht fair! Du missbrauchst mein Beispiel, um dich zu rächen!» Vivians Zeigefinger richtete sich gegen Achim und kam dem Bildschirm einige Male bedrohlich nahe. Ihre Augen schickten Blitze nach Europa.

«Ich räche mich überhaupt nicht, ich spinne nur deinen Gedanken weiter! Was würde Jessica deiner Meinung nach machen?» Er hatte wirklich nicht an Rache gedacht.

«Zu deiner Mutter gehen.» Der Satz fiel Vivian sichtlich schwer. Seinen Streit mit seiner Mutter über ihr Eheleben verschwieg er lieber.

Sie wollte noch etwas sagen, doch Achim ließ sie nicht zu Wort kommen: «Vergiss jetzt diese Familie Gentile. Es gibt viel wichtigere Neuigkeiten. Ich fahre mit meiner Mutter nach Campomaggiore!»

«WHAT?» Vor Schreck fiel Vivian in ihre Muttersprache. «Wie hast du das hingekriegt?»

«Ob ich das hingekriegt habe, weiß ich nicht.» Achim lächelte zufrieden. Es war ihm doch noch gelungen, seine Frau zu überraschen. Voller Stolz erzählte er weiter. «Es ist so, dass mein Vater damals nicht allein ausgewandert ist, sondern mit seinem Freund Vito. Sie sind ihr Leben lang Freunde geblieben. Vito ist als Rentner zurück nach Campomaggiore. Meine Mutter hatte noch seine Adresse, aber keine Telefonnummer. Die hatte mein Vater wohl nur in seinem Handy gespeichert. Jedenfalls war sie der Meinung, ich solle doch Vito fragen, wie das damals mit der Auswanderung gewesen ist. Und da hat sie mich gefragt, ob ich sie mitnehme.»

«Und wie soll das bitte gehen?» Vivian schüttelte den Kopf entgeistert hin und her. Das stachelte Achim erst recht an. Er war mächtig stolz, dass es ihm gelungen war, das Interesse seiner Mutter für die Basilikata zu wecken.

«Ich muss sowieso in ein paar Tagen in Florenz sein. Ich nehme sie mit und dann reisen wir weiter in die Basilikata», antwortete Achim cool, als ob so eine Reise mit einer 84-Jährigen das Normalste der Welt wäre.

«Was hast du denn in Florenz zu tun? Da ist doch eh keiner

da!» Vivian tippte sich mit dem Finger an die Schläfe. Achim schaute sie mitleidig an.

«Gerade deshalb! Es ist für dieses Projekt mit den Franzosen. Sie wollen das Florenz ihrer Catherine de Médicis kennenlernen und kommen deshalb für ein paar Tage.» Achim sprach den Namen französisch aus.

«Und du machst den Reiseführer? Du bist zu gutmütig, Achim!» Vivian seufzte und sank in sich zusammen. Nicht gerade unterstützend, dachte sich Achim.

«Der Beraterjob bei diesem Projekt füllt nicht nur meine Drittmittelkasse, sondern gibt mir als Co-Autor auch Sichtbarkeit. Nach meinem Gespräch mit Wolfgang denke ich erst recht, dass ich mir nicht zu schade sein sollte, den Reiseführer zu spielen. Abgesehen davon, dass ich nichts Besseres vorhabe. In Florenz läuft nichts, weil alle in den Ferien sind, da hast du Recht. In Heidelberg gibt es für mich nur zwischendurch etwas zu tun, meine Familie ist wegen dieser Scheißpandemie in den USA blockiert und ich kann auch nicht zu ihr reisen. Mama vermisst euch übrigens auch», umschrieb er die Diskussion mit seiner Mutter über das getrennte Leben der Familie.

«Schon gut, schon gut. Aber wie willst du mit deiner Mutter reisen?» Vivian hob beide Hände als Friedenszeichen. Achim kniff die Augen zusammen. Meinte sie das ernst? Tausend Möglichkeiten gab es gar nicht!

«Mit dem Auto, wie sonst? Ich bin mit dem Volvo nach Bochum gekommen. Mama macht mit mir doch immer ihre Großeinkäufe, und der Volvo freut sich auch über Bewegung. Wir fahren also zuerst nach Heidelberg, übernachten dort, fahren dann mit dem Alfa weiter nach Coverciano. Meine Mutter kann dann die Stadt besuchen, während ich arbeite, und dann geht es weiter nach Guardia», zählte Achim auf, als ob es darum ging, einen Nachbarn um etwas Salz und einen anderen um etwas Pfeffer zu bitten.

«Und dann fährst du von ganz unten wieder alles hinauf bis nach Bochum? Das wird aber eine Monsterreise! Steht das deine Mutter durch? Sie ist auch nicht mehr die Jüngste.» Vivian war alles andere als überzeugt, den zweifelnden Unterton konnte Achim nicht überhören und in ihrem Gesicht war geschrieben, dass sie gar nichts davon hielt.

Achim war es immer noch peinlich, dass er seine Mutter unabsichtlich als alten Trottel bezeichnet hatte. «Sie ist noch fit und wenn nötig, planen wir Erholungstage ein. Ehrlich gesagt, macht mir weniger Sorgen, dass sie neben mir im Auto schläft, als dass die Reise emotional sehr belastend sein könnte. Ich verstehe nicht, wieso sie jetzt plötzlich diese Reise machen will.»

«Frag mal ihren Sohn», erwiderte Vivian und wies mit dem Kinn Richtung Bildschirm. «Mit deinen Fragen zur Vergangenheit hast du vielleicht etwas in deiner Mutter ausgelöst. Erinnerungen geweckt».

Nach dem Gespräch mit seiner Frau konnte Achim nicht einschlafen. Seine Wut über seinen Vater, der ihm so vieles vorenthalten hatte, wandelte sich. Seine Mutter war von der Haltung seines Vaters genauso betroffen. Auch sie wusste nicht viel über seine Herkunft. Vivian hatte Recht. Er hatte nicht nur ihr Interesse für die Basilikata geweckt. Irgendetwas schlummerte schon lange in seiner Mutter und er hatte es mit seiner Erzählung geweckt.

Er setzte sich auf die Bettkante und starrte die Gegenwand an. Bisher hatte er alles aus seiner Warte betrachtet, seine Wut unterdrückt, weil er sich dafür schämte. Seine Mutter war nicht wütend. Achim konnte das nicht nachvollziehen, sie hätte doch genauso einen guten Grund dazu wie er. Wieso war sie es nicht?

So habe ihre Geschichte mit dem kleinen Mann aus Süditalien begonnen. Das waren ihre Worte und sie lächelte dabei aus Freude. Sie wusste, dass er aus einer Bauernfamilie stammte, wusste, wieso er ausgewandert war, und das schien ihr zu genügen.

Kopfschüttelnd widersprach sich Achim selbst. Sie hätte den Wunsch mit ihm in die Basilikata zu reisen nicht geäußert, wenn es ihr genügt hätte. Sie wolle nachempfinden, wieso er für immer ausgewandert war, so ihre Begründung. Nachempfinden. Nicht verstehen, nicht nachvollziehen. Keine Logik, nur ein Gefühl.

Hatte seine Mutter früher den Wunsch geäußert, die Basilikata kennenzulernen? Hatte sein Vater abgelehnt? Wenn ja, wieso? Er blickte zur Decke und redete auf Italienisch mit seinem Vater. «Wieso wolltest du nicht zurück? Durftest du nicht oder wolltest du nicht? Dein bester Freund ist zurückgegangen und du hast ihn nie besucht? Wieso? Das wäre doch eine gute Gelegenheit gewesen. Als Rentner hättest du alle Zeit der Welt gehabt. Wieso bist du nie zurück? Ich verstehe das nicht! Was weiß ich nicht, Papa?»

Sein Vater antwortete natürlich nicht, aber dieses Mal wurde Achim nicht wütend, sondern traurig. Und wenn sein Vater ein dunkles Geheimnis hatte? Er blieb so lange nachdenklich sitzen, dass er beinahe im Sitzen eingeschlafen wäre. Er konnte sich gerade noch auffangen, als er nach vorne kippte.

# COVERCIANO

Die Reise und der Zwischenhalt in Florenz verliefen ereignislos. Achim mühte sich drei Tage lang mit den französischen Forschern ab. Sie sprachen weder Italienisch noch Deutsch und ihr Englisch war grauenhaft. Seine Mutter hatte ein wenig Sightseeing gemacht, aber die vielen Touristen und die hohen Nachmittagstemperaturen hatten sie rasch abgeschreckt. Ab dem zweiten Tag begleitete sie Achim morgens in die Stadt und war spätestens am Mittag zurück in der klimatisierten Wohnung. Coverciano war wie ausgestorben, viele Bewohner waren an Ferragosto aufs Land geflüchtet und noch nicht zurückgekehrt. Auch der Laden im Viertel war geschlossen, sie kauften deshalb im Esselunga ein, der nicht viel entfernter war. Achim hatte darauf bestanden, für die Einkäufe und die Mahlzeiten zuständig zu sein, seine Mutter begleitete ihn dennoch jedes Mal in den Laden.

Das Auto ließen sie die ganze Zeit in der Tiefgarage. Achims erste Wohnung in Coverciano hatte keine Parkplätze und erst recht keine Tiefgarage. Das hatte sich als ausgesprochen mühsam erwiesen. Dank Nicolòs Hilfe hatte er eine schöne große Wohnung erhalten, als der Wohnblock neu gebaut wurde. Zwar musste er nun einmal umsteigen, wenn er mit dem Bus zur Uni fuhr, aber das war Achim egal.

Sie sprachen nicht über die Basilikata, sondern über vergangene Reisen in die Toskana und auch ein wenig darüber, wieso Achim eine so große Wohnung in Florenz hatte. Seiner Mutter war scheinbar nicht bewusst, dass Achim die Schulferien oft hier mit seiner Familie verbracht hatte. Von hier aus konnte man Mittelitalien gut erkunden. Auch wenn sie ein Ferienhaus am Meer mieteten, machten sie in Coverciano Halt.

Angela ging jeweils spätestens um 23 Uhr schlafen, während Achim aufblieb, um mit Vivian zu sprechen. Wie seine Mutter mit der Reise und den höheren Temperaturen umging, stimmte ihn zuversichtlich. Ob sie der emotionalen Belastung ebenso gut standhalten konnte, musste sich noch weisen.

Am Abend vor der Abreise nach Guardia Perticara breitete Achim eine Landkarte Italiens auf dem Esstisch aus und zeigte seiner Mutter, wie sie dorthin gelangen würden. Mit dem Finger fuhr er die Autobahn Richtung Rom entlang, danach bis in die Gegend Neapels und weiter bis zur Autobahnausfahrt von Atena Lucana.

«Hier verlassen wir die Autobahn und wechseln auf eine Landstraße, die durch dieses Tal führt. Es heißt Val d'Agri.» Er tippte auf die Ortschaft Grumento Nova. «Hier ist ein großes Erdölfeld. Das andere große Erdölfeld ist nördlich von Guardia Perticara. Nach Grumento geht es einen schönen Stausee entlang, den Lago del Pertusillo. Kurz danach verlassen wir das Val d'Agri und müssen diese kleine Straße nehmen. Seit einigen Jahren gibt es zum Glück einen Tunnel etwas unterhalb der Passhöhe. Damit spart man viel Zeit.» Er zeigte auf Guardia Perticara. «Das ist unser Ziel, Fahrtzeit sechseinhalb Stunden, Pausen nicht mit-gerechnet.»

«Und wo ist Campomaggiore?», wollte Angela wissen. Die Strecke schien sie nicht zu interessieren. Achim zeigte den Ge-burtsort seines Vaters auf der Karte. Angela schaute die Karte lange schweigend an, wandte sich zu ihrem Sohn und sagte, frü-her habe sie oft heimlich auf der Karte nachgeschaut, wo das Dorf sei. Ganz am Anfang ihrer Beziehung habe Giovanni ihr gezeigt, wo sein Geburtsort lag. Einmal. Dann wollte er nicht mehr. Sie habe sich nicht mehr getraut zu fragen. Wieder auf den Karten nachzuschauen und zu wissen, dass sie bald dort sein würde, sei ein komisches Gefühl. Sie schluckte leer, unterdrückte ihre Tränen. Achim nahm seine Mutter in die Arme. «Papa schaut sicher auf dich hinunter und ist mit Bestimmtheit froh, dass du die Reise machst.» Angela schaute ihren Sohn erstaunt an. Seit wann er an den Himmel glaube. Achim lächelte verlegen. Manchmal spreche er mit seinem Vater. Die Vorstellung, er sei irgendwo dort oben und blicke auf ihn hinab, sei dabei hilfreich. Einen Gott brauche es dafür aber nicht. Angela strich ihrem Sohn liebevoll über die Wange. «Vermisst du ihn oder schimpfst du mit ihm?»

Sie frühstückten in aller Ruhe noch in Coverciano und fuhren kurz nach 8 Uhr los. So schnell war Achim noch nie zur Autobahneinfahrt Firenze Sud gefahren. Von dieser Seite her kamen wenig Touristen nach Florenz und die meisten Italiener waren nicht da. Angela schwieg praktisch die ganze Zeit, schlief zwischendurch ein. Achim war an sich gewohnt, lange Etappen zu fahren und nur kurze Pausen zu machen. Seiner Mutter zuliebe hielt er mehrmals für längere Pausen. Sie tranken mehrere Kaffees, stehend an der Bar der Raststätten.

So hielt Achim erst am späteren Nachmittag nach dem Tunnel bei Armento an, weil Guardia Perticara in der Ferne zu sehen war. Sie stiegen aus und Achim schickte seiner Familie ein Selfie mit seiner Mutter. Er strahlte und sie schien verwirrt.

«So habe ich mir das nicht vorgestellt», fand Angela, während sie in die Ferne schaute. Achim fragte alarmiert nach, was sie damit meinte. «Wir sind ja im Gebirge! Mir war nicht klar, dass Giovanni aus einer Bergregion kommt. Ich habe immer geglaubt, er habe von Hügeln gesprochen.»

Achim nahm seine Mutter bei der Schulter und drehte sie ein wenig mehr nach Norden. «Siehst du die Berge dort drüben? Campomaggiore ist gleich dahinter. Dazwischen ist ein Tal, das

Basentotal. Auf der Talseite von Campomaggiore sind die Hügel nicht so hoch wie diese Berge. Du hast Papa schon richtig verstanden.»

«Auf der Karte sah das ganz nahe aus!» Angela schien enttäuscht.

Achim breitete die Arme aus. «Willkommen in der Basilikata!», rief er theatralisch. «Hier dauert alles etwas länger. Hier kannst du nicht stressen, hier wirst du entschleunigt!» Er senkte die Arme wieder, weil seine Mutter ihn spöttisch ansah. «Ich habe einmal einen Dokumentarfilm eines römischen Regisseurs gesehen, der seine Reise in die Heimat seines Vaters aufgenommen hat. Diese Entschleunigung zog sich wie ein roter Faden durch den Film. Am Schluss war er froh, als er zurück in die Großstadt durfte.»

Angela schaute ihren Sohn kopfschüttelnd an. Es sei auch brutal heiß, hier renne sicher keiner freiwillig herum. In der Tat nicht, bestätigte Achim, im Reiseführer von Guardia Perticara gäbe es drei Vorschläge für Wanderungen. Da stehe explizit, die Wanderungen seien an heißen Sommertagen zu vermeiden. Angela tippte mit dem Zeigefinger an die Schläfe und stieg wieder ins Auto ein.

Achims Handy vibrierte, Vivian wollte wissen, ob es seiner Mutter gut gehen würde. Sie sähe auf dem Selfie nicht gerade glücklich aus. «Sechzig Jahre träumst du von dieser Gegend und dann entdeckst du die Realität», antwortete Achim und fügte einen Affen ein, der sich die Augen verdeckte.

# VITO

Sie hatten einen Ruhetag in Guardia Perticara eingelegt, bevor sie nach Campomaggiore gingen. Achim hatte bereits von Bochum aus die Cousine angerufen, die sein Haus bewohnte. Die Nachricht, dass er mit seiner Mutter komme, hatte eine riesige Freude ausgelöst. Die Cousine hatte unzählige Male «Madonna» und «fantastico» gerufen. Achim hatte es nicht gewagt zu erwähnen, dass sie Vito suchten.

Sie verließen Guardia Perticara bereits um 9 Uhr, denn Achim wollte einen Umweg über bessere Straßen fahren. Den direktesten Weg mutete er seiner Mutter nicht zu. Angela hatte das Haus seit ihrer Ankunft nicht verlassen. Sie sei etwas müde, so ihre Behauptung, aber Achim sah ihr die Angst an. Wovor sie sich genau fürchtete, wagte er nicht zu fragen.

Als Achim seine Giulia nach zwei Stunden im Schatten eines Baumes in der Nähe der Bar «Alba Club» in Campomaggiore abgestellt hatte, stand ein alter Mann auf, kam ihnen entgegen und sprach Angela auf Deutsch an. «Angela? Du bist es wirklich!»

«Vito! Ich glaube es nicht, ich bin noch keine Minute hier und schon läufst du mir über den Weg», rief Angela. Sie umarmten sich herzlich. Vito drehte sich zu den drei älteren Herren um, die mit ihm im Schatten diskutiert hatten. «Das ist Angela, die Frau von Giovanni Crocco, dem Sohn von Davide Crocco, der mit mir nach Deutschland ausgewandert ist. Und das ist Giovannis Sohn Gioacchino, er wohnt in Guardia Perticara.»

Achim hatte Zio Vito erkannt, auch wenn sie sich schon sehr lange, mindestens dreißig Jahre, nicht mehr gesehen hatten. Mit seinen abstehenden Ohren, dem sehr markanten Kinn, der Hakennase und den eng beieinanderstehenden Augen war Vito ohnehin einmalig, so ein Gesicht konnte man nicht vergessen.

«Ich habe mich schon gefragt, wann du dich endlich bei mir meldest! Du wohnst nicht erst seit gestern in der Basilikata!», sagte Vito zu Achim anstelle einer Begrüßung und wandte sich wieder Angela zu. Achim blieb wie versteinert stehen, vom Vorwurf hart getroffen. Einer der anderen Männer hatte zwei weitere Stühle geholt. Angela setzte sich, Achim blieb zunächst stehen.

«Das sind meine Freunde Giuseppe, Antonio und Francesco. Du kannst deutsch mit ihnen reden, sie haben alle in Deutschland gearbeitet.» Vito wies mit dem Finger auf die alten Herren und jeder hob die Hand, als sein Name fiel. Antonio, der links von Angela saß, protestierte. «Ich nicht, ich habe in der Schweiz gearbeitet!»

«Aber Deutsch kannst du schon!» Vitos Tonfall gegenüber Antonio war ziemlich giftig. Achim schüttelte den Kopf angesichts dieser Altherrenstreitereien, er fand das eine seltsame Art, sich Zuneigung zu zeigen.

«Was führt dich denn nach Campomaggiore?», fragte Vito Angela.

Sie lächelte ihn an und sagte: «Du, Vito. Du bist der Grund. Und Giovannis Geburtsort wollte ich auch einmal sehen.»

Vito lachte laut, schüttelte den Kopf. «Das ist aber eine komische Reihenfolge!»

«Achim befasst sich mit seinen Wurzeln und da du und Giovanni zusammen nach Deutschland ausgewandert seid, kannst du ihm vielleicht weiterhelfen. Wir haben nur deine Adresse gefunden, aber nicht deine Telefonnummer, also haben wir gedacht, dass wir dich vor Ort schon finden würden. Du hast schon Recht, das war für mich ein guter Vorwand, um dieses Dorf kennenzulernen», erläuterte Angela mit einem Lächeln.

Vito nickte bedächtig. «Wie lange bist du denn schon da?» Achim gefiel es gar nicht, wie Vito ihn ignorierte. War der alte Mann verärgert, weil Achim sich nie bei ihm gemeldet hatte? Achim wusste gar nicht, dass Vito in Campomaggiore lebte, sonst wäre er sicher vorbeigegangen und hätte ihn begrüßt. Angela hingegen antwortete bereitwillig.

«Wir sind vorgestern von Florenz aus in die Basilikata gereist und wohnen in Achims Haus in Guardia Perticara. Gestern habe ich einen Erholungstag gebraucht, ich bin auch nicht mehr die Jüngste. Wir sind zum Mittagessen bei Giovannis Cousine eingeladen. Ich wollte vorher etwas vom Dorf sehen. Achim wollte bei dir vorbeischauen. Ich habe nicht damit gerechnet, dass ich kaum einen Meter laufen kann, ohne einen Bekannten zu treffen.» Angela wirkte entspannt, zufrieden, hier zu sein und Vito sofort gefunden zu haben.

Vito wandte sich zu Achim, der immer noch hinter dem Stuhl stand, der verwaist darauf wartete, dass er sich endlich setzte. Achim betrachtete immer noch alles von oben. «Hast du immer noch eine Wohnung in Coverciano, Achim?»

«Wieso weißt du, dass ich eine Wohnung in Coverciano habe?», fragte Achim misstrauisch zurück, noch immer vom Vorwurf getroffen, sich nie bei Vito gemeldet zu haben. Vito hatte ihn nicht richtig begrüßt, vor den Kopf gestoßen, lud ihn nicht ein, sich endlich zu setzen, sondern stellte ihm eine Frage, die keinen Zusammenhang mit ihrem Besuch hatte. Abneigung machte sich in ihm breit.

«Dein Vater hat es mir erzählt», meinte Vito lakonisch. Vielleicht waren ihm Achims Gefühle egal oder er hatte gar nicht bemerkt, was er ausgelöst hatte.

Achim schwieg. Es war ihm unheimlich, was Zio Vito alles über ihn wusste. Plötzlich kam ihm ein Gedanke: «Hat Rosaria dir erzählt, dass wir heute kommen?»

Vito schaute ihn lachend an und hob beide Schultern an, die Arme und Hände weit nach vorne gestreckt. «Natürlich! Meine Freunde und ich haben seit Tagen kein anderes Thema mehr als die alten Zeiten, die Auswanderung und die Menschen, die wir in Deutschland gekannt haben. Und in der Schweiz, nicht wahr Antonio? Hier ist nichts los, wir treffen uns jeden Tag vor dem Mittagessen hier und dann am Abend wieder. Zwei Rückkehrer geben genug Diskussionsstoff für mehrere Wochen her! Das ist gut für das Gedächtnis.» Die drei anderen Männer pflichteten heftig bei. Antonio wies auf den leeren Stuhl, aber Achim verneinte mit dem Kopf.

Vitos ganze Aufmerksamkeit galt wieder Angela. «Wie geht es denn deiner Familie?». Angelas Gesicht verfinsterte sich. «Groß ist die Familie ja nicht. Den Sohn sehe ich immerhin ein paar Mal im Jahr, aber die Enkelkinder sehe ich fast nie», sagte sie mit einem jammernden Unterton.

«Das ist der große Nachteil unserer Rückkehr, wir sehen unsere Enkelkinder nur per Video, schicken Nachrichten über Facebook und WhatsApp», sagte Francesco und legte eine Hand auf Angelas Arm. Sie wirkte zwar etwas überrascht, zog den Arm aber nicht zurück.

«Man könnte glatt Urgroßeltern werden und es gar nicht merken!», jammerte Angela weiter. Vito bremste sie heftig: «Jetzt übertreibst du aber! Heute ist es viel besser als damals, als ich ausgewandert bin. Wenn ich mit meiner Tochter sprechen will, rufe ich sie einfach an. Als ich ausgewandert bin, hatten meine Eltern gar kein Telefon und ein Anruf hat ein Vermögen gekostet. Früher reiste man ab und wusste, dass man viele Verwandte nie mehr sehen würde. Heute ist es nur noch schwierig, sich physisch zu treffen.»

Angela und Vito drifteten in frühere Zeiten ab, vor über fünfzig Jahren, als alles anders war, und plauderten und plauderten. Achim und Vitos Kollegen hörten zu, manchmal intervenierte einer der alten Herren, wenn er der Meinung war, er müsse etwas ergänzen. Nur Achim schwieg die ganze Zeit. Weil die Diskussion lange dauerte, setzte er sich schließlich doch auf den Stuhl, der für ihn bereitstand.

Plötzlich schaute Vito auf seine Uhr. «Wie die Zeit vergeht! Du musst nochmals kommen, jetzt ist es Zeit fürs Mittagessen und Maria würde es mir nicht verzeihen, wenn ich zu spät komme. Nicht einmal, wenn du der Grund für die Verspätung bist. Rosaria wartet sicher auch schon.»

Achim und Vito tauschten ihre Mobiltelefonnummern aus und vereinbarten, dass Vito einen Vorschlag für ein gemeinsames Mittagessen schicken würde, sobald er mit Maria darüber gesprochen hatte. Die vier alten Herren verabschiedeten sich und Angela lief zum Auto. «Wo willst du denn hin?», fragte Achim.

«Zur Cousine, wohin denn sonst?»

«Das Auto bleibt hier, das Haus ist nur zwei Minuten zu Fuß entfernt.» Achim zeigte in die Richtung, in die Vito losgelaufen war. «Wir müssen wie Vito ins Dorf rein. Rosaria wohnt in der ersten Straße links. Vito wohnt nur eine Straße weiter. In Vitos Straße könnte man auch parken, in Rosarias Straße geht das nicht.»

Angela wollte die breite, unregelmäßige Treppe nehmen, die Vito genommen hatte, aber Achim hielt sie davon ab. «Gerade neben unserem Haus gibt es auch eine Treppe, dann siehst du es von vorne.» Sie mussten nur wenige Schritte die Via Garibaldi zurückgehen, bis sie vor einem großen Haus standen, mit vier Eingangstüren. Achim erklärte seiner Mutter, dass früher hinter jeder Türe ein kleines Geschäft gewesen sei, den Wohnbereich erreiche man nur von der Via Regina Margherita her. Angela

staunte, wie groß das Gebäude war. So ein großes Haus habe sie
nicht erwartet. Sie überquerte die Straße und fotografierte das
Haus mit ihrem Handy. Sie rief Achim zu sich, er solle sie vor
dem Haus fotografieren. Achim lehnte ihr Handy ab, zückte seins
und drückte mehrmals ab.

# ROSARIA

Die kleine rundliche Cousine Rosaria hatte im Haus auf sie gewartet. Rosaria war nur wenige Jahre älter als Achim. Ihr dunkelblaues Kleid ließ sie dicker wirken, als sie wirklich war, und passte nicht zu den weißen Turnschuhen. Rosaria war ganz aufgeregt. Sie hatte ihre Kinder mobilisiert, sowohl ihrer Tochter Pina als auch ihrer Schwiegertochter Lucia Gerichte zugeteilt und kommandierte alle mit heiserer Stimme umher. Ihre Familie schien das gelassen zu nehmen, als ob sie es gewohnt war, dass Rosaria sich so aufführen konnte. Sie lief gebückt, stützte sich oft mit einer Hand ab. Wegen ihrer gebückten Haltung wirkte sie noch kleiner als sie ohnehin war. Der Kontrast zwischen dieser kleinen, rundlichen, gekrümmten Frau mit graumelierten Haaren, die sie mit einem einfachen Haarband zusammenband und mit ihren knochigen Händen immer wieder richten musste, und der eleganten, schlanken und großen Angela war markant.

Achim schätzte Pina und Lucia etwa gleich alt ein, ca. 35 bis 40 Jahre alt. Hätte jemand sie als Schwestern vorgestellt, Achim hätte es geglaubt. Sie ähnelten sich, unter ihren blauen Jeanshosen zeichneten sich kaum ihre schmalen Beine ab. Sogar ihre Frisuren waren sehr ähnlich, halblange, gerade schwarze Haare, die sie mit Haarklammern zusammenhielten, damit sie nicht ins Gesicht fielen. Die beiden arbeiteten wortlos in der Küche, bewegten sich, ohne sich gegenseitig zu behindern.

Sie saßen alle in der Küche des Hauses, das Rosaria bewohnte, aber Achim gehörte. Es war für die lokalen Verhältnisse ein größeres Haus. Neben der recht großen Küche waren im Erdgeschoss noch ein großes Badezimmer, ein Wohnzimmer und ein Raum, der nun Rosarias Schlafzimmer war. Im oberen Stockwerk waren drei weitere Schlafzimmer. Rosaria wohnte nun allein im Haus, ihre zwei Söhne und ihre Tochter waren ausgezogen, als sie geheiratet hatten. Der älteste Sohn Marco wohnte in Rom und war nicht anwesend, im Gegensatz zum jüngeren Sohn Giorgio, seiner Frau Lucia und Rosarias Tochter Pina und ihrem Mann. Die Männer waren nicht aufgestanden, als Angela und Achim das Haus betreten hatten, sondern hoben im Sitzen die Hand zum Gruß. Die Frauen hingegen hatten beide herzlich umarmt. Pinas und Giorgios Kinder waren ebenfalls anwesend, hingen aber die ganze Zeit vor ihren Smartphones. Mehr als einen kurzen Blick, als sie die Küche betraten, gab es nicht. Angela setzte sich direkt neben Achim. Sie wirkte entspannt, sehr aufmerksam zwar, aber ohne innere Anspannung. Achim fragte sich, wieso Angelas Anspannung bei der Anreise aus der Toskana verschwunden war.

«Du musst alles Feine probieren, was es in Campomaggiore gibt», sagte Rosaria zu Angela auf Italienisch. Sie hatte mächtig aufgetischt. Achim schmunzelte, er kannte Rosarias finanziellen Verhältnisse. Sie hatte alles gegeben, um einen guten Eindruck zu hinterlassen.

«So viel Italienisch kann ich noch, Achim, du brauchst das nicht zu übersetzen», antworte Angela auf Italienisch, ohne ihren Sohn anzuschauen. Achim blickte überrascht zu seiner Mutter hinüber. Obwohl sie seit dem Tod ihres Mannes wohl kein Wort Italienisch gesprochen hatte, war ihr dieser Satz flüssig über die Lippen gekommen. Nicht «ich habe es verstanden, Achim», sondern ein Satz wie sie ihn auch in Deutsch sagen würde.

Angela und Achim griffen herzhaft zu. Die Lucanica, die typische Wurst mit Fenchelsamen, gefiel Achim besonders gut. Die

Fenchelsamen waren deutlich herauszuschmecken, ohne die Wurst zu erschlagen. «Die Lucanica ist schlicht herrlich. Ist sie vom Dorfmetzger?», fragte er Rosaria.

Rosaria freute sich, dass es ihm schmeckte, und nickte. «Der Schinken auch. Das Schweinefleisch, das wir nachher essen werden, ist direkt von einem Bauern, der einen Teil seines Fleisches selbst weiterverarbeitet. Der Käse ist von zwei anderen Viehzüchtern, zwei Brüdern. Der eine hat Kühe, der andere Schafe und Ziegen. Die Oliven sind aus dem Olivenhain der Familie, die Peperoni, Auberginen, Artischocken und Tomaten aus meinem Garten. Alles nach den Rezepten zubereitet, die ich von meiner Mutter gelernt habe und meiner Tochter und Schwiegertochter weitergebe, damit die Traditionen erhalten bleiben. Die Strazzata con la frittata ist allerdings nicht von mir, sondern nach einem Rezept von Lucias Mutter und Lucia kann das Gericht inzwischen so gut wie ihre Mutter. Das will etwas heißen, denn Rosa, Lucias Mutter, war eine hervorragende Köchin.»

Achim sah Lucia an, wie das Lob der Schwiegermutter sie berührte. Achim hatte noch nie gehört, dass eine Schwiegermutter ihre Schwiegertochter für ihre Kochkünste in diesem Ausmaß lobte. Er kam einmal pro Jahr zu Besuch und Lucia war immer dabei, wenn er bei Rosaria zum Mittagessen eingeladen war. Rosaria mochte Lucia, mehr als das, behandelte sie wie die eigene Tochter. Achim hatte das bisher nie hinterfragt. Er wusste nicht recht, was Giorgio beruflich machte, ob er überhaupt arbeitete. Er hatte ihn noch nie einen Finger krümmen sehen. Kam zu Tisch, ließ sich bedienen, sagte kaum ein Wort und war auch schon wortlos nach dem Essen aus dem Haus gegangen. Lucia hingegen war immer freundlich, aufmerksam, zwar auch recht schweigsam, aber deutete viel mit Handbewegungen an.

«Giovanni hat leider nicht viel über sein Leben in Deutschland erzählt, eigentlich habe ich mehr von Achim als von seinem

Vater erfahren», sprach Rosaria weiter. «Vito und Maria haben auch viel erzählt, vor allem über die Auswanderung, die ersten Jahre. Vito meint, danach habe jeder sein Leben gelebt. Die Gruppe soll sich teilweise auseinandergelebt haben. Nicht so wie hier in Campomaggiore, wo man alles mitbekommt, ob man es will oder nicht.»

Sie waren schon nach den Antipasti satt, weil sie von allem probiert und oft ein zweites Mal zugelangt hatten. Angela erzählte auf Italienisch, wie sie Giovanni kennenlernte, wie Giovanni sich integriert hatte, mit Freude auf dem Bauernhof ihrer Eltern ausgeholfen hatte. Manchmal fand sie ein Wort nicht, fragte Achim danach und erzählte einfach weiter und weiter. Vom Bauernhof, ihrer Familie und welche Produkte sie anbauten, musste sie lang und breit erzählen. Viele Produkte kannten die süditalienischen Verwandten nicht, weshalb Achim immer wieder Bilder im Internet suchte und umherzeigte. Nach der Pasta, Cavatelli mit Peperoni cruschi und Pecorino, gab es noch Fleisch, Maiale ai peperoncini sott'aceto mit gegrilltem Gemüse, dazu tranken sie reichlich Wasser. Als Achim Fotos seiner deutschen Onkel und seiner Großeltern zeigte, staunten alle, wie großgewachsen die Familie von Angela war.

«Jetzt weiß ich, wieso Achim so groß ist, Angela», kommentierte Rosaria, während sie Achim sein Handy zurückgab. «Das hat deine Familie in den Genen. Hier ist niemand so groß und bei euch die ganze Familie, sogar deine Mutter war größer, als wir es sind. Dein Sohn ist auch so groß, Achim.» Achim nickte nur, weil er gerade Essen im Mund hatte. Robin war so groß wie sein Vater. «Deine Tochter ist etwas kleiner, aber immer noch groß für eine Frau. Nur Vivian hat eine normale Größe», erklärte Rosaria zum Schluss. Achim fand es lustig, dass ausgerechnet seine amerikanische Frau die Einzige sein sollte, die eine normale lukanische Körpergröße hatte.

Als Rosaria kleines Gebäck auftischte, hatten Angela und Achim das Gefühl, demnächst platzen zu müssen. Achim zeigte auf ein Gebäck mit einem rosaroten Zuckerguss. «Den Sospiro musst du probieren, Mama. Das gibt's in Deutschland nicht.»

Rosaria selbst aß nicht mehr viel, aber sie forderte Angela immer wieder auf, auch das nächste Gebäck zu probieren. «Danke, Rosaria, das ist alles sehr fein, aber ich kann nicht mehr», sagte Angela und hielt sich dabei den Bauch.

«Dann ist es Zeit für einen Verdauungsspaziergang im Dorf!», meinte Rosaria und schaute ihre Tochter und ihre Schwiegertochter an. «Pina und Lucia werden aufräumen und die Männer, na ja, die Männer kann man ja dafür nicht brauchen!» Die beiden jungen Frauen nickten nur. Sie hatten zusammen kaum zehn Sätze gesagt. Rosarias Sohn und ihr Schwiegersohn hatten beide bisher kaum ein Wort gesprochen und ließen auch diesen Kommentar an sich abprallen. Während Rosaria ihren Stock holte, raunte Angela ihrem Sohn kurz auf Deutsch zu: «Ein Verdauungsspaziergang ist eine sehr gute Idee, ich habe zu viel gegessen.»

«Die anderen werden hoffentlich beim Kaffee nicht zu viel auftischen», antwortete Achim nur und grinste dabei etwas gequält. Er stand mit etwas Mühe auf und half seiner Mutter, indem er ihren Stuhl wegzog, damit sie einfacher vom Tisch wegkam.

«Welche anderen?» Angelas erste Schritte waren unsicher, sie blieb stehen und schaute ihren Sohn fragend an.

«Das wirst du gleich erleben!» Achim genoss es, seine Mutter im Ungewissen zu lassen. Jetzt hatte er für einmal einen Wissensvorsprung und nutzte ihn aus.

Sie waren genau drei Häuser weit gekommen, als Rosaria erstmals einen Namen rief und eine sehr alte Frau in schwarzen Kleidern auf die Außentreppe herauskam, die zu einer Wohnung im ersten Stock eines Hauses führte. «Das ist die Nachbarin, die nach deinem Haus geschaut hat, als es noch deinem Großvater gehörte und elf Monate im Jahr leer stand. Dein Großvater hat lange geglaubt, er würde einmal von Brescia hierher zurückkommen», stellte Rosaria die Frau vor, die die Treppe mit etwas Mühe hinunterstieg.

Achim umarmte die Frau sehr herzlich. Er musste sich dafür besonders bücken, denn die alte Frau war auch für lukanische Verhältnisse klein. «Ich danke Ihnen, dass Sie so gut nach dem Haus der Familie geschaut haben. Meine Mutter ist Ihnen auch dankbar, sie kann aber nur wenig Italienisch, deshalb danke ich auch in ihrem Namen.»

«Sehr gerne. Man muss sich gegenseitig helfen, nicht wahr?» Die alte Frau strahlte und strich Achim über den Arm. Sie verabschiedeten sich und liefen weiter. Angela stupste Achim mit der Hand an und fragte. «Wieso hast du das gesagt? Ich kann doch Italienisch!»

«Lass die Leute im Glauben, dass du nicht alles verstehst, und genieß es!», antwortete Achim mit einem breiten Lächeln. Angelas Augen fragten nach dem Wieso, aber Achim antwortete nicht. Sie würde es schon selbst merken.

Der Verdauungsspaziergang entpuppte sich als Besuch bei der halben Dorfbevölkerung. Manchmal gab es nur ein paar Worte auf der Straße, manchmal wurden sie zum Kaffee reingebeten. Jedes Mal wurden wieder Süßigkeiten zum Kaffee serviert und jedes Mal wurden Angela und Achim aufgefordert, die Süßigkeiten zu probieren, während man ihnen erklärte, von wem sie waren. Bei jeder Person, aber wirklich jeder, wurde Angela und Achim erklärt, in welcher Hinsicht die beiden mit dieser Person verwandt waren oder wieso sie im Leben von Giovanni, seinem Bruder Mauro oder ihren Eltern eine Rolle gespielt hatte. Angela verstand langsam, wieso ihr Sohn ihr geraten hatte, so zu tun, als ob sie kaum Italienisch verstehe. So durfte sie Menschen verwechseln, ein Durcheinander machen, ohne dass jemand ärgerlich wurde. Mit der Zeit verstand sie das Wesentliche und den Rest vergaß sie einfach. In vielen Häusern lief ein Ventilator, nur wenige hatten eine Klimaanlage.

Rosaria blieb vor einem leeren Haus mit geschlossenen Fensterläden stehen. Das sei Mauros Haus. Giovanni habe das Haus seines Vaters geerbt, das Haus, in dem sie nun wohne, und Mauro habe ein Haus seiner Mutter geerbt. Früher sei Mauro jedes Jahr gekommen, wie seine Eltern, aber nun könne er nicht mehr reisen und seine Kinder hätten kein Interesse an ihrer Heimat. Die ganze Weisheit der Eltern, jedem Sohn ein Haus zu geben, ein Zuhause für alle Fälle, verliere langsam ihren Sinn.

Achim verneinte mit dem Zeigefinger. «Nur teilweise, ich habe ja die Tradition meines Vaters weitergeführt.»

Rosaria nahm Achims Gesicht in beide Hände, obwohl er viel größer war als sie, zog seinen Kopf nach unten und küsste ihn auf beide Wangen und segnete ihn. «Ich danke Gott, dass es so ist. Du bist ein guter Junge, Gioacchino.»

Angela war etwas verwirrt und hatte Mühe, dem Geschehen zu folgen. «Ich verstehe das nicht, Achim. Wieso segnet sie dich?»

«Erkläre ich dir später!», vertröstete Achim. «Wenn wir allein sind.»

Das Haus war abgeschlossen und Rosaria hatte den Schlüssel nicht mitgenommen. Achim hielt sie davon ab, ihn zu holen. «Schon gut, Rosaria. Wir werden das Haus sicher bei einer anderen Gelegenheit sehen. Was will Onkel Mauro denn nun damit machen?»

Die alte Frau zuckte mit den Schultern und breitete dann die Arme aus, die Handflächen nach oben gerichtet. «Das weiß er wahrscheinlich selbst nicht.»

Selbstverständlich durfte Vito auf dem Rundgang nicht fehlen. Sein Haus war kleiner als Rosarias Haus. Das Erdgeschoss war ein offener Raum mit der Küche auf der linken Seite, einem riesigen Fernseher auf einer Anrichte an der hinteren Wand und einem Kamin auf der Gegenseite der Küche.

Maria hatte Angela mit Tränen in den Augen begrüßt, versucht Deutsch zu sprechen, sich entschuldigt, sie spreche kein Deutsch mehr, und auf Italienisch weitergemacht. Angela zu sehen sei eine Riesenfreude. Vito habe zwar Giovanni mehrmals eingeladen, mit Angela nach Campomaggiore zu kommen, aber leider seien sie nie gekommen. Sie habe nicht mehr damit gerechnet, Angela nochmals zu sehen. Sie dankte Achim, dass er seine Mutter mitgebracht hatte. Maria schenkte ihnen selbstgemachten Limoncello ein, was Achim und Angela sehr dankbar annahmen. Endlich einmal etwas anderes als Kaffee! Angela befürchtete schon, dass sie vor lauter Koffein heute Abend nicht einschlafen würde.

Rosaria hatte noch keinen Schluck Limoncello getrunken, als sie sich zu Achim wandte: «Jetzt kannst du dich nicht mehr damit herausreden, du wüsstest nicht, wo Vito wohnt!»

Achim verschluckte sich fast, sah theatralisch zum Himmel und streckte seine langen Arme in die Höhe. «Ich habe ja nicht einmal gewusst, dass Zio Vito in Campomaggiore wohnt! Woher soll ich das denn wissen, wenn mir das niemand sagt?»

«Wenn du mit den Leuten reden würdest, dann wüsstest du Bescheid», entgegnete Rosaria heftig und wedelte mit der linken Hand in seine Richtung. Die Handfläche richtete sie dabei gegen sich, der Zeigefinger und der Mittelfinger berührten den Daumen. Achim wollte antworten, aber Maria schritt ein und tadelte Rosaria. «Lass den jungen Mann in Ruhe, Rosaria! Er interessiert sich für seine Vergangenheit und hat viel zu lernen. Du musst ihm Zeit lassen. Die Basilikata war ihm fast so fremd wie mir Deutschland. Obwohl die Kinder in Deutschland geblieben sind, hat es mich zurück in die Heimat gezogen. Ich habe gewusst, dass es diese Heimat gibt, dem jungen Mann war das bis vor wenigen Jahren gar nicht bewusst.»

Ihn als jungen Mann zu bezeichnen, fand Achim ziemlich übertrieben, aber er ließ es geschehen. Er hatte kaum Erinnerungen an Vitos Frau. Er war sich sicher, dass sie damals in Deutschland kaum gesprochen hatte, schon damals kaum Deutsch konnte. Sie sah aber immer noch gleich aus. Sogar ihre gekrausten Haare waren noch schwarz. Er dankte ihr und versicherte, er wäre schon früher vorbeigekommen, wenn er gewusst hätte, dass sie nach Campomaggiore zurückgereist waren. Dabei faltete er seine Hände wie zum Gebet und bewegte sie schnell auf- und abwärts. Im Augenwinkel sah er, wie seine Mutter die Augenbrauen zusammenzog.

Achim zog es vor, das Thema zu wechseln. «Geht ihr manchmal nach Bochum? Ich meine, vor der Pandemie, seid ihr da manchmal nach Bochum gereist?»

Vito verneinte mit dem Kopf, die Hände umklammerten sein Glas Limoncello. «Nicht mehr. Die Reise ist für alte Leute zu beschwerlich. Nach der Rückkehr hierher sind wir noch zweimal nach Deutschland gereist, um die Kinder und Enkelkinder zu sehen.» Maria zeigte sehr stolz das Foto eines Babys, das eingerahmt an der Wand hing. «Unsere Tochter hat versprochen, mit der ganzen Familie anzureisen, sobald unser erster Urenkel eine so lange Reise machen kann.»

Damit ging die Diskussion über die Entfernung zu den Kindern und Enkelkindern wieder von vorn los. Angela hatte sie auf Deutsch angezettelt und Vito übersetzte für Maria und Rosaria, die laut beipflichteten. Achim unterbrach die Diskussion mit der Bemerkung in Italienisch, Großmütter seien wohl in allen Ländern gleich, was alle zum Lachen brachte.

Vitos Haus war das letzte auf Rosarias Verdauungsspaziergang. Nachdem Angela und Achim eine Einladung von Vito und Maria für ein Mittagessen angenommen hatten, gingen sie zu Rosarias Haus zurück. Auf dem Rückweg hakte Angela sich bei Achim ein, sie war müde. Im Haus angekommen, waren nur Pina und Lucia da, die Männer und Rosarias Enkelkinder waren verschwunden. Die beiden Frauen hatten abgeräumt und den größten Teil des Abwaschs schon erledigt. Als Rosaria nochmals Kaffee und die restlichen Süßigkeiten auftischen wollte, dankte ihr Angela auf Italienisch. «Danke, Rosaria, aber ich bin sehr müde und ich möchte zurück nach Hause.»

Rosaria nickte verständnisvoll und wählte verschiedene Süßigkeiten aus, die sie auf einen Teller aus Pappkarton legte und mit dünnem Papier zum Schutz bedeckte. Sorgfältig legte sie den Teller in eine Plastiktüte und überreichte ihn Angela. Achim gab sie eine Lucanica.

Angela und Achim verabschiedeten sich von Pina und Lucia. Angela umarmte beide sehr herzlich. «Danke, dass ihr euch so viel Mühe gegeben habt. Das Essen hat mich an das Essen erinnert, das Giovannis Mutter immer zubereitet hat. Es war ausgezeichnet.» Die beiden jungen Frauen antworteten schüchtern, das sei doch normal. Achim staunte, wie sie sich sogar in einer solchen Situation ergänzten, ohne sich in die Quere zu kommen. Er verabschiedete sich mit zwei Wangenküsschen von den beiden mit der Bemerkung, man sehe sich sicher schon bald wieder.

Während die beiden jüngeren Frauen im Haus blieben, wollte sie Rosaria unbedingt zum Auto begleiten, obwohl auch sie müde war. Ihr Gang war schwer, sie musste sich deutlicher auf ihren Stock abstützen und sprach bis zum Auto kaum. Rosaria trat näher zu Angela, obwohl sie dabei den Kopf nach hinten legen musste, um Angela in die Augen schauen zu können. «Ich habe mich sehr gefreut, dich kennenzulernen, Angela. Danke, dass du den weiten Weg hierhin auf dich genommen hast. Nun weiß ich, wer Giovannis Frau und Gioacchinos Mutter ist. Vielen, vielen Dank!»

Die beiden Frauen umarmten sich lange mit Tränen in den Augen. Achim wollte sich auch jetzt mit zwei Wangenküssen begnügen, aber Rosaria umarmte ihn. Sie schaute ihm ernst in die Augen, als sie betonte, wie wichtig und richtig es gewesen sei, dass er seiner Mutter seine Heimat gezeigt habe. Das entschuldige zwar seinen Vater nicht, aber nun sei Angela endlich keine Unbekannte mehr. Achim verstand nicht, was sie meinte. Offenbar sah ihm Rosaria das an, denn sie tätschelte ihn auf die Wange. Er werde das schon noch verstehen. Maria habe Recht, er müsse noch viel lernen, weil Giovanni ihm vieles nicht beigebracht habe.

Achim und Angela stiegen ein und winkten zum offenen Fenster hinaus, während sie Richtung Dorfausgang fuhren. Im Rückspiegel sah Achim Rosaria winken. Seine Mutter weinte auf dem Beifahrersitz.

Die Straße mit den vielen Kehren fuhr Achim langsam und vorsichtig, aus Angst, seiner Mutter könnte schlecht werden. Den Teller mit den Süßigkeiten und die Wurst bewegten sich im Fußraum hinter seinem Sitz nicht, denn Achim hatte sie in seinen Pullover gewickelt. Im Tal entspannte sich seine Mutter und schlief friedlich, bis sie in Guardia Perticara ankamen. Er fuhr nicht den direkten Weg über Pietrapertosa, sondern nahm wieder den längeren Weg über die Basentana bis Pisticci und dann nach Montalbano Jonico, der viel ruhiger zu fahren war. Während seine Mutter sich mit den Worten verabschiedete, sie gehe schlafen, sie könnten am nächsten Morgen diskutieren, ging Achim nochmals hinaus und sprach lange mit seinen Freunden auf der Piazza.

# FRAGEN ÜBER FRAGEN

Als Achim am nächsten Morgen erwachte, roch es nach Kaffee und er fand seine Mutter auf der Terrasse unter der Pergola. Sie hatte sich mit seiner größeren, achtkantigen Bialetti-Espressokanne Kaffee auf dem Gasherd gemacht und zwei Tassen rausgebracht. Sie begrüßte ihren Sohn, schenkte ihm Kaffee ein. «Diese Terrasse ist ein wunderschöner Ort, das hast du toll gemacht, Achim!»

Achim holte sich einen Stuhl vom anderen Tischchen, setzte sich auf die andere Tischseite. Er gab etwas Zucker in den Kaffee, trank einen Schluck. «Der ist gut!», sagte er und lächelte seine Mutter an.

«Wie Kaffee gemacht wird, habe ich von meiner Schwiegermutter gelernt. Auch ich habe Traditionen mit auf den Weg bekommen.» Seine Mutter wirkte zufrieden. Sie lächelte still vor sich hin, trank einen kleinen Schluck Kaffee mit geschlossenen Augen und behielt die Tasse in der Hand.

Achim war froh, seine Mutter so zufrieden zu sehen. Die Tränen, als sie Campomaggiore verließen, hatten ihn überrascht. Er hatte seine Mutter selten weinen gesehen und sie hatte sehr müde gewirkt, als sie sich sofort verabschiedet hatte, um schlafen zu gehen. Obwohl er schon seit Jahrzehnten nicht mehr seine Großeltern in Brescia mit seinen Eltern besucht hatte, konnte er sich noch gut erinnern, wie seine Nonna seine Mutter immer herzlich begrüßt hatte. «Nonna liebte dich sehr. Ich hatte immer den Eindruck, dass sie dich mehr mochte als Zia Renata, obwohl Zia Italienerin war.»

Angela schaute Achim fragend an und schüttelte den Kopf. «Wir verstanden uns gut, weil wir uns selten sahen. Die wenigen Tage pro Jahr bereiteten Freude. Renata und Mauro hat sie praktisch jeden Tag gesehen. Da hätte ich auch mehr Streit bekommen.»

Achim blieb überzeugt, dass seine Mutter und seine Nonna sich auch dann gut vertragen hätten. Seine Tante Renata hatte er nie besonders gemocht. Sie war herrisch gewesen, hatte oft Streit angefangen und ihre Kinder angeschrien. Seine Mutter hatte ihn nie angeschrien.

Angela zeigte auf die Terrasse und das Tal. «Hier ist es viel schöner als in Campomaggiore. Ich verstehe schon, wieso du hier wohnst und nicht dort. Abgesehen davon, dass du hier wohl mehr Privatsphäre hast.» Sie musste ihre Tasse abstellen, weil sie zu lachen begann. «Das war unglaublich, zwischendurch habe ich geglaubt, jeder Stein habe etwas mit Giovannis Familie zu tun.»

Achim war es nicht anders ergangen. Er war vorher nur einmal durch das Dorf gelaufen, bei seiner ersten Reise in die Basilikata. Erst am Vortag hatte er erfahren, dass nicht nur sein Vater ein Haus in Campomaggiore besaß, sondern dessen Bruder auch. «Ich besuche Rosaria einmal im Jahr und trotzdem habe ich gestern viele Leute kennengelernt, von denen ich nicht wusste, dass sie mit mir verwandt sind. Rosaria hat mir auch nie gesagt, dass Vito im Dorf wohnt. Sie wusste ja, dass wir uns kennen. Ich fand das nicht so nett, dass sie mir gestern vorwarf, ich würde Ausreden suchen, um Vito nicht zu besuchen.» Achim rührte nachdenklich in seinem Kaffee.

Angela ging nicht darauf ein. «Wieso sind denn die Straßen in Campomaggiore fast alle gerade und stehen in einem rechten Winkel zueinander? Hier ist alles so verwinkelt, dort nicht.» Achim hätte liebend gerne vertieft, wieso Rosaria ihm nicht gesagt hatte, dass Zio Vito in Campomaggiore wohnte. Er wagte es nicht, dies zu sagen, zog es vor, die Frage seiner Mutter zu beantworten. Als Historiker hatte er sich für die Geschichte von Campomaggiore interessiert. Sie hatte einige Eigenheiten, die das Dorf von anderen unterschied.

«Das jetzige Dorf Campomaggiore ist nicht so alt wie Guardia Perticara. Früher gab es ein Dorf viel weiter unten, die Ruinen kann man besuchen. Ein reicher Adliger hat das Dorf damals auf ungünstigem Terrain bauen lassen und so um 1885 herum haben Erdrutsche die Bewohner gezwungen wegzuziehen. Das neue Dorf ist damals entstanden, geplant und nicht langsam gewachsen wie andere Dörfer. Schon das alte Dorf hatte gerade Straßen, die im rechten Winkel zueinander standen, und das ist bei der Planung des neuen Dorfs beibehalten worden. Der Bevölkerungsrückgang hat auch später als anderswo eingesetzt, vor zwanzig oder dreißig Jahren vielleicht. 1980 hatte Campomaggiore so viel Einwohner wie um 1900. Viele Auswanderer hat es vorher wohl nicht gegeben. Ich weiß das nicht genau und werde Vito fragen müssen.»

Achims Versuch, das Gespräch wieder auf Vito zu lenken, misslang, denn Angela wechselte schon wieder das Thema. «Das Essen ist vielleicht das Einzige gewesen, was dein Vater vermisst hat. Giovanni hat sich immer gefreut, wenn seine Mutter ihm eine Wurst oder einen Käse mitgab. Ich habe diesen typischen Geschmack gestern wiedererkannt. Meine Schwiegermutter hat auch immer so aufgetischt wie gestern. Sie hat sich jedes Mal entschuldigt, man finde in Brescia nicht alles oder nicht in der notwendigen Qualität. Mich hat das immer gestört, denn die Mahlzeiten waren immer sowas von lecker. Giovanni hat seiner Mutter stets gesagt, für ihn stimme das so, es freue ihn auch so, Gerichte aus der Heimat zu essen. Das war wie ein Ritual.» Schwelgte sie in ihren eigenen Erinnerungen oder wich sie bewusst Achims Frage aus? Was wollte sie Achim nicht sagen?

Seine Mutter hatte allerdings auch Recht, wenn sie die Bedeutung der gemeinsamen Mahlzeiten hervorhob. Die Lukaner waren sehr stolz auf ihre traditionelle Küche.

«Essen hat hier einen hohen Stellenwert. Einfache Gerichte, die viel Erfahrung brauchen, damit die richtigen Zutaten in der richtigen Menge genau richtig zubereitet werden. Jedes Gericht benötigt nur sehr wenige Zutaten, da muss jede einzelne passen. Mein Freund Mario sammelt zum Beispiel wilden Spargel. Richtig zubereitet ist der einfach köstlich, falsch zubereitet nur grässlich. Ich kann es immer noch nicht!» Mit einer einladenden Geste, ergänzte Achim, wenn seine Mutter wissen wolle, wie falsch zubereiteter wilder Spargel schmeckt, so könne er ihr das gerne zeigen.

Seine Mutter winkte angewidert ab. Da sie nicht darüber reden wollte, wieso er so lange nicht erfahren hatte, dass Vito in Campomaggiore wohnte, versuchte Achim ein anderes Thema, das ihn ebenfalls brennend interessierte: «Wieso ist denn Papa im Gegensatz zu Onkel Mauro nie nach Campomaggiore gefahren?»

Die Antwort war so simpel und pragmatisch, dass Achim sie nicht für die ganze Wahrheit hielt, eher für eine Ausrede. «Weil seine Eltern in Brescia wohnten und die wenigen Ferienwochen pro Jahr gerade gereicht haben für etwas Erholungsferien und einen Besuch bei deinen Großeltern. In die Basilikata zu reisen wäre zeitlich nicht drin gewesen. Das war auch nicht notwendig, die wichtigen Menschen in Italien, seine Eltern und seinen Bruder, hat Giovanni ja in Brescia gesehen, auf der Heimreise von den Ferien an der Adria oder in der Toskana. Ich weiß nicht, wie du das siehst, aber gestern schien es mir, hierher kommt man für die Menschen, nicht für den Ort. Und in Campomaggiore wohnte niemand, den Giovanni unbedingt sehen wollte. Sogar Vito, sein bester Freund, war ja in Bochum.»

«Vito kann gut Deutsch, aber Maria scheinbar nicht.» Achim nutzte die Chance, die sich ihm bot, machte aber den Fehler, auch Maria ins Spiel zu bringen.

«Für die italienischen Frauen war das ganz schwierig», pflichtete seine Mutter nachdenklich bei. Sie schaute nach, ob noch Kaffee übrig war, aber die Kanne war leer. «Zuerst mussten sie ihre Männer auswandern lassen und durften nicht mit. Als dann der Familiennachzug endlich erlaubt war, hatten sich ihre Männer ein Leben in Deutschland eingerichtet. Die italienischen Frauen blieben zuhause und unter sich, sprachen den ganzen Tag nur Italienisch, kamen auch ohne Deutsch durch ihren Alltag. Es überrascht mich nicht, dass es Maria war, die zurück nach Italien wollte, obwohl ihre Kinder in Deutschland leben.»

Achim lief in die Küche, brachte eine kühle Flasche Wasser mit Kohlensäure auf die Terrasse und schenkte je ein Glas ein. Seine Mutter trank einen großen Schluck. Sie musste nachfragen, wo sie in ihrer Erzählung geblieben waren, bevor Achim das Wasser holte. Achim wiederholte ihren letzten Satz sinngemäß. Da erinnerte sich Angela, dass er gefragt hatte, wieso sein Onkel im Gegensatz zu seinem Vater immer wieder nach Campomaggiore gereist sei. «Für deinen Onkel Mauro war alles anders gewesen. Als Giovanni ausgewandert ist, war Mauro erst zehn. Dreizehn, als er mit seinen Eltern nach Brescia gezogen ist. Jahrelang ist er noch mit den Eltern jeden Sommer zurück ins Dorf gefahren, so wie viele andere Süditaliener auch. Giovanni und ich haben ja sogar unsere Ferien nach dieser Tradition richten müssen. Besuche in Brescia waren nur im Juli oder erst im Herbst möglich. Mauro hat die Tradition einfach weitergeführt, sich zuerst mit dem Vater am Steuer abgewechselt. Später ist er mit seiner Familie im eigenen Auto gereist und als dein Großvater keine langen Strecken mehr fahren konnte, waren Mauros Kinder groß genug, um selbst zu fahren. Deine Großeltern fuhren in Mauros Auto mit. Irgendwann haben Mauros Kinder dann aufgehört, nach Campomaggiore zu fahren, und nun kann das Mauro scheinbar auch nicht mehr. Sein Haus steht leer und niemand hat eine Verwendung dafür.»

Auch unter der Pergola begann es warm zu werden und Angela bat darum, die Diskussion im Haus weiterzuführen. Also gingen sie ganz nach unten ins Esszimmer. Achim war weiterhin skeptisch, aber die Erklärungen seiner Mutter waren schon plausibel. Zumindest konnte Achim verstehen, wieso sein Vater nicht so oft wie sein Onkel ins Dorf gefahren war. Aber nie? Nicht einmal als Rentner, um seinen Freund Vito zu besuchen?

«Mauros Haus ist leer im Gegensatz zu unserem Haus, das von Rosaria bewohnt wird. Weißt du wieso?» Achim sagte bewusst *unser* Haus und nicht *mein* Haus. «In Papas Abschiedsbrief stehen viele Erklärungen, was er mir vererbt und mit wem ich reden müsse. Seltsamerweise kommt Vito darin nicht vor.»

Dieses Mal konnte seine Mutter nicht mehr ausweichen. Sie musste Vitos Rolle und Rosarias Vorwürfe mindestens teilweise erklären. Sie schloss die Augen und begann zu sprechen. «Vito gehört nicht zur Familie, das habe sogar ich begriffen. Ein guter Freund, aber kein Verwandter, und es gibt Dinge, die müssen in der Familie bleiben, hat Giovanni immer gesagt.» Als Achim laut schnaubte, öffnete sie die Augen. «Rosaria war wohl der Meinung, dein Vater hätte dir gesagt, dass Vito zurück sei. Das hat sie von ihm wahrscheinlich erwartet. Hat er aber nicht und in diesem Abschiedsbrief hatte Vito nichts verloren, es ging um Familienangelegenheiten. Immer wenn es um Familienangelegenheiten ging, sagte dein Vater etwas, was ich nie wirklich verstanden habe. Er sagte, die Americani seien nach der Wirtschaftskrise von 1929 auch froh um ein Dach über dem Kopf gewesen. Ich weiß bis heute nicht, was die Amerikaner in der Geschichte verloren haben.»

«Das kann ich erklären», antwortete Achim, froh, mit seinem Wissen diese unbeantwortete Frage seiner Mutter aus dem Weg räumen zu können. «Die Americani, das waren Auswanderer aus Lukanien, die in die USA ausgewandert waren, oder deren Nachfahren. Während der großen Wirtschaftskrise von 1929 haben sie alles verloren und sind mit ihrem letzten Geld zurück ins Heimatdorf gekommen. Weil das Haus ihrer Vorfahren immer innerhalb der Familie geblieben war, hatten sie hier ein Dach über dem Kopf. Mit dem Geld, das sie noch hatten, konnten sie anständig leben. Hat Papa denn das Haus in Campomaggiore als Notfalllösung gesehen?»

Angela hatte seine Erklärungen mit einem kurzen «Ach so!» quittiert. Sie musste nicht lange überlegen. «Ich glaube schon. Mit einer Verwandten, die nach dem Haus schaut, war er sich sicher, dass es bewohnbar bleibt.» Seine Mutter sah ihn fragend an, so etwas stehe doch im Abschiedsbrief seines Vaters.

Achim ging in das Wohnzimmer, um den Brief seines Vaters zu holen. Nachdem er wieder bei seiner Mutter Platz genommen hatte, suchte er die entsprechende Stelle und las auf Italienisch vor: «In deinem Haus wohnt meine Cousine Rosaria. Sie zahlt zwar keine Miete, trägt aber Sorge fürs Haus und bekommt auch meine Anteile an den Ernten.»

Achim hielt überrascht inne, die Erklärung erinnerte ihn an Salvatores Erzählung. Er ließ den Brief fallen und schaute seine Mutter an. «Das ist wie bei Costanza! Weißt du, die alte Frau, die ich in dieser Kirche tot aufgefunden habe. Da hat ein Nachbar nach dem Land geschaut und sie hat einen Teil der Ernte als Pachtzins erhalten. Steuerfreie Einnahmen.»

Seine Mutter antwortete nicht, also nahm Achim den Brief wieder auf und las weiter. «Rosaria hatte es schwer im Leben, ihre Kinder waren noch jung, als ihr Mann auswanderte und auf einer Baustelle tödlich verunglückte. Sie lebt von der Minimalrente und ist froh um die Anteile an den Ernten und das mietfreie Haus. Sie soll das bis zu ihrem Lebensende genießen können.»

«Rosaria ist dir dankbar, dass du dich an die Vereinbarung mit deinem Vater hältst. Sie hat dich sogar dafür gesegnet», unterbrach ihn Angela. Achim erinnerte sich jetzt, dass er seiner Mutter versprochen hatte, zu erklären, wieso Rosaria ihn gesegnet hatte. Er hatte es vergessen. Seine Mutter offenbar nicht. Er wollte sich entschuldigen, aber sie winkte nur ab. Sie habe jetzt verstanden, er brauche das nicht mehr zu erklären. Sie tönte nüchtern, sachlich, ohne jeglichen Vorwurf.

Er habe auch keinen Grund, sich nicht an die Wünsche seines Vaters zu halten, meinte Achim achselzuckend. Das Haus brauche er nicht, in Campomaggiore möchte er nicht wohnen und auf das Geld sei er auch nicht angewiesen. Allerdings wisse er auch nicht, was er machen werde, wenn Rosaria nicht mehr in dem Haus wohne. «Rosaria ist erst nach dem Tod meines Nonnos ins Haus eingezogen. Habe ich das richtig verstanden?»

Angela schien es ihm nicht übel zu nehmen, dass er sein Versprechen nicht eingelöst hatte. «Rosaria verdankt dies deiner Nonna. Dein Nonno wollte nicht, dass jemand im Haus lebt, weil er immer die Hoffnung hatte, zurückzugehen. Als er gestorben ist, hat deine Nonna Giovanni darum gebeten, alles mit Rosaria zu regeln. Deshalb gibt es diese alte Nachbarin, die nach dem Haus geschaut hat, als dein Nonno noch gelebt hat.»

Achim war zunächst sprachlos. Er ging zur Küche, holte ein paar weiße Trauben, legte sie auf einen kleinen Teller. Den Teller stellte er zwischen sich und seine Mutter auf den Tisch und lud sie wortlos mit einer Geste ein, sich zu bedienen. Angela rührte die Trauben nicht an, sondern sagte, sie wisse schon, was er jetzt denke. Sie wisse von dem Haus, seit sein Nonno gestorben sei. Achim schüttelte ungläubig den Kopf.

Er aß einige Trauben, während seine Mutter etwas betreten die

Lippen zusammenpresste und schwieg. Achim machte ihr keine Vorwürfe. Sein Vater hätte es ihm erzählen müssen.

Achim seufzte. «Ich finde es gut, dass Papa auf Nonna gehört hat. Rosaria scheint mir jedenfalls ein gutes Leben zu führen.»

Sie schwiegen eine Weile, tranken zwischendurch einen Schluck Wasser. Schließlich fand Achim, sie hätten diese Diskussion früher führen müssen. Mit diesem Wissen wäre er niemals so wütend auf seinen Vater geworden. Angela war mit Achims Schlussfolgerung nicht einverstanden. Giovanni habe zu oft geschwiegen, Achim sei vielleicht nun emotional in Campomaggiore angekommen, aber die Leere, die er in sich fühle, sei deswegen nicht verschwunden.

Ob sie denn nun auch in Campomaggiore angekommen sei, wollte er wissen. Das sei nie ihr Ziel gewesen, entgegnete Angela. «Erinnerst du dich, was ich gesagt habe? Dein Vater ist nicht nur mit seinem Sohn nie hierhin gefahren, er ist es auch nie mit seiner Frau. Auch mir hat er immer gesagt, dass es dort nichts zu sehen gäbe. Nun habe ich die Chance endlich erhalten nachzuempfinden, wieso er sein Dorf für immer verlassen hat.» Jetzt kenne sie das Dorf, habe die Gegend gesehen. Giovanni habe keine Zukunft für sich gesehen und hatte ziemlich sicher Recht. Da seine Eltern und sein Bruder in Norditalien lebten, hatte er keinen Grund, hierherzukommen. Vierzig Jahre später, als Rentner, sei es zu spät gewesen. Es gab nichts mehr, was Giovanni mit Campomaggiore verband. Sie habe ihr Ziel erreicht.

Ob sie deswegen in Campomaggiore geweint habe, wollte Achim wissen. Eine Träne kullerte über Angelas Wange und sie sprach, bevor Achim sich entschuldigen konnte. «Ich habe den Schmerz gespürt, den dein Vater an dem Tag empfand, als er auswanderte. Das Dorf hat einen Platz in seinem Herzen behalten. Ich war in Brescia dabei, als seine Mutter ihm vorschlug, das Haus Rosaria zur Verfügung zu stellen. Am Abend im Bett hat er etwas

Schönes gesagt. Er sei mittellos ausgewandert und könne doch
etwas zurückgeben.»

# HELENES AUFTRAG

Achim freute sich auf das Gespräch mit Vito. Die Unfreund-
lichkeit des alten Mannes bei ihrer ersten Begegnung nach so
vielen Jahren missfiel ihm zwar immer noch, aber er verstand sie
auch ein wenig. Vitos Erwartung, Achim sei von seinem Vater
informiert gewesen, dass er zurückgewandert war, führte ver-
ständlicherweise zur Enttäuschung, weil Achim nie zu Besuch
kam. Auch Rosaria hatte seinem Vater die Schuld gegeben. Für
Achim hatten Vito und Rosaria bestätigt, dass seine Wut über
seinen Vater nicht unberechtigt war. Sein Vater hatte sich nicht
korrekt verhalten.

Mit Robins Hilfe war es Achim gelungen, Zoom nur mit dem
Fernseher zu nutzen, ohne Laptop. «Jetzt wirst du erfahren, was
du zur Auswanderung deines Vaters wissen wolltest.» Vivian
freute sich über Achims Fortschritte bei der Aufarbeitung der
Geschichte seines Vaters.

«Ich bin ganz nervös», gab Achim unumwunden zu. «Die
Gespräche mit meiner Mutter sind auch sehr interessant. Sie
nimmt meinen Vater ziemlich in Schutz. Rosaria und Vito hingegen nehmen meinem Vater sein Verhalten übel.»

«Vielleicht hatte sie sich damit abgefunden, dass dein Vater
gewisse Fragen nie beantworten würde. Was hast du denn Neues
erfahren?» Vivian war zuhause und trug Wohlfühlklamotten,
einen weiten, unförmigen braunen Pullover und eine schwarze
Stoffhose mit einem bunten Blumenmuster. Die Kette hatte sie
ausgezogen und die Haare mit einem Haarband nach hinten

zusammengebunden. Jetzt war sie wieder die Vivian, die er geheiratet hatte und die in Heidelberg möglichst oft so gekleidet war.

«Ich lerne unheimlich viel über meine Familie, über die Basilikata von damals», antwortete Achim begeistert und wurde dennoch sofort nachdenklich. «Wäre da nicht diese blöde Geschichte mit dieser Costanza, wäre alles wunderbar!»

«Das ist doch längst erledigt?», fragte Vivian überrascht.

«Helene hat mit ihrer Großmutter gesprochen und will mehr wissen. Stell dir vor, die übernimmt bis auf Weiteres die Miete in Policoro! Sie hat Angst, dass etwas unwiderruflich zerstört wird, bevor sie weiß, wie es weitergeht. Sie hat mich gebeten, die Ohren offenzuhalten. Ich habe den Eindruck, dass sie mir etwas verschweigt, dass sie etwas weiß, was sie mir nicht sagen will. Da muss etwas im Gespräch mit ihrer Großmutter herausgekommen sein, was an ihr nagt.»

«Und jetzt? Ist doch nicht dein Problem, oder?» Vivian schüttelte nur den Kopf.

«Jein! Ich war auch froh um jede Hilfe, als ich begann, mich mit der Vergangenheit meines Vaters auseinanderzusetzen. Ich weiß, wie sich das anfühlt.»

«Du hast aber nicht wildfremde Leute angefragt, Achim!»

«Wen anders hat sie mit einem Bezug zur Basilikata? Ich bin für sie kein Unbekannter mehr. Ich bin das Verbindungsstück zwischen Helene und ihren lukanischen Wurzeln. Mehr hat sie nicht!» Achim konnte nicht verstehen, dass seine Frau nicht merkte, worum es ihm ging. Er hatte ihr doch erzählt, welche Wut er manchmal entwickle, weil sein Vater ihm seine lukanische Heimat nicht nähergebracht hatte. Vivian musste doch erkennen, dass er Helene vor so einer Erfahrung bewahren wollte.

«Sie hat ihre Großmutter!» Vivian ließ nicht locker, aber es war nichts zu machen. Wenn Achims Bauchgefühl ihm sagte, dass er Helene helfen musste, dann konnte ihn niemand daran hindern. Eine passende logische Erklärung fand er immer.

«Du weißt, wie ich beruflich immer genervt bin, wenn ich den nächsten Schritt nicht sehe!» Achim hatte seinen sturen Blick aufgesetzt.

«Oh ja!» Vivian rollte mit den Augen. «Unausstehlich wirst du, wenn du den nächsten Schritt nicht siehst. Aus dir wäre nie ein guter Laborforscher geworden. Aber manchmal muss man einfach sauber Schritt für Schritt gehen, so wie von Anfang an geplant, bevor sich die Lösung offenbart.» Achim antwortete postwendend mit seinem Lieblingsvergleich. «Deshalb bis du eine Labormaus und ich eine Feldratte! Du forschst am Unbekannten, an dem, was die ganze Menschheit nicht weiß. Ich befasse mich mit einer vergangenen Realität, nichts Unbekanntem, nur Vergessenem.»

Vivian teilte Achims Meinung nicht. Klar war es bei ihrer Arbeit entscheidend, sich an den festgelegten Ablauf zu halten. Hier ging es aber nicht um sie oder um Achims Arbeit. Es ging um Achim als Person. Diese Eigenheit, sich treiben zu lassen, bis er den Anfang des Wollknäuels fand, das er lösen wollte, war ihm in seinem Beruf entgegengekommen. Hier war er nicht beruflich unterwegs. Es ging um ihn als Mensch. Es ging um den Achim, der schwieg, wenn seine Gefühle ihm zu viel wurden. Es ging um den Achim, der sich im Stich gelassen fühlte, weil er in seinem Alter eine Seite entdeckt hatte, die ihm verborgen geblieben war. Es ging darum, dass er seinem Vater die Schuld gab. Sie stritten sich minutenlang.

Nach der Videokonferenz kehrte Achim auf die Terrasse zurück, vom Streit mit seiner Frau völlig aufgewühlt. Er setzte sich so auf einen der Stühle, dass er ins Tal hinunter schauen konnte, und seine Wut wich langsam einem schlechten Gewissen. Er fotografierte das Tal und schickte seiner Frau das Bild zusammen mit einer Liebesbotschaft. Die Antwort ließ nicht lange auf sich warten: «I love you, darling! I'm so proud of you every time you express your feelings.»

# GIUSEPPINA UND NICOLÒ

«Ich bin hocherfreut, Achims Mutter kennenzulernen!» Nicolò begrüßte die beiden in reinstem Italienisch, als sie sich auf der Piazza trafen. Seine Frau und er hatten Angela und Achim zum Abendessen eingeladen. Achim hatte bewusst einen Ruhetag zwischen dieser Einladung und dem Essen bei Rosaria eingeplant und nur leichte Mahlzeiten zubereitet. Am Ruhetag war Achim allein auf der Piazza gewesen, seine Mutter hatte es vorgezogen, sich zuhause zu erholen.

«Giuseppina ist zuhause geblieben, bereitet das Abendessen vor und hat mich aus der Wohnung verscheucht. Ich solle doch Angela und ihren Sohn zum Aperitif einladen und erst nach Hause bringen, wenn sie so weit ist. Giuseppina und ich gehören zur Generation, die gelernt hat, dass Männer in der Küche nicht zu gebrauchen sind. Was darf ich denn bringen?», fragte der alte Mann galant und verschwand in die Bar, um die Getränke zu holen.

«Zu dieser Generation gehört Rosaria auch», sagte Angela und sah ihm hinterher. «Er sieht genau so aus, wie du ihn mir beschrieben hast. Ich glaube, ich hätte ihn allein erkannt. Irgendwie ist er anders als die anderen alten Männer hier.»

«Für die Männer ist das auch ganz angenehm. So haben sie keinen Erklärungsnotstand, wieso sie sich lieber mit Freunden treffen», kommentierte Achim, während er sich umschaute und Mario entdeckte. Dieser winkte sie zu sich und wies auf die freien Sitze neben ihm. Achim stellte die beiden auf Italienisch vor und erklärte, wie Mario und Nicolò verwandt waren.

Angela hatte sich offenbar überlegt, wie sie mit Mario ins Gespräch kam, denn sie erzählte, sie wisse von Achim, dass er wilden Spargel sammle. Mario lief rot an und brachte nur ein kurzes «Sì» hervor.

«Ist die Zubereitung schwierig?», fragte Angela. Zweifelte sie an Achims Kochkünsten? Oder war das nur Teil ihres Planes, mit Mario ins Gespräch zu kommen? Achim wunderte sich, worauf seine Mutter hinauswollte.

«Das müssen Sie meine Frau fragen, ich sammle nur. Wilder Spargel ist ein empfindliches Gemüse. Eine falsche Zutat, eine Minute zu lang, und schon ist es nicht mehr das Gleiche. Meine Frau ist aber in die Geheimnisse eingeweiht.» Achim bemerkte, dass Mario seine Mutter siezte. Er hatte Mario noch nie jemanden siezen gehört.

«Frage nicht nach dem Geheimnis», sagten Angela und Achim gleichzeitig auf Deutsch und mussten lachen. Achim klärte Mario auf. «Das ist ein Werbespruch für einen Schweizer Käse. In dieser Werbung tritt immer ein deutscher Schauspieler auf und versucht, den Leuten das Geheimnis dieses Käses zu entlocken.»

«Guten Käse zu machen ist nicht selbstverständlich!», meinte Mario mit ernster Miene. «Ich habe Jahre gebraucht, bis mein Käse einigermaßen so gut geworden ist wie der meines Vaters. Das Rezept allein genügt nicht, man braucht Übung, viel Übung. Aufgeben darf man nicht und man muss immer aus den Fehlern lernen.» Er wirkte immer noch etwas eingeschüchtert, wenn auch etwas entspannter.

Nicolò kam mit den Getränken auf einem Servierbrett zurück. «Mario macht nicht nur guten Käse, sondern auch gute Würste. Seine Lucanica ist inzwischen sogar besser als die seines Vaters. Ihr werdet euch selbst überzeugen können, denn Giuseppina wird eine Lucanica von Mario auftischen», sagte Nicolò und stellte die Gläser auf den Tisch aus weißem Kunststoff. Angela bedankte sich als Einzige, während Achim und Mario wortlos ihr Getränk näher zu sich stellten.

Mario sagte etwas in Dialekt zu seinem Onkel. Mit den Jahren hatte Achim einige Worte gelernt und er verstand, dass sich Mario für das Lob bedankte. Nicolò und Mario erzählten Angela, dass die Frauen im Dorf Freude an diesem Mann haben, der die Kochrezepte lernen will. Das sei für sie Neuland, denn ihre Männer hätten nie gelernt zu kochen. Würste und Käse herstellen ja, Kräuter sammeln ja, aber kochen nicht.

«Zio Nicolò hat aber ein Gefühl für richtige Mischungen. Giuseppina lässt ihn mehr machen als meine Mirabella», revanchierte sich Mario für das Lob seines Onkels. «Dafür kennt Mario aber die Natur wie kein anderer», konterte Nicolò.

Mario zog sich aus der Affäre, indem er seinen Vater in den Vordergrund rückte. Die Natur habe ihm sein Vater gezeigt. Er war jeden Tag mit den Tieren draußen, ging frühmorgens hinaus und kam erst abends zurück. Im Sommer wusste er, wo die schattigen, kühlen Orte waren, und ließ die Schafe und Ziegen dort weiden. Sein Vater war ein Teil der Natur und er werde ihm mit dem Alter immer ähnlicher. Mario trank einen großen Schluck Bier und schwieg von da an. Nicolò erkundigte sich über ihren bisherigen Aufenthalt in der Basilikata, was Angela bereitwillig beantwortete.

Als Giuseppina sich per WhatsApp meldete, das Essen sei bereit, er dürfe mit den Gästen kommen, brummte Nicolò. «Früher haben die Männer entschieden, wann es Zeit war, essen zu gehen. Mit diesen modernen Dingen hat die Macht der Frauen noch mehr zugenommen.» Mario fand, es sei auch für ihn Zeit, nach Hause zu gehen, das Essen sei sicher auch bei ihm zuhause bereit. Er leerte sein Bier in einem Zug und verabschiedete sich.

Nicolò und Giuseppina wohnten in der Via Cesare Battisti,

am Dorfrand, nur ein paar Schritte vom Dorfplatz entfernt. Ihre Wohnung war im Erdgeschoss eines zweistöckigen Hauses, an einem kleinen Platz am Ende der Straße. Die Wohnung bestand nur aus einem Wohnzimmer, das Küche und Esszimmer zugleich war, einem Schlafzimmer und einem Badezimmer. Achim wusste von Nicolò, dass er diese Wohnung vor wenigen Jahren von einem entfernten Verwandten gekauft und seinen Kindern seine bisherige Wohnung überlassen hatte. Sie hatten die kleine Wohnung mit sehr viel Flair renovieren lassen.

Giuseppina war eine kleine elegante Frau, mindestens so elegant wie Angela, und umarmte Angela sehr herzlich zur Begrüßung. Sie freue sich sehr, die Mutter von Achim kennenzulernen, meinte sie und bat ihre Gäste, gleich am Tisch Platz zu nehmen, wo die Antipasti bereits warteten.

«Das ist die Lucanica von Mario, die ich euch angekündigt habe, und das ist sein Pecorino», sagte Nicolò und zeigte nacheinander auf die Wurst und den Schafskäse. «An den Pecorino wagt sich Mario erst seit kurzer Zeit. Sein Vater hat einen fantastischen Pecorino gemacht. Den konnte man entweder jung essen oder man ließ ihn altern, um ihn über die Pasta zu streuen. Bisher hat Mario nur Caciocavallo gemacht. Zu groß ist die Ehrfurcht vor der Leistung seines Vaters. Aber je älter Mario wird, umso mehr wird er seinem Vater ähnlich und gewinnt immer mehr an Selbstvertrauen.»

In der Zwischenzeit hatten Angela und Achim begonnen, neben der Wurst und dem Schafskäse auch verschieden zubereitetes Gemüse, Mozzarella und Schinken auf ihre Teller zu nehmen. Nicolò schenkte einen Weißwein ein, einen Re Manfredi von Terre degli Svevi aus dem Norden der Basilikata.

«Wo waren Sie denn schon in der Basilikata, Angela? Was hat Ihnen besonders gefallen?», wollte Giuseppina wissen und staunte, als Angela in fließendem Italienisch antwortete.

«Außer Guardia Perticara und Campomaggiore habe ich noch nicht viel gesehen. Außer bei der Anreise, als wir die Autobahn verlassen haben und über die Hügel hierhergefahren sind. Wir sind am Dorf vorbeigefahren, wo Sie aufgewachsen sind, Giuseppina. Achim hat es mir gezeigt.»

Giuseppina schaute Achim vorwurfsvoll an. «Wieso hast du behauptet, deine Mutter spreche wenig Italienisch? Sie spricht ausgezeichnet!»

Achim musste schlucken und hob deshalb zuerst nur entschuldigend die Hand. «Ich habe meine Mutter seit Jahren nicht mehr italienisch sprechen gehört.»

Angela verteidigte ihren Sohn. «Wer sechzig Jahre lang jeden Abend die Nachrichten auf Italienisch gehört hat und einmal pro Jahr nach Italien zu Verwandtenbesuchen gereist ist, kann die Sprache mit der Zeit schon. Achim hat allerdings Recht, seit dem Tod meines Mannes habe ich nicht mehr italienisch gesprochen. Die paar Tage in Coverciano und nun hier haben aber vieles wieder zum Leben erweckt. Übrigens, Achim hat mir das Haus gezeigt, in dem Sie in Coverciano wohnen. Das ist ganz anders als hier. Achim behauptet immer, der Sommer sei in Guardia Perticara viel schöner als in Florenz.»

Giuseppina legte ein Stück Lucanica wieder auf ihren Teller, so konnte sie die Hände beim Erzählen nutzen. Ihre eleganten Handbewegungen passten gut zu ihrer allgemeinen Erscheinung, ohne ihre Hände konnte aber auch sie nicht sprechen. «Das ist so, auch wenn das nicht der Hauptgrund ist, wieso Nicolò und ich den Sommer hier verbringen. In Coverciano ist die Luft nicht so rein wie in Guardia Perticara und die Nächte kühlen nicht so stark ab. In Städten ist die Sommerhitze schlechter zu ertragen, obwohl es tagsüber in der Basilikata wärmer ist. Die Häuser hier sind so gebaut, dass es tagsüber drinnen nicht heiß wird, und dank der kühleren Nächte braucht man keine Klimaanlage. Das ist viel gesünder.»

«Wie Giuseppina sagt, ist das Leben hier sehr gesund. Es ist weniger hektisch als in der Stadt. Hier haben wir für alles Zeit und das Essen besteht aus Zutaten, die wenig Chemie gesehen haben, wenn überhaupt.» Nicolò zeigte auf die wenigen Antipasti, die noch übrig waren, denn alle hatten von allem probiert und manchmal eine zweite Portion genommen. «Deshalb hat dies alles so einen guten Geschmack. Sonne, Zeit und uralte Rezepte sind das Geheimnis. Der eigentliche Grund, den Sommer hier zu verbringen, ist aber ein anderer. Guardia Perticara ist der Treffpunkt aller, sowohl der Ausgewanderten als auch der lokalen Verwandten. Giuseppinas Dorf Armento ist ebenfalls nicht weit weg. Von Achims Terrasse aus sieht man die Straße, die dorthin führt. Diese Sommertreffen erlauben die Pflege des sozialen Lebens mit den Verwandten und Bekannten.»

Achim freute sich, wie sich seine Mutter mit seinen alten Freunden gut verstand. Er hatte zwar nicht daran gezweifelt, aber war doch froh, richtiggelegen zu haben. Er mischte sich nicht in die Diskussion ein, um ja nichts kaputt zu machen. «Wir haben einen Freund meines Mannes getroffen, der nach der Rente zurück in sein Dorf gekommen ist. Ist das für Sie kein Thema?», fragte Angela.

Giuseppina lachte herzhaft auf und schüttelte entschieden den Kopf. «Ein paar Monate pro Jahr hier zu leben ist schön, im Sommer eindeutig besser als in Coverciano, aber immer da wohnen, nein, das kommt für uns nicht in Frage. Nicolò liebt seinen Beruf so innig, dass er noch heute junge Leute unterrichtet, und ich bin froh um die Anonymität in der Stadt. Die soziale Kontrolle hier ist so extrem, dass das ganze Dorf weiß, dass man eine Affäre hat, bevor man es selbst weiß.»

Nicolò quittierte die Aussage über die Affäre mit einem Stirnrunzeln, pflichtete seiner Frau aber bei: «Die Kehrseite des starken sozialen Zusammenhalts ist starke soziale Kontrolle. Hier merken die Menschen schnell, wenn etwas nicht stimmt. Hier stirbt niemand unbemerkt einsam in seiner Wohnung. In Coverciano haben wir uns ein Leben aufgebaut, mein Unterricht ist ein Teil davon, unsere Kinder wohnen auch alle in der Gegend von Florenz. Zudem haben wir einen Freundeskreis, mit denen wir Sachen teilen, die es hier gar nicht gibt.»

Giuseppina ergänzte Nicolòs Erklärungen so, dass es nicht wie ein Vorwurf wirkte, er habe etwas vergessen. «Meine Geschwister wohnen auch in der Gegend von Florenz. Als ich Achim das erste Mal im Supermercato des Viertels gesehen habe, fand ich, er habe zwar das Gesicht eines Lukaners, sei aber viel zu groß. Also habe ich ihn nicht angesprochen. Das ist genau die Freiheit, die die Stadt dir bietet und die es in einem Dorf nicht gibt. In der Stadt wählst du aus, mit wem du sprichst, in einem Dorf wäre es eine Beleidigung, nicht mindestens ein paar Worte auszutauschen, wenn man jemandem begegnet.»

«Noch kann ich die Strecke mit dem eigenen Auto fahren, in ein paar Jahren werden wir mit dem Bus anreisen. In diesen zwei Welten zu leben ist ein Geschenk des Lebens», meinte Nicolò und forderte Achim auf, das letzte Stück Pecorino zu nehmen. Achim nahm das Angebot dankend an, während Giuseppina aufstand und sich entschuldigte, sie müsse sich um den Primo kümmern.

Nicolò half seiner Frau beim Abräumen, während Angela und Achim sich umschauten. Überall hingen Fotos, immer mit Menschen darauf. Viele der Fotos waren schwarzweiß und sahen sehr alt aus, wahrscheinlich von Vorfahren, die Männer oft in Uniform. Auf einem Foto erkannte Achim die alte Kirche von Alianello, dem verlassenen Dorf unterhalb von Aliano, dem Dorf von Carlo Levi. Er sprach Nicolò darauf an. «Auf den Fotos sind nur Menschen, außer bei diesem da. Das ist die Kirche von Alianello Vecchio, oder nicht?»

Nicolò nickte anerkennend. «Exakt. Meine Mutter ist dort

aufgewachsen und meine Eltern haben in dieser Kirche geheiratet. Damals war das Dorf noch nicht verlassen.» Achim hatte das Ruinendorf einmal besucht. Obwohl alles verfiel, erweckte das Dorf den Eindruck, die Bewohner würden bald zurückkehren. In Wirklichkeit waren sie vor über vierzig Jahren für immer in ein neues Dorf gezogen, das nach dem großen Erdbeben von 1980 für sie gebaut worden war.

Angela strahlte, weil Giuseppina Orecchiette con cima di rapa brachte. «Das hatte ich schon seit Jahren nicht mehr! Meine Schwiegermutter hat das oft gemacht, weil Giovanni das so liebte. Wie viele Zutaten hat das Gericht? Vier?»

«Wenn man das Olivenöl und die Orecchiette mitzählt, sind es sechs», bestätigte Giuseppina und freute sich sehr, dass sie mit dem Gericht eine so große Freude bereiten konnte. Sie bediente Angela als Erste. Achim nahm sich vor, seiner Mutter Orecchiette nach Bochum zu bringen. Irgendwo würde sie den Stängelkohl sicher auftreiben können. Schlimmstenfalls liess sich cima di rapa durch Broccoli ersetzen.

Sie aßen den Primo schweigend. Nicolò hatte seinen Teller als Erster geleert und sprach deshalb als Erster wieder. «Achim hat mir erzählt, dass Sie wie ich von einer Bauernfamilie abstammen. Er ist eher ein großgewachsener Intellektueller als ein Bauernsohn, oder nicht?»

«Meine Eltern waren Bauern», bestätigte Angela, nachdem sie den letzten Bissen runtergeschluckt hatte. «Mein ältester Bruder hat den Bauernhof übernommen. Er war eindeutig besser dafür geeignet als ich. Meinem Mann und mir war es immer wichtig, dass Achim den Wert der Dinge lernt, die man sich selbst erarbeitet hat. Achim ist ein Intellektueller mit Bodenhaftung.» Sie wandte sich an Giuseppina, die ihren Teller Orecchiette ebenfalls aufgegessen hatte und einen Schluck Wein trank. «Stammen Sie auch von einer Bauernfamilie ab, Giuseppina?»

Giuseppina wischte sich den Mund mit der Serviette ab. «Nein, meine Eltern waren Lehrer. Sie unterrichteten beide in Armento. Abgesehen von einem Gemüsegarten hatten sie kein Land und für diesen Garten interessierte sich nur meine Mutter. Wir wohnten in Casale, dem alten Viertel von Armento, das nach dem Erdbeben von 1980 aufgegeben wurde. Meine Eltern gingen kurz vorher in Rente und sind zu uns nach Coverciano gezogen. Meine Geschwister sind oder waren alle älter als ich und waren auch alle in die Gegend von Florenz ausgewandert. Ich glaube, meinen Eltern hat es nicht so viel ausgemacht, keinen Garten mehr zu haben. Sie haben es sehr genossen, ganz in der Nähe einer Bibliothek zu wohnen. Von ihnen habe ich die Liebe für die Literatur geerbt.» Sie zeigte auf einen Bücherstapel neben dem Sofa.

Als Hauptspeise gab es gegrillten Seeteufel mit einer Parmigiana. Nicolò öffnete einen Chianti Classico. «Ich habe mich für einen Rotwein aus der Toskana entschieden, weil die Rotweine der Basilikata zu schwer sind. Ich hoffe, das ist in Ordnung.»

«Selbstverständlich!», meinte Achim, «eine gute Wahl. Ein Aglianico wäre viel zu schwer für dieses Gericht. Du hast vorhin gesagt, dass deine Mutter aus Alianello stammt, Nicolò. Ich habe vorhin gerechnet, deine Mutter muss eine Teenagerin oder eine junge Frau gewesen sein, als Carlo Levi in Aliano war. Hat sie ihn gekannt?»

Nicolò musste nicht überlegen. «Meine Mutter konnte sich an Carlo Levi erinnern, auch wenn sie wohl nie mit ihm gesprochen hat. Aber er unterschied sich schon von den anderen Internierten, die Einheimischen hatten ihn zu ihrem Arzt gemacht und dadurch hatte er mit vielen von ihnen Kontakt. Carlo Levi ist für die Region größer als seine Person an sich, er ist ein Mythos. Francesco Rosi verfilmte ‹Cristo si è fermato a Eboli› nur wenige Monate vor dem Erdbeben von 1980. Der Mythos wurde dadurch verstärkt, dass viele Drehorte des Filmes wenige

Monate später beschädigt oder zerstört wurden. Meine Mutter wohnte schon lange in Guardia Perticara, als Alianello Vecchio aufgegeben wurde. Trotzdem hat ihr dieser Verlust einen Stich ins Herz verpasst. Viele wurden durch das Erdbeben gezwungen, etwas Neues anzufangen, das Alte hinter sich zu lassen. Was wir Auswanderer schon längstens gemacht hatten.» Nicolò hörte auf zu reden, um sich dem Essen zu widmen. Eine Weile aßen sie schweigend.

Giuseppina war die Erste, die wieder das Wort ergriff. «Es war vor allem für diejenigen hart, die nichts anderes kannten. Kennst du das Buch von Mariolina Venezia, Achim? Ich meine ihren prämierten Roman, nicht diese Bücher mit der komischen Staatsanwältin.»

Achim musste schmunzeln. Giuseppina schien Venezias Imma Tataranni so wenig zu mögen wie er. «‹Mille anni che sto qui›? Habe ich gelesen, ja. Mit Mühe, muss ich sagen. Ich orientiere mich gerne in Raum und Zeit und behalte gerne den Überblick über die involvierten Personen. Das ist mir bei der Lektüre des Buches nicht gelungen.»

«Es beschreibt die Welt, in der viele Menschen hier noch lebten, als das Erdbeben sie zwang, ein neues Leben anzufangen», erklärte Giuseppina und malte mehrere Kreise hintereinander mit der Hand. «Das Buch gibt genau das Gefühl von einer endlosen Wiederholung der Geschichte wieder, wie die Menschen ihren Alltag damals erlebten. Wer wie wir etwas anderes kannte, sieht die Basilikata mit ganz anderen Augen.»

Angela hatte das Buch nicht gelesen und ließ sich deshalb erklären, worum es ging. Staunend beobachtete Achim, wie seine Mutter präzise Fragen zur Basilikata von früher stellte. Das waren keine spontanen Fragen. Einerseits ärgerte sich Achim, weil sie vieles von seinem Vater hätte erfahren können, andererseits freute er sich, dass Nicolò und Giuseppina diese Lücke füllen konnten.

Sie diskutierten weiter, bis sie kurz vor Mitternacht gemeinsam zum Dorfplatz liefen. Dort ließ Achim seine Mutter mit Nicolò und Giuseppina zurück, um seine Videokonferenz mit Vivian nicht zu verpassen. Nach ihrem Streit wollte er sie unbedingt nicht noch einmal verärgern. Er versprach, danach wieder auf den Platz zurückzukommen.

Achim eilte nach Hause und betrat die Videokonferenz wenige Sekunden vor seiner Frau. Vivian wollte sich entschuldigen, weil sie ihn am Vorabend so heftig kritisiert hatte, aber Achim ließ es nicht zu. Sie habe nichts gesagt, was nicht stimme. Seine Schwierigkeit, Gefühle auszudrücken, wenn sie ihm zu intensiv waren, sei eine Tatsache. Ebenso sei es wahr, dass er wütend auf seinen Vater sei, weil diese Entdeckungsreise zu seinen eigenen Wurzeln ihn niemals so gefordert hätte, wenn sein Vater ihn darauf vorbereitet hätte. Eigentlich sei er froh, wenn sie es anspreche, auch wenn es nicht besonders angenehm sei.

Nach einer halben Stunde kehrte Achim gut gelaunt auf den Dorfplatz zurück. Giuseppina und Nicolò freuten sich über die Grüße, die Vivian ausrichten ließ. Angela schaute Achim verblüfft an, als ihr Sohn offen darüber sprach, wie sehr ihn die pandemiebedingte Trennung von seiner Familie belaste.

# PANTALEOS ONKEL

Drei Tage später waren Angela und Achim bei Vito und Maria zum Mittagessen eingeladen. Achim hatte entschieden, früh loszufahren, um seiner Mutter sowohl das Ölfeld von Tempa Rossa als auch Pietrapertosa zu zeigen. Sie verließen Guardia Perticara deshalb über die schmale holprige SP 103 Richtung Corleto Perticara und bogen nach mehreren Kilometern in die Straße ein, die für die Erschließung des Ölfelds gebaut worden war. Diese neue Straße war breit, mit einer gleichmäßigen Oberfläche. Achim verstand nicht, wieso für diesen Teil eine so breite Straße gebaut worden war, während man die SP 103 nicht unterhielt und nicht einmal die Schlaglöcher füllte.

«Die Erdölvorkommen der Basilikata sind zu einer Zeit entdeckt worden, als Papa und viele andere schon ausgewandert waren», erklärte Achim seiner Mutter, als sie die hochmoderne Anlage von außen betrachteten. «Leider wird die Chance zu wenig genutzt, die eigentlich aus diesem Erdöl entstehen könnte. Tempa Rossa steht mitten in einem Dreieck von drei Dörfern, die alle zu den ‹borghi piu belli d'Italia› gehören, und es wird nichts gemacht, um die Dörfer miteinander zu verbinden, zu einem touristischen Paket zu entwickeln. Die Fahrzeiten von einem Dorf sind sogar dann fürchterlich lang, wenn man den kürzesten Weg über die kleinen Straßen kennt. Wir fahren nachher nach Pietrapertosa. Obwohl Guardia Perticara und Pietrapertosa nur dreißig Kilometer auseinander liegen, schafft man es nicht unter 45 Minuten. Du wirst es gleich selbst sehen, in welch fürchterlichem

Zustand die Straße ist, zum Teil ist der Asphalt verschwunden und die Schlaglöcher sind so groß, dass man Slalom fahren muss. In Pietrapertosa haben wir etwa eine Stunde Zeit. Danach müssen wir von dort aus ins Basentotal hinunter und am Gegenhang wieder hinauf nach Campomaggiore.»

Während der Fahrt über die holprige Straße diskutierten sie darüber, dass Giovanni vielleicht gar nicht ausgewandert wäre, wenn die Ölfelder früher entdeckt worden wären. Achim war sich da nicht sicher. Beim Aufbau der Anlagen gab es viel Arbeit für die Einheimischen, aber im Betrieb brauchte es Fachkräfte, die es in der Basilikata kaum gab. Sein Vater wäre später trotzdem ausgewandert.

In Pietrapertosa angekommen, parkte Achim sein Auto auf dem Parkplatz oberhalb der Ortschaft und zeigte auf das Tal unter ihnen. Auf der anderen Talseite sei Castelmezzano. Ein schöner Wanderweg verbinde beide Dörfer, den man in knapp einer Stunde schafft. Mit dem Auto hingegen fahre man einen zehn Kilometer langen Umweg und brauche eine halbe Stunde.

«Und das nervt dich?», fragte Angela und zuckte mit den Achseln.

Achim wurde so laut, dass einige Touristen sich umdrehten. «Ja, weil es in der ganzen Gegend viele Puzzleteile gibt, die der Region wirtschaftlichen Aufschwung bringen könnten, aber die Region macht nichts daraus. Einfach nichts! Wenn du diesen Weg im Internet suchst, landest du auf einer Homepage, die Volo dell' Angelo heißt, eine Attraktion auf der anderen Seite der Berge. Dort ist der Weg gut beschrieben. Die Gemeinden gehören zu einer Gruppe, die Comunità Montana Alto Basento heißt. Auch die hat eine Homepage mit einer Beschreibung des Weges. Meinst du, die beiden Homepages sind miteinander verlinkt? Nicht einmal das!»

Angela verzichtete darauf, bis zur Burgruine oberhalb des

Dorfes zu gehen, und zog es vor, ein wenig durch das Dorf zu schlendern. Nach einer halben Stunde hatte sie genug gesehen, ihr gefalle Guardia Perticara besser.

Vito wartete bereits mit seinen drei Freunden, als Achim in Campomaggiore sein Auto wieder bei der Bar abstellte. Sie diskutierten nicht lange, weil Vito fand, sie sollten zu ihm nach Hause. Während Maria die Antipasti auftischte, fragte Vito Achim schon auf Deutsch, was er denn über seinen Vater und die Auswanderung wissen wolle. Achim antwortete auf Italienisch, er habe in den letzten Tagen feststellen dürfen, dass seine Mutter immer noch gut italienisch spreche, und für Maria sei Italienisch sicher einfacher. Maria war die Freude über dieses Entgegenkommen deutlich anzusehen.

Achim lief das Wasser im Mund schon zusammen, aber bevor er zulangte, erklärte er, dass er verstehen möchte, wieso sie zu dritt ausgewandert seien. Was diese drei jungen Männer verband. Abgesehen davon, dass er nicht wisse, wer der dritte war. An Vito könne er sich gut erinnern, aber an den dritten habe er keine Erinnerung. Er wisse nur von seiner Mutter, dass er mit sechzig an Lungenkrebs gestorben sei.

«Pantaleo war der dritte, Pantaleo Zotta.» Vito forderte ihn mit einem Handzeichen auf, mit dem Essen zu beginnen. Er selbst rührte den Rohschinken und die schwarzen Oliven nicht an, die auf seinem Teller warteten. «Hätte Pantaleo nicht einen Onkel in Deutschland gehabt, der uns Arbeit vermittelte, wäre die Geschichte ganz anders verlaufen. Von allen drei hatte Pantaleo die schlechtesten Zukunftsaussichten in Campomaggiore. Sein Vater hatte beim Spiel viel verloren. Bei Giovanni und mir war das anders. Was wir hatten, hätte früher für ein einigermaßen sorgenfreies Leben genügt. Noch in den 40er und Anfang der 50er Jahre hat die Landwirtschaft viele Arbeitskräfte gebraucht und sicherte Familien mit Landbesitz ein einigermaßen sorgenfreies Leben.

Das Erbrecht hat zwar dazu geführt, dass Häuser und Ländereien immer mehr aufgeteilt wurden. Ich besitze noch heute hier ein Siebenundzwanzigstel an einem Olivenhain, dort ein Sechstel an einem Getreidefeld und dazu ein Zimmer in einem Bauernhaus außerhalb des Dorfes. Dir, Achim, geht es wahrscheinlich nicht anders. Weil geteilt und nicht Parzellen gebildet wurden, gibt es noch heute keine andere Lösung als die gemeinsame Bewirtschaftung. Früher wurde jeder dort eingesetzt, wo er am meisten beitragen konnte. Nach dem Krieg kamen Landmaschinen auf und da ist Giovanni und mir klar geworden, dass man nicht mehr so viele Arbeitskräfte brauchen würde. In der Familie Crocco hatten andere das Sagen als dein Vater oder dein Großvater. Sogar Davide, Giovannis Vater, war sich nicht sicher, wie lange er genügend Arbeit haben würde, um die Familie zu ernähren. Deshalb ist er wenige Jahre nach Giovanni ebenfalls ausgewandert. Davide hat entschieden, dass sie alle auswandern würden, ohne Haus und Ländereien zu verkaufen. Einerseits um immer eine Rückkehrmöglichkeit zu haben, falls die Auswanderung nicht klappte, anderseits um einen Grund zu haben, immer wieder zurückzukommen und etwas mit der Familie zu besprechen zu haben.»

«Ach so, deshalb der Hinweis auf die Americani! Mein Vater hat immer gesagt, die Americani seien auch froh gewesen, als sie während der Wirtschaftskrise zurück in die Basilikata kommen konnten», unterbrach Achim ihn. Angela mischte sich ein, sie wisse erst seit kurzem, was Giovanni damit meinte. Achim habe ihr erklärt, wer diese Americani seien. Vorher habe sie nichts dazu gewusst.

Vito nutzte die Gelegenheit, leerte seinen Teller und aß noch etwas Mozzarella und getrocknete Tomaten. Die anderen warteten geduldig, bis er weitersprach. «Das war immer Davides Argumentation und dein Vater hat sie übernommen. Über Pantaleos

Onkel kann ich nicht viel sagen, da war einiges tabu. Wann dieser Onkel nach Deutschland gereist sei und wieso, dürfe nie gefragt werden, hatte Pantaleo uns vor der Abreise eingebläut.»

Maria hatte bisher ein wenig Schinken und Oliven gegessen, sie sprach das aus, was ihr Mann nicht sagte: «Wahrscheinlich, weil es etwas mit den Faschisten zu tun hatte.»

Vito rückte seinen Stuhl zurecht, Achim und Angela zuckten vom Quietschen erschreckt zusammen. Vito schaute seine Frau an, widersprach ihr aber nicht und fuhr fort. «Der Onkel arbeitete in einer Fabrik in Bochum und die suchte Arbeitskräfte. Dieser Onkel hat behauptet, er kenne drei junge Männer aus seinem Dorf, die er persönlich empfehlen könne. Das war gelogen. Er kannte nicht einmal Pantaleo persönlich. Dieser Onkel war schon lange nicht mehr im Dorf gesehen worden, wahrscheinlich ist er nach seiner Auswanderung nie zurückgekommen. So bekamen wir alle drei einen Arbeitsvertrag und durften einreisen.» Angela hatte bisher interessiert zugehört und die Antipasti gegessen, die Achim vor lauter Interesse fast vergaß. Sie erklärte ihrem Sohn, Vito spreche von der Fabrik, in der sie auch gearbeitet habe. Die mit dem Chef, der Giovanni vorgeschlagen hatte, sich an die katholische Kirche zu wenden, wenn er Deutsch lernen wolle. Achim zeigte seiner Mutter mit einem Kopfnicken an, dass er sie gehört hatte, schaute aber Maria an, denn diese hatte sich durchgestreckt und einen tiefen Seufzer ausgestoßen.

«Ihr schon, wir nicht. Eigentlich waren die Italiener gar nicht willkommen und der Begriff Gastarbeiter war ein Witz!» Maria hämmerte mit dem Zeigefinger auf den Tisch, als sie «Gastarbeiter» auf Deutsch sagte. Ihre laute Stimme strömte Ärger, Wut, ja sogar Hass aus. «Von Gastfreundlichkeit war keine Rede. Vito und ich waren bei seiner Ausreise verheiratet und sie haben mich dennoch nicht einreisen lassen. Es hat Jahre gedauert, bis wir endlich wieder zusammenleben durften. Die drei mussten immerhin nicht in einer Baracke wohnen, dafür bin ich Pantaleos Onkel sehr dankbar. Unter den Auswanderern gab es auch schlechte Menschen und der Onkel hat Vito, Giovanni und Pantaleo vor schlechten Bekanntschaften geschützt, weil sie in seiner Wohnung leben durften.»

Vito strich seiner Frau beruhigend über die Hand. «Gastarbeiter, die ihre Familien nicht zu sich holen durften, sind wir lange geblieben, allerdings war das für Giovanni und Pantaleo anders als für mich. Ich habe mein ganzes Geld gespart, um möglichst rasch und möglichst häufig zu meiner Maria reisen zu können.»

Die Erinnerung hellte Marias Gesicht auf. «Ich kann mich noch heute sehr gut erinnern, was für ein Aufsehen Vito ausgelöst hat, als er bei seinem dritten Besuch nicht mehr mit dem Zug angereist ist, sondern mit einem Mercedes mit deutschen Nummernschildern!»

Maria und Vito mussten lachen und schauten sich verliebt in die Augen. Achim sah Tränen in den Augen seiner Mutter. Woran dachte sie? An ihren Mann? Vito küsste seine Frau, bevor er weitererzählte. «War das eine Aufregung! Eines Tages bin ich nicht mehr allein zurück nach Bochum gefahren, sondern mit Maria auf dem Beifahrersitz und den Kindern auf dem Rücksitz. Stellt euch vor, ich habe die Geburten meiner Kinder verpasst, weil Maria nicht mit mir leben durfte. Diese gemeinsame Einreise nach Deutschland war der schönste Tag meines Lebens, da können nur die Hochzeit und die Freude bei jeder Geburt mithalten.»

«Für mich auch!», bestätigte Maria strahlend. «Die Freude, mit Vito zusammenzuleben, war größer als die Angst vor dem Unbekannten, das mich erwartete. Stellt euch vor, ich, das Dorfmädchen aus Campomaggiore, reiste nach Bochum, eine riesige Stadt für mich.»

Angela hatte ihr Lächeln wiedergefunden und warf ein: «Bei jeder Geburt ist Vito zu uns gekommen, hatte eine Flasche Amaro Lucano dabei und hat mit Giovanni angestoßen! Ich mag das Getränk noch immer nicht, aber für mich ist es unauslöschlich mit Vito verbunden, der sich über die Geburt eines Kindes freut.»

«Es war schön, so etwas nicht allein feiern zu müssen», sagte Vito mit feuchten Augen. «Eigentlich darf man das einem Menschen nicht antun, was wir durchgemacht haben.» Maria küsste ihren Mann auf die Wange und wischte zärtlich eine Träne weg.

Nach einem tiefen Seufzer sprach Vito weiter. «Pantaleo hat eine Italienerin geheiratet, die er in Deutschland kennenlernte, und Giovanni kam mit Angela zusammen. Jeder ist in der Familienfrage einen anderen Weg gegangen, aber Freunde sind Giovanni und ich geblieben. Ich bin nun der letzte Überlebende der drei jungen Auswanderer.» Vito wandte sich seinem Teller zu, schaute die anderen nicht mehr an.

Achim hatte wie in einem Traum zugehört und vergessen zu essen. Er erschrak wegen der Stille, die plötzlich am Tisch herrschte. Weil er die Alten nicht aus ihren Gedanken reißen wollte, aß er seinen Teller leer, ohne ein Wort zu sagen. Als Maria die leeren Teller abräumte, schwiegen sie immer noch alle. Angela half ihr den Primo aufzutischen.

Sie aßen Penne mit einer einfachen fleischlosen Tomatensauce und danach Vitello all'uccelletto und gegrilltes Gemüse und tranken dazu einen Aglianico del Vulture. Angela hatte als Erste wieder zu sprechen begonnen, erzählte, wie Vito auch bei Achims Geburt mit seinem Amaro Lucano zu ihnen nach Hause gekommen sei. Was seine Mutter über seine ersten Jahre erzählte, hatte er schon so oft gehört, dass es ihn nicht interessierte. Erst als es um ihn in der Schule und später an der Universität ging, stieg er in die Diskussion wieder ein. Die Auswanderung war weit weg, es ging nur noch um das Leben, das sie in Deutschland führten.

Für die drei Alten mochte das Schwelgen in gemeinsamen Erinnerungen schön sein, Achim hingegen langweilte sich.

Sie waren schon bei den Früchten angelangt, als Achim von der toten Frau in Anglona erzählte und von den beiden Brüdern, die nach Deutschland ausgewandert waren. Eigentlich wollte er damit die Diskussion wieder auf die Auswanderung lenken, aber als er die Namen sagte, hielt sich Maria die Hand vor den Mund und machte große Augen. «Meinst du Claudio Gentile aus Tursi?»

«Eigentlich aus Anglona, aber das gehört, soviel ich weiß, zur Gemeinde Tursi. Wieso? Kennst du ihn etwa?»

Maria wandte sich ihrem Mann zu. «Emiliana aus Tursi hat doch einmal von diesem Claudio Gentile erzählt!»

«Wovon sprichst du? Emiliana? Die Frau von Ernesto? Wann soll das gewesen sein?» Vito schien von der Wende der Diskussion genauso überrascht wie Achim zu sein.

«Männer und Fußball! Sobald Fußball kommt, habt Ihr Männer keine Augen und Ohren für etwas anderes! Bin ich denn die Einzige an diesem Tisch, die sich an den Tag erinnert, als Italien Fußballweltmeister wurde?» rief Maria und schaute zwischen Vito, Angela und Achim hin und her.

«Meinst du 1980?» Vito schaute seine Frau mit fragenden Augen an. Achim sah keinen Zusammenhang zwischen dem Weltmeistertitel von 1980 und den Geschwistern Gentile.

«Wann sonst?», erwiderte Maria und schaute ihren Mann an, als ob er derjenige sei, der keine Ahnung von Fußball hatte.

«2006», sagte Vito nachsichtig. Über seinem Kopf schien ein großes Fragezeichen zu stehen. «Seit wann interessierst du dich für Fußball?»

Maria schüttelte vehement den Kopf. Sie ärgerte sich und sprach plötzlich laut und heftig. «Vito! Es geht doch gar nicht um Fußball, sondern um das, was Emiliana aus Tursi damals erzählt hat! Wir haben uns alle getroffen, alles Italiener, Angela, Giovanni und Achim waren auch dabei. Die Männer haben das Finale geschaut und die Frauen haben gekocht und während des Spiels aufgeräumt.»

«Natürlich erinnere ich mich an den Tag, ich bin noch nicht dement! Ich weiß aber immer noch nicht, wovon du sprichst!», wehrte sich Vito.

Maria schaute Angela an, die mit einem raschen Kopfschütteln andeutete, dass auch sie nicht folgen konnte, worauf Maria hinauswollte. «An den Tag erinnere ich mich gut, aber was damals vor über vierzig Jahren diskutiert wurde, weiß ich auch nicht mehr.»

Da sie scheinbar die Einzige war, die sich erinnerte, klärte Maria die anderen auf. «Für Italien hat doch ein Claudio Gentile gespielt.»

«Einer der besten Innenverteidiger, die Italien je gehabt hat!», rief Vito mit erhobenem Zeigefinger. Achim musste schmunzeln, Vito hatte offenbar immer noch nicht verstanden, dass es gar nicht um Fußball ging.

«Ernesto und Emiliana aus Tursi waren auch dabei. Als die Mannschaft Italiens vorgestellt wurde, hat Emiliana gesagt, sie kenne auch einen Claudio Gentile, der sei aber nicht so erfolgreich durchs Leben gekommen wie dieser Fußballer.»

Vito verzog keine Miene, während Angela meinte, ihr käme das bekannt vor. Achim forderte Maria fasziniert auf, weiterzuerzählen. Die ließ sich nicht zweimal bitten, erhob sich leicht, damit sie ihren Stuhl so hinstellen konnte, dass sie etwas mehr Platz hatte, um mit den Händen ihre Erzählung zu untermalen.

«Emiliana und Ernesto sind beide aus Tursi, sind ebenfalls nach Bochum ausgewandert und haben zum Kreis der Lukaner gehört, mit denen wir uns manchmal getroffen haben. Sie leben wieder in Tursi. Vito und Angela, könnt ihr euch noch erinnern, als Anfang der 60er in Essen ein Italiener einen Deutschen in einer Bar erschlagen hat und dann geflüchtet ist?» Ihre Hände flogen nur so hin und her, mal nach links, mal nach rechts. Als sie Bochum sagte, zeigte sie in die allgemeine Richtung Norden, beim Wort Tursi so ungefähr nach Süden. Mit erhobenem Finger schaute sie nach ihrer Frage ihren Mann und Angela abwechselnd an.

«Monatelang standen alle Süditaliener unter Generalverdacht. So etwas vergisst man nicht», meinte Vito mit finsterem Blick.

«Dieser Italiener, das war dieser Claudio Gentile, das hat Emiliana an dem Tag des Fußballspiels erzählt!» Maria schlug auf den Tisch, dass das Geschirr klapperte.

«Die Männer haben das vielleicht nicht gehört, sie schauten ja das Spiel. Ich kann mich aber auch nicht erinnern», Angela zeigte mit dem Finger auf sich. «Aber an die Geschichte mit der Bar erinnere ich mich. Der Italiener ist geflüchtet, oder nicht?»

«Genau, er hat ein Auto gestohlen und ist damit nach Frankreich. Das Auto hat man gefunden, den Mann aber nie.» Im Vergleich zu Angelas Handbewegung waren Marias Bewegungen ausufernd.

Achims Puls war deutlich höher als normal. Konnte es sein, dass er dank Marias Gedächtnis etwas über den Bruder dieser Frau erfahren würde, die ihn nicht mehr losließ? «Habt Ihr noch Kontakt mit dieser Emiliana?»

«Ja, doch», antwortete Vito. «Wir haben sie schon lange nicht mehr gesehen. Soll ich Ernesto anrufen und ein Treffen organisieren?»

«Unbedingt! Du hast keine Vorstellung, wie gespannt ich bin, was sie zu erzählen haben!» Achim gestikulierte schon fast so heftig wie Maria. Als er den belustigten Blick seiner Mutter bemerkte, zog er rasch die Schultern hoch und legte seine Hände wieder auf seine Oberschenkel.

«Ein Treffen! Vito! Wir sind doch nicht in Deutschland!»
Maria verdrehte die Hände, während sie ihren Mann tadelte.
«Wir laden alle zum Essen ein! Paolo und Claudio Gentile
haben wir nie kennengelernt. Claudio sowieso nicht, der war ja
geflohen, als ich endlich nach Deutschland durfte. Aber auch
diesen Paolo Gentile kennen wir nicht.»

«Paolo lebt nicht mehr», erklärte ihr Achim, «auch sein Sohn
Markus ist ziemlich jung gestorben.»

«Wie Pantaleo, der Arme!» Maria bekreuzigte sich. «Pantaleo hat immer Pech im Leben gehabt, zuerst einen Spieler als
Vater, dann eine untreue Frau und am Schluss Lungenkrebs. Er
hat immer versucht, ja nichts Falsches zu tun, und hat letzten
Endes wenig vom Leben gehabt.» Maria bekreuzigte sich nochmals.

«Ich kann mich gut erinnern, wie seine Frau eines Tages mit
den Kindern verschwunden ist. Giovanni hat mir erzählt, sie habe
einen Zettel auf dem Küchentisch gelassen, sie habe einen neuen
Mann kennengelernt», fügte Angela an, ohne Gesten.

Auch Vito nahm seine Hände zu Hilfe beim Reden. «Pantaleo hat mir erzählt, dass jemand seine Frau und die Kinder in
Mannheim gesehen habe. Mindestens zwei Jahre lang ist er bei
jeder Möglichkeit nach Mannheim gefahren und hat nach ihnen
gesucht. Es hat ihn völlig fertiggemacht! Er hat die Suche nie
aufgegeben, überall herumgefragt, Fotos der Kinder und seiner
Frau gezeigt und mindestens zwei Pakete filterlose Zigaretten pro
Tag geraucht. Er hat nur noch für diese Suche gelebt. Weil wir
ihm nicht genügend geholfen haben sollen, hat er uns eines Tages
beschimpft und dann nie mehr mit uns geredet.»

«Wann war das?», fragte Achim, der sich immer noch nicht
an Pantaleo erinnern konnte.

«Die Frau und die Kinder sind 1968 verschwunden, da warst
du acht Jahre alt», antwortete seine Mutter. «Die Kinder, ein

Sohn und eine Tochter, waren gerade zwei und vier Jahre alt. Am Anfang haben dein Vater, Vito und alle Lukaner, die wir kannten, die Lukaner kontaktiert, die sie in Deutschland kannten. Das ganze Netz half mit, aber es nützte nichts. Nach zwei Jahren hat Giovanni gesagt, Pantaleos Frau tue alles, damit er sie nicht finde. Von da an haben sie kein Wort mehr miteinander geredet.»

«Nicht einmal mehr gegrüßt hat er!» Vito knallte die Faust auf den Tisch und erntete einen bösen Blick seiner Frau. Er stand auf, holte eine Flasche Amaro Lucano und schenkte allen ein Glas ein. Angelas ablehnende Handbewegung übersah er. Sie nahm einen sehr kleinen Schluck, machte eine Grimasse, als ob sie barfuß auf eine tote Maus getreten wäre, und stellte das Glas wieder hin. Achim prostete Vito zu, leerte das Glas, ohne eine Miene zu verziehen, und zog das Glas seiner Mutter zu sich.

Vito schenkte sich ein zweites Glas ein, leerte es sofort und erzählte erst danach weiter. «Dann ist er nach Mannheim umgezogen und wir haben jahrelang nichts mehr von ihm gehört. Er hat mich angerufen, als er im Spital lag. Sie wollten ihm die halbe Lunge herausnehmen, er wisse nicht, ob er das überlebe. Bevor er sterbe, wolle er mir aber sagen, dass er seine Frau und seine Kinder nie gefunden habe. Es sei dennoch das Richtige gewesen, nach ihnen zu suchen.»

Angela schaute ihn erstaunt an. «Wusste Giovanni, dass er dich angerufen hat?»

«Nein, ich habe deinem Mann erzählt, ein Bekannter in Mannheim habe mir gesagt, dass Pantaleo gestorben sei, ob wir zur Beerdigung kommen könnten. Was auch der Wahrheit entsprach, aber dass Pantaleo angerufen hatte, habe ich Giovanni verschwiegen. Wieso sollte ich ihm sagen, dass Pantaleo immer noch auf ihn wütend war? Wir sind zusammen zur Beerdigung gegangen und haben das Kapitel geschlossen.»

# HEIMWEH

Achim hörte dem weiteren Verlauf des Gesprächs nicht mehr zu. Sein Vater hatte geschwiegen, Vito hatte geschwiegen, er schwieg zu viel. Zumindest war Vivian dieser Meinung. War das etwa eine genetisch bedingte Eigenheit?

Auf seine Frage, ob lukanische Männer immer so viel verschweigen würden, erntete Achim ein lautes Lachen von Maria und Angela. Vito fand das nicht lustig und machte eine abschätzige Handbewegung in Richtung der Frauen. Männer würden schweigen, um Angehörige und Freunde nicht zu verletzen. Achim fand, das Argument müsse er sich merken und hervorholen, wenn Vivian wieder einmal finde, er sage nicht, was er fühle, und löste damit ein allgemeines Gelächter aus.

«Siehst du!», meinte Vito. «Das hat nichts mit lukanischen Wurzeln zu tun. Frauen sind nun mal so, egal ob Lukanerin wie Maria. Deutsche wie Angela oder Amerikanerin wie Vivian.» Angela und Maria konnten protestieren, wie sie wollten, Vito und Achim waren sich einig. Man muss nicht jedes Gefühl aussprechen.

Achim zog es vor, das Thema Vivian gegenüber nicht zu erwähnen, und startete die Videokonferenz mit der guten Nachricht zu den Fortschritten seiner Ermittlungen. «Du wirst es nicht glauben, Vivian! Maria, Vitos Frau, war der Schlüssel zum nächsten Schritt in der Geschichte Gentile. Diese Frau hat ein unglaubliches Gedächtnis!» Achim erzählte Vivian, was er von Maria erfahren hatte. Vivian musste zugeben, dass sie nie auf die

Idee gekommen wäre, dass ausgerechnet Maria ihn weiterbringen würde.

«Und jetzt? Schickst du Helene zu dieser Emiliana?», fragte sie widerwillig. Achim hörte genau heraus, dass die Geschichte sie eigentlich nicht interessierte. Obwohl sie ihn mit einem müden Blick anschaute, fuhr er fort.

«Nein, die lebt nicht mehr in Deutschland. Du glaubst es nicht, aber die wohnen wieder in Tursi, nur ein paar Kilometer von dieser Basilika entfernt, wo Costanza gestorben ist. Maria hat vorgeschlagen, sie zum Essen einzuladen. Ich glaube, sie würde sich selbst freuen, diese Emiliana und ihren Mann wieder einmal zu sehen. Vito will sich darum kümmern und meldet sich, sobald er weiß, wann die beiden kommen können. Ich werde dabei sein und mal hören, was sie zu erzählen hat», erzählte Achim strahlend.

«Der Historiker Achim Crocco hat angebissen und lässt seine Beute nicht mehr los», sagte Vivian mit weit ausgebreiteten Armen und theatralischem Tonfall.

«Ach, komm schon! Du weißt, wie gerne ich forsche.» Achim lachte. «Wenn die in Heidelberg das nicht mehr so zu schätzen wissen, dann helfe ich denen, die es würdigen.»

«Das heißt, du hast diese Helene informiert?», fragte Vivian mit einem tiefen Seufzer.

«Noch nicht, mache ich nach dem Essen mit den beiden. Aber hör zu, denn Vito hat auch vieles über meinen Vater erzählt. Ich glaube, ich habe verstanden, was passiert ist. Ich habe verstanden, wieso Vito einen starken Bezug zu Campomaggiore behalten hat und mein Vater nicht. Ich weiß jetzt auch, wieso mein Vater mir alles vererbt hat. Er hat Campomaggiore nie aufgegeben. Er hat immer gehofft, dass ich einen Weg finden werde, wie es weitergeht.» Achim lehnte sich vor, um dem Gesagten Nachdruck zu verleihen.

Die Wirkung ließ nicht auf sich warten. Vivian saß jetzt aufrechter und schaute gebannt in die Kamera. «Und wie geht es weiter? Hast du die Lösung gefunden, die dein Vater jahrzehntelang nicht gefunden hat?»

«Ich habe keine Ahnung! Also, die nächsten Jahre sind schon klar. Rosaria kann ein anständiges Leben führen, weil ich auf Dinge verzichte, die ich ohnehin nicht für mich will. Aber danach? Weiß ich nicht.»

«Dann hast du ja noch Zeit nachzudenken!», meinte Vivian und wechselte das Thema. Sie sprachen über Robin und Jessica, die sich in Baltimore langweilten. Die beiden hatten Heimweh nach Europa. Es war alles in Ordnung, solange sie an der Universität beschäftigt waren. Nun hatten sie all ihre Semesterprüfungen bestanden und viele Wochen vor sich, bis das nächste Semester anfangen würde.

«Machen wir einmal eine große Videokonferenz zu viert und besprechen zusammen, was wir machen, sobald man wieder einigermaßen frei und sicher reisen kann?», schlug Achim vor.

Vivian fand die Idee gut. «Am Sonntag? Am Nachmittag sind sie sicher beide auf.»

Achim kam in den Sinn, dass seine Mutter gesagt hatte, nach Campomaggiore käme man nur wegen der Menschen, und er fragte Vivian, ob den Kindern nicht Heidelberg fehle, sondern ihre Freunde in Heidelberg. Auf die Gegenfrage seiner Frau, was denn sonst ihren Kindern fehlen sollte, antwortete er, die Stadt, die Stadt Heidelberg. Vivian grölte los, das könne nur ein Historiker sagen. Normale Menschen würden die Gebäude und ihre Bewohner nicht voneinander trennen. Weil Achim beleidigt schmollte, küsste sie den Bildschirm und entschuldigte sich.

# GIOVANNIS WEG

Angela saß auf der Terrasse und trank einen Milchkaffee, als Achim aufstand. Da seine Mutter wieder in seinem Lieblingssessel saß, nahm er einen Stuhl. Seine Mutter fing zu sprechen an, noch bevor er sich gesetzt hatte.

«Ich habe mich entschieden, nicht das Flugzeug zu nehmen, sondern wie Giovanni die Basilikata mit dem Zug hinter mir zu lassen. Das fühlt sich richtig an. Du hast meinen Flug hoffentlich noch nicht gebucht. Ich werde allerdings einen Umweg über Brescia machen und Mauro besuchen. Kommst du mit?»

Achim schluckte leer, schaute seine Mutter fragend an, schüttelte den Kopf. Er brauchte mehrere Sekunden, bis er seine Frage formulieren konnte. «Wieso willst du die Basilikata hinter dir lassen?»

«Ich habe verstanden, wieso Giovanni nie zurückwollte», erklärte Angela und streckte stolz die Brust raus. «Giovanni hat mit der Vergangenheit abgeschlossen und in der Basilikata keine Zukunft gesehen. Den gleichen Weg wie er zu gehen ist eine Würdigung dieser Wahl. Dein Vater hat freiwillig entschieden, mit der Basilikata abzuschließen und damit eine Freiheit zu gewinnen, die er nie gehabt hätte, wenn er in Campomaggiore geblieben wäre. Ich selbst habe keinen direkten Bezug zu dieser Gegend. Ich habe keinen Grund eine Bindung aufzubauen, wenn mein Mann diese Bindung aufgegeben hat. Den Weg zu gehen, den er vor über sechzig Jahren gemacht hat, bringt mich ihm noch mal näher. Kommst du nun mit?»

Achim war ratlos und antwortete zunächst nicht. Er musste sich einen Ruck geben, denn das ging ihm alles zu schnell. «Ich habe in drei Wochen einen Termin in Heidelberg und wollte bis dahin nur die Basilikata bereisen. Die Sehenswürdigkeiten werden schon nicht davonlaufen.» Sein Gesichtsausdruck sagte etwas anderes.

«Danke! Es hilft mir sehr, wenn du mitreist. Bevor wir abreisen, gibt es aber zwei Sachen, die ich sehen will: Matera und das Meer», sagte Angela erleichtert.

«Welches Meer, die Basilikata grenzt an zwei Meere?», fragte Achim verwirrt. Er hatte Mühe, den Gedankensprüngen seiner Mutter zu folgen.

«In dem Fall beide Meere, mein Lieber, beide», sagte Angela und klatschte mit beiden Händen.

Achim schaute seine Mutter schweigend an. Was war nun wieder passiert? Sie hatte mit ihm in die Basilikata reisen wollen und kaum war sie da, wollte sie schon wieder weg. Weil Angela ihn aufforderte zu sagen, was er denke, erklärte er sein Schweigen. «Ich verstehe das nicht. Was meinst du mit ‹die Basilikata hinter mir lassen›? Gefällt es dir hier nicht?»

«Die Basilikata ist kein Teil meiner Geschichte. Wieso auch, wenn doch mein Mann der Basilikata den Rücken gekehrt hat? Ich habe keinen Anlass, den Entscheid meines Mannes umzustoßen. Ich habe keinen Bezug zur Basilikata, allenfalls zu ein paar Personen und die einzige Person darunter, die ich immer wieder sehen will, bist du. Du kommst aber regelmäßig nach Bochum, also habe ich keinen Grund hierherzukommen.»

Achim sah ein, dass er seine Mutter nicht umstimmen konnte. Sie planten gemeinsam den restlichen Aufenthalt in der Basilikata und buchten die Tickets. Achim rief das Altersheim an, denn sie waren sich nicht sicher, ob ein Besuch wegen der Pandemie möglich war. Angela atmete erleichtert auf, als sie erfuhr, dass sie

Mauro mit einem gültigen COVID-Zertifikat besuchen durften. Da sie bereits in sechs Tagen abreisten, rief Achim Vito an, um ihn über die Planänderung zu informieren. Das Essen mit Emiliana und Ernesto musste warten, bis er wieder in der Basilikata war. Vito fand, das sei doch kein Problem, Achim solle einfach sagen, wann er in der Gegend sei. Seine Agenda sei sicher voller als die eines Rentners.

Die Reise mit dem Zug verlief letzten Endes anders als Giovannis Reise, aber das war für Angela unbedeutend. Achim hatte seine Mutter gewarnt, dass die Strecke über Laurenzana nach Potenza sehr kurvenreich sei. Er kenne einige Leute, die vor lauter Übelkeit anhalten mussten, nicht nur als Beifahrer, sondern auch als Fahrer. Das sei ihr egal, meinte Angela. Sie hatten in der Früh kurz vor halb 6 den ersten Bus genommen, der Guardia Perticara verließ, und konnten in Corleto Perticara direkt auf den Bus umsteigen, der sie innerhalb von knapp zwei Stunden zum Bahnhof von Potenza brachte. Angela war sehr froh, dass sie dort zwei Stunden Aufenthalt hatten. Kaum war sie aus dem Bus gestiegen, riss sie sich die Maske vom Gesicht und entfernte sich leicht schwankend. Achim hielt sie am Ellbogen und führte sie zu einem Tisch des kleinen Cafés im Bahnhofsgebäude. Zum Glück hatten ihre Koffer Räder, sonst hätte Achim nicht gewusst, wie sie den Weg mit dem Gepäck hätten schaffen sollen.

Achim kaufte zwei Cola Zero und einen Schokoriegel für sich. Seine Mutter hatte ihn entgeistert angeschaut, als er fragte, ob sie etwas essen wolle. «Die Straße ist ja die reinste Zone des Erbrechens. Ist die Strecke von Campomaggiore hierhin auch so schlimm?» Angela nahm nach dem ersten Schluck Cola langsam wieder Farbe an.

«Ich habe sie ja gewarnt», dachte sich Achim, zog es aber vor, nichts zu sagen. Er überlegte, wie er von Campomaggiore hierherfahren würde. «Ich weiß gar nicht, wie man früher von

Campomaggiore nach Potenza kam, damals, als es die Schnellstraße noch nicht gab. Vielleicht ist man über die Hügel gefahren oder vielleicht ist man schon damals hinunter ins Basentotal und von dort aus talaufwärts gefahren. In dem Fall sind die paar Kehren, die du schon kennst, das Schlimmste. Vielleicht hat Papa aber den Zug gar nicht hier bestiegen, die Eisenbahnlinie gab es damals schon. In dem Fall ist er vielleicht in Albano di Lucania eingestiegen. Auf dem Weg nach Neapel ist er aber hier durchgefahren.»

«Wo ist denn dieses Albano?»

Achim zeigte mit dem Arm nach Osten, den Zeigefinger auf einen fiktiven Punkt gerichtet. Seine Mutter folgte dem Finger mit ihren Augen auch dann noch, als Achim den Finger etwas gegen Süden drehte.

«Albano ist nicht ganz östlich von Potenza, sondern etwas südlicher davon. Vielleicht dreißig Kilometer in der Richtung, in die ich nun zeige. Campomaggiore ist gleich dahinter. Die Ortschaft ist allerdings nicht im Tal, sondern auf einer Anhöhe, wie das in der Gegend immer üblich ist. Campomaggiore ist etwa fünf Kilometer von der Ortschaft Albano di Lucania entfernt, zum Bahnhof sind es allerdings nochmals zwei oder drei Kilometer. Vielleicht haben die drei jungen Männer den Weg zu Fuß gemacht, wenn sie niemand gefahren hat.»

Angela schaute ihn entsetzt an. «Glaubst du wirklich, dass Giovanni zu Fuß von zuhause weggegangen ist?»

«Wir könnten ja Vito fragen», entgegnete Achim, der nicht mutmaßen wollte.

Sie hatten sich für den Intercity Taranto-Roma-Termini entschieden, der Potenza pünktlich um 9:56 Uhr verließ. Viereinhalb Stunden nach dem Start in Guardia Perticara waren sie immer noch in der Basilikata. Achim wollte sich nicht ausrechnen, wo sie nun wären, wenn er das Auto genommen hätte. Aber da seine

Mutter auf diese Weise reisen wollte, sollte es so sein. Diese Reise mit dem Zug würde sie ein einziges Mal machen und er auch, so viel stand fest. Sie setzten sich auf ihre reservierten Plätze und Angela schaute zuerst interessiert zum Fenster hinaus, zeigte ihrem Sohn einiges und fragte, was dieses oder jenes sei. Jedenfalls bis sie in Eboli ankamen. «Gibt es nicht einen Film mit Gian-Maria Volonté, der ‹Christus kam nur bis Eboli› heißt?», fragte sie.

«Der wurde teilweise in Guardia Perticara gedreht. Kannst du dich an das große Wandbild am Dorfeingang erinnern?»

«Das bei der Statue von Padre Pio? Ja, daran erinnere ich mich.»

«Das Bild stellt alle dar, die bei diesem Film eine Rolle gespielt haben, sowohl Volonté als auch Laiendarsteller aus dem Dorf.»

«Wieso kam denn Christus nur bis hierhin?»

«Der Satz stammt aus dem gleichnamigen Buch», erklärte Achim geduldig. «Der Autor Carlo Levi war ein Turiner, der von den Faschisten in die Basilikata verbannt wurde. Nach Aliano, das ist gar nicht weit weg von Guardia Perticara. Eine Bäuerin soll gesagt haben, das sei eine gottvergessene Gegend, Christus sei nur bis Eboli gekommen.»

«Als Giovanni hier vorbeifuhr, hat er diese gottvergessene Gegend hinter sich gelassen, hier hat er eine neue Welt betreten. Hier lasse auch ich die Basilikata hinter mir», sagte Angela und sah versonnen aus dem Fenster. Bald darauf schlief sie ein.

Achim weckte seine Mutter erst kurz vor Neapel. Sie wollten dort auf die Frecciarossa nach Milano Centrale umsteigen. Dieser ultraschnelle Zug, der nicht einmal in Florenz und Bologna anhielt, passte zwar nicht zum Reisetempo der drei jungen Auswanderer, aber Angela interessierte sich nicht groß für diesen Teil der Reise. Das Schwierigste sei der Anfang der Reise gewesen und das wolle sie nachempfinden, hatte sie Achim erklärt, als er die Bahntickets buchte.

# ZIO MAURO

Angela wollte nicht in Brescia übernachten, sondern in Mailand. So sei die Weiterreise einfacher, so ihre praktische Begründung. Also hatte Achim in Mailand zwei Zimmer für zwei Nächte in einem Hotel in Bahnhofsnähe gebucht. Die gut dreißig Minuten Fahrzeit von Mailand nach Brescia gingen schnell vorbei. In Brescia angekommen, nahmen sie ein Taxi, das sie zu Mauros Altersheim führte.

«Wie lange ist Zio Mauro im Altersheim?», fragte Achim während der Fahrt. Er war sich nicht mehr sicher.

«Rund drei Jahre, jedenfalls nach Giovannis Tod, aber vor Beginn der Pandemie. Zu Giovannis Beerdigung ist er noch gekommen. Allerdings hat ihn eine Tochter begleitet und angedeutet, dass Mauro nicht mehr allein reisen kann. Ich habe erst im Nachhinein verstanden, dass sie damit andeuten wollte, dass Mauro an Demenz leidet.»

Das Altersheim war ein hässliches Gebäude aus den 1960er Jahren, welches sich hinter einem hohen Zaun versteckte. Der Taxifahrer hielt vor dem Tor an und sagte, da fahre er nicht hinein, weil er nicht wenden könne. Die Klingel sei direkt neben dem Tor für Fußgänger. Sie zahlten also, stiegen aus und das Taxi fuhr sofort los. Achim klingelte und das Tor öffnete sich, ohne dass jemand nachgefragt hätte, wer klingle. Vor dem Haus sah Achim Fahrzeuge, die das Wenden erschwerten. Sie waren eng nebeneinander geparkt. Der Pförtner wies sie an, draußen zu warten, bis sie abgeholt würden. Es dauerte eine Viertelstunde, bis eine junge Pflegerin kam. Sie kontrollierte die COVID-Zertifikate, forderte sie auf, die Hände zu desinfizieren. Bevor sie losliefen, desinfizierte sie sich ebenfalls die Hände.

«Heute geht es Herrn Crocco sehr gut, er hat sich sogar erinnert, dass er Besuch aus Deutschland bekommt.» Sie liefen mit der jungen Pflegerin durch die Gänge des Altersheims. Es roch penetrant nach Desinfektionsmittel, die Türen zu den Zimmern waren zu. Die gelbe Farbe der Wände hätte dringend eine Auffrischung gebraucht und blätterte teilweise ab. Wenn sie jemanden kreuzten, grüßten diese nicht zurück. Mauros Zimmer war im hintersten Teil des Erdgeschosses. Die junge Pflegerin blieb stehen, ohne anzuklopfen. «Er hat mir vorhin sogar ihre Namen gesagt und wie sie miteinander verwandt sind. So klar kann er sich normalerweise nicht erinnern, meistens ist er in seiner eigenen Welt. Er macht manchmal Zeitsprünge. Soeben noch im Jetzt und plötzlich dreißig Jahre zurück und wieder nach vorn. Wenn das während des Besuchs passiert, diskutieren Sie am besten einfach mit ihm weiter.» Die junge Pflegerin klopfte, öffnete die Türe und rief, ohne zu schauen, in das Zimmer hinein, der Besuch aus Deutschland sei da. Sie bat Angela und Achim einzutreten und schloss die Türe hinter den beiden. Mauro saß in einem Rollstuhl, schaute sie an und lächelte. «Angela, ich freue mich so, dich wiederzusehen», sagte er, während er seine Schutzmaske auszog.

Angela nahm ihre Maske ebenfalls ab, bückte sich zu ihm und umarmte ihn. Er küsste sie auf beide Wangen. Dann schaute er Achim an. «Ich hatte vergessen, wie groß Achim ist! Entschuldigt bitte, dass ich nicht aufstehe, ich kann kaum mehr noch gehen. Nehmt doch Platz!» Er zeigte auf zwei alte wacklige Stühle mit Rissen im Sitzbezug aus rötlichem Stoff.

Achim hatte seine Maske auch ausgezogen und küsste seinen Onkel auf beide Wangen. Onkel Mauro hatte sich verändert. Er war ein kleiner, hagerer alter Mann geworden, fast glatzköpfig. Der Unterschied zu seinem Bruder war extrem, denn Giovannis Haare waren bis zu seinem Lebensende voll und mehrheitlich schwarz geblieben. Mauro war früher größer als sein Bruder gewesen, korpulenter, nun war er nur noch ein Schatten seiner selbst. Sein Zimmer war trostlos und klein: ein Bett, Einbauschränke, ein Fenster und hinter den Einbauschränken ein behindertengerechtes Badezimmer. Keine Bilder, keine Blumen, kein Buch. Nur ein kleiner Fernseher, der allerdings nicht lief.

«Es ist so schön, euch beide zu sehen», wiederholte sich Mauro, nachdem die beiden Platz genommen hatten. «Danke, dass ihr aus Deutschland gekommen seid!»

«Mit einem kleinen Umweg», meinte Angela, «vor ein paar Tagen war ich zum ersten Mal in Campomaggiore.»

«Campomaggiore», murmelte Mauro abwesend und schaute dann Achim an. «Giovanni, kannst du dich noch erinnern, wie wir auf der Straße Fußball gespielt haben und die alte Hexe Lucia uns immer angebrüllt hat aufzuhören?»

«Giovanni ist tot», sagte Angela, aber Mauro schien sie nicht wahrzunehmen. Er schaute nur Achim an. «Kannst du dich an die alte Hexe erinnern? Wir nannten sie heimlich Lucifera.»

Achim begriff, dass Mauro ihn für seinen Vater hielt. «Die alte Hexe ist schon lange tot, Mauro.»

«Der Teufel hat sie sicher zu sich geholt», sagte Mauro und lachte. Dann erzählte er noch mehr Geschichten aus der Kindheit. Achim nickte nur, grunzte zustimmend und lachte mit Mauro, während Angela mit Tränen in den Augen den beiden zuschaute.

«Steht mein Haus immer noch?», fragte Mauro plötzlich und schaute Angela an. Achim erkannte, dass seine Mutter von diesem Zeitsprung überrumpelt war, und antwortete an ihrer Stelle: «Ja, das Haus steht noch. Das Haus ist zwar leer, weil unbewohnt, aber ja, das Haus steht noch, das haben wir vor wenigen Tagen selbst gesehen.»

«Niemand will das Haus.» Mauro jammerte. «Meine Kinder haben kein Interesse, meine Enkelkinder noch weniger und ich kann nicht mehr reisen. Ich habe mir schon überlegt, ob ich zum Sterben zurückgehen soll, aber da ist niemand, der mich pflegen könnte. Die Vorstellung, auf dem gleichen Friedhof wie meine Eltern beerdigt zu sein, gefällt mir sowieso besser. Hast du kein Interesse am Haus, Achim?» Achim blickte rasch zu seiner Mutter hinüber. Mit einem kleinen Kopfzeichen gab sie zu verstehen, dass sie auch nicht wisse, was Mauro damit meine. Wollte sein Onkel nicht neben seiner Frau beerdigt werden?

Achim wollte seinen Onkel nicht brüskieren, aber was sollte er mit dessen Haus? «Ich habe ja schon ein Haus in Campomaggiore, das ich nicht selbst bewohne, da wohnt Rosaria, deine Cousine.»

«Ich bin stolz auf dich, dass du dich an das Versprechen hältst, das Giovanni Rosaria gegeben hat. Du bist ein guter Mensch, Achim, und wenn du willst, kannst du mein Haus in Campomaggiore haben. Eigentlich ist es mir sogar lieber, wenn du das Haus kaufst, als wenn meine eigenen Kinder das Haus erben, um es verfallen zu lassen. Ich will nicht viel dafür, ums Geld geht es nicht, nur darum, dass der Verkauf von niemandem angefochten werden kann. Meine Schwiegersöhne und Schwiegertöchter sind noch in der Lage, dir das Leben schwer zu machen, nur weil sie hoffen könnten, mehr Geld zu bekommen.» Mauro versuchte aufzustehen, schaffte es aber nicht, ließ sich zurückfallen und schlug mit der Faust zuerst auf den Rollstuhl, dann auf seinen Oberschenkel. «Geld, Geld, Geld, immer geht es um das Geld. Sie haben alle die Bedeutung von Wurzeln und Identität vergessen.»

Achim nickte, zögerte, schaute seine Mutter an, die tonlos

«Nein» sagte, ihm von einem Kauf abriet. Achims Magen zog
sich zusammen. Er konnte dieses Haus nicht dem Verfall überlassen. Er musste es schützen.

«Ich kenne einen Geometer in der Basilikata, der könnte
das Haus schätzen. Das wäre dann der Preis, den ich dir zahlen
werde.» Mauro streckte den Rücken und lächelte. «Das ist gut,
das ist sehr gut.»

Achim streckte die Hand aus und sie besiegelten den Deal mit
einem Händedruck. «Könnt Ihr mich in den Garten fahren?»,
fragte Mauro. «Ich gehe wenig raus, weil ich nicht mehr genug
Kraft habe, um den Rollstuhl zu bewegen. Das Personal hat wenig
Zeit und kann mich nur manchmal hinausfahren. In den Gängen
müssen wir die blöden Masken anziehen, im Garten dürfen wir
dann ohne sitzen.»

Achim stellte sich hinter seinen Onkel, schob den Rollstuhl an,
musste eine Bremse lösen und fuhr mit seiner Mutter im Schlepp-
tau in den Garten hinaus, die ihm die Türen öffnete. Der Rollstuhl quietschte ein wenig, aber Onkel Mauro war so leicht, dass
Achim ihn mühelos schob. Mauro erzählte allen, das seien seine
Schwägerin und ihr Sohn. Sie fanden zwei freie Stühle und setzten sich mit Mauro in den Schatten eines Baums.

«Ich habe mich so gefreut, euch beide nochmals zu sehen. Ich
weiß, dass ich euch vielleicht nicht mehr lange erkennen werde,
das macht mir Angst», sagte Mauro schluchzend. «Du glaubst,
dass deine Welt verschwindet, dabei ist sie noch da, direkt vor
deinen Augen, und du merkst es nicht. Ich freue mich, dass ich
noch rechtzeitig von euch Abschied nehmen konnte. Und du,
Achim, es stimmt mich friedlich zu wissen, dass Giovannis Sohn
nach meinem Haus schauen wird. Deine Großeltern wären sicher sehr stolz auf dich.» Er drückte ihre Hände, dann ging sein
Blick ins Leere. Bald darauf fielen ihm die Augen zu. Angela und
Achim schauten sich ratlos an und da Mauro nicht aufwachte,

entschieden sie sich, ihn in sein Zimmer zu bringen und das Altersheim zu verlassen.

Sie riefen erst ein Taxi, als sie wieder auf der Straße standen. Angela war in Gedanken versunken, sagte kein Wort und starrte nur den hohen Zaun um das Altersheim an. Wie ein Gefängnis, dachte Achim, ohne es auszusprechen, denn er befürchtete, die Trauer seiner Mutter noch zu verstärken. Die Kanalisation stank grauenhaft aus einem Schacht direkt vor der Einfahrt des Altersheims, deshalb liefen sie ein paar Schritte den Zaun entlang und mussten dabei aufpassen, nicht auf Hundekot zu treten.

Ohne zu überlegen, hatte er ein Haus gekauft. Einfach aus dem Gefühl heraus, ohne Bedenkzeit, ohne Logik. Wie Helene, die eine Miete zahlte, weil sie befürchtete, einen unwiderruflichen Schaden anzurichten. Dabei hätte er auch das Haus nach Onkel Mauros Tod kaufen können, ohne Eile. Wobei das sicher nicht so unkompliziert ablaufen würde wie der Deal soeben. Hoffentlich würden Mauros Kinder die Demenz des Vaters nicht nutzen, um den Kauf zu verhindern. Achim wollte das Familienerbe bewahren.

So waren sie beide in Gedanken versunken und schwiegen, bis das Taxi kam. Achim öffnete seiner Mutter die Türe, um ihr behilflich zu sein. Sie ließ es zu. Normalerweise hätte sie ihn zurechtgewiesen, sie könne das immer noch selbst. Das Gespräch mit Mauro musste sie ziemlich mitgenommen haben. Der Taxifahrer wartete geduldig, bis Achim sich neben seine Mutter setzte.

# BRESCIA

Angela hatte dem Taxifahrer den Dom als Zielort mitgeteilt und Achim direkt zu einer Bar geführt, die dem neuen und dem alten Dom gegenüberlag. Sie setzten sich in der ersten Reihe je auf eine Seite des kleinen Tisches und hatten so freie Sicht auf den Domplatz. Die Kellnerin schaute gelangweilt von ihrem Handy auf, steckte es in die Hosentasche und kam ohne Eile zu ihrem Tisch. Angela bestellte für beide je einen Espresso und eine Torta Sbrisolona, ein Gebäck, dessen Name Achim völlig unbekannt vorkam. Sie lächelte ihren Sohn an.

«Hier sind Giovanni und ich jedes Mal eingekehrt, wenn wir in Brescia waren. Das hat einfach zu einem Besuch in Brescia gehört. Ich finde es schön, einmal mit meinem Sohn hier zu sitzen. Diese Bar und dieser Platz sind ein Teil meiner Geschichte, ganz anders als Campomaggiore. Das hier ist mein Italien. Jahrzehnte bin ich Jahr für Jahr hierhergekommen, bis meine Schwiegereltern wenige Monate nacheinander gestorben sind. Danach haben Giovanni und ich nicht mehr alle Jahre eine Reise nach Italien unternommen, sondern haben endlich auch andere Länder bereist. Ein Halt bei Mauro hat aber bei jeder Italienreise weiterhin dazugehört, ein Espresso hier in dieser Bar ebenso.»

Die Kellnerin kam schlurfend zurück. Die Tassen und Teller schepperten, weil sie sie eher hinknallte als sorgfältig auf den Tisch setzte. Das Geräusch rief den Besitzer aus der Bar. Als er Angela sah, vergaß er den Grund, wieso er rausgekommen war, und eilte zu ihnen. «Signora! Welche Freude! Wir haben Sie schon lange nicht mehr gesehen! Wie geht es Ihnen? Sie sehen blendend aus!» Angela stand auf und gab dem Mann zwei Küsschen, bevor sie Achim als ihren Sohn vorstellte. Der Besitzer schüttelte Achims Hand heftig. Achim zückte sein Handy und bat ihn um ein Erinnerungsfoto mit seiner Mutter. Eigentlich wollte er das Foto nachstellen, als er vierzehnjährig war, aber da der Besitzer ihn falsch verstand und sich mit Angela in Pose setzte, entstanden zwei verschiedene Fotos.

Der Besitzer rüffelte die Kellnerin, weil sie die Torte ohne Grappa gebracht hatte, beeilte sich, eine Flasche zu holen, und beträufelte die Torte reichlich. Angela und Achim aßen und tranken schweigend. Achim hatte das Gefühl, es sei der gleiche Kaffee wie bei Don Natale. Angela klang traurig, als sie weiterredete. «Ich werde Mauro wahrscheinlich nie mehr sehen. Vielleicht werde ich auf seine Beerdigung kommen können, vielleicht nicht. Vielleicht sitze ich auch das letzte Mal auf diesem Platz. Mit Mauros Kindern habe ich keinen Kontakt, wann hast du deine Cousins das letzte Mal gesehen?»

«Bei der Beerdigung von Zia Renata», antwortete Achim. «Ich habe den Kontakt nie gesucht, meine Cousins auch nicht. Zu wenig gemeinsame Interessen, nehme ich an. Ich komme sicher zu Mauros Beerdigung und nehme dich gerne mit.»

Achim bestellte noch einmal zwei Espressi bei der Kellnerin, die am Türrahmen angelehnt auf ihr Handy tippte. «Es gibt kein kollektives Gedächtnis der Familie, keine gemeinsame Familiengeschichte. Der Zerfall dieser Geschichte hat mit den Auswanderungen nach Deutschland und nach Brescia begonnen und ich bin der Einzige, der sich noch dafür interessiert.» Die traurige Stimmung seiner Mutter hatte Achim angesteckt.

Angela widersprach vehement. «Deine Geschichte ist aber nicht nur die Geschichte deiner italienischen Verwandtschaft. Du bist genauso Deutscher wie Italiener.»

«Die deutsche Familiengeschichte geht aber weiter, weil du mit deinen Brüdern immer in Kontakt geblieben bist, und ich treffe meine deutschen Cousins zwischendurch. Über Instagram oder Facebook erfahre ich, was bei ihnen gerade los ist. Deine Familie ist nicht auseinandergebrochen. Die kürzeren Distanzen haben es sicher einfacher gemacht, aber nicht nur. Der Bauernhof ist ein wichtiger Ort, ein Ort der gemeinsamen Identität. Diesen Ort gibt es für die Familie Crocco in Campomaggiore nicht mehr.»

Angela teilte seine Meinung ganz und gar nicht. Seine letzte Reise mit seinen Eltern nach Brescia sei vierzig Jahre her, die Zeit sei seither nicht stillgestanden. Campomaggiore sei jedes Jahr, bei jedem Besuch, ein Thema zwischen Giovanni und seinen Eltern gewesen. Giovanni hielt sich so auf dem Laufenden, wusste, wie es welchem Verwandten ging. Mit Mauro habe er mehrmals Streit angefangen, weil Mauro ihm vorwarf, nie in den Süden zu gehen und ihm die ganze Last mit den Eltern zu überlassen. Nur weil Achim nicht involviert war, bedeutete dies nicht, dass es diesen Ort der gemeinsamen Identität nicht gegeben habe. Diesen Ort gebe es für die engste Familie Crocco vielleicht nicht mehr, aber wenn Achim die weitere Verwandtschaft anschaue, dann gäbe es ihn weiterhin.

«Willst du damit sagen, dass ich das mitbekommen hätte, wenn ich mich mehr dafür interessiert hätte?», fragte Achim ziemlich betreten. Angela fand, im Nachhinein könne sie auch nicht nachvollziehen, wieso er so wenig mitbekommen habe. Es sei kaum nur Achims Schuld, sein Vater hätte auch mehr unternehmen können.

«Ich kann verstehen, dass du den Eindruck hast, alles sei zerfallen. Ist es aber nicht. Mit dem Tod deines Vaters ist erst klar geworden, dass du vieles nicht weißt. Kaufst du deshalb Mauros Haus?»

«Möglicherweise. Ich weiß gar nicht, was ich mit dem Haus machen soll, aber es einfach aufgeben, das kann ich nicht», sagte Achim. Sein Handy riss beide aus ihrer Diskussion. Eine Nummer aus Deutschland. Als Achim den Anruf entgegennahm, meldete sich Helene, Julia Gentiles Tochter. Sie hätten einen Brief vom Bruder ihres Großvaters bekommen und wollten fragen, ob Achim kommen könne. Sie verabredeten sich in drei Tagen.

# SELTSAME IDEEN

Vivian war gar nicht begeistert, als er ihr vom Kauf erzählte. Seine Beschreibung des Zustandes seines Onkels und des Altersheims hatte sie noch mitfühlend quittiert, Mauro als armen Mann bezeichnet. Schon das Haus in Guardia Perticara war ihr eigentlich zu viel. Sie hatte nur zugestimmt, weil sie mit den Kindern nach Baltimore ziehen würde und es keine schlechte Idee fand, wenn Achim mit der Entdeckung der Heimat seiner Vorfahren beschäftigt war. Ein eigenes Haus war da sicher praktisch. Sie verstand auch, dass er Rosaria nicht aus dem Haus in Campomaggiore vertreiben wollte und sich auch nicht allein in Heidelberg aufhalten mochte.

«Wie viele Häuser in der Basilikata willst du denn noch kaufen? Nun hast du schon drei und unser Haus in Heidelberg steht meistens leer!» Vivian schüttelte ungläubig den Kopf.

«Dort bin ich immerhin häufiger als im Haus in Baltimore», gab Achim zurück und bereute es gleich.

«Das Haus hier in Baltimore ist auch dein Haus! Die Kinder und ich wohnen tagtäglich in diesem Haus. Nicht so wie du, du bist immer wieder anderswo. Wo bist du denn? Ich erkenne den Hintergrund nicht!» Vivians Gesicht war rot vor Wut.

«Im Hotel in Mailand, wo ich schon gestern war», sagte Achim, ignorierte die Aussage über seine Standortwechsel und wollte vor allem sofort von seinem Fehler ablenken. «Was ich mit dem Haus in Campomaggiore machen will, weiß ich nicht, vielleicht an neurotische Amerikaner vermieten. Das ist doch etwas für einige deiner Kolleginnen, die dir immer erzählen, sie hätten ihre Wurzeln verloren. Das alte Campomaggiore wird auch Città dell' Utopia genannt, da gibt es interessante Anlässe für Menschen, die ‹back to the roots› wollen.»

«Willst du nun in deinen späten Jahren Touristiker oder Therapeut werden?», fragte Vivian. Ihre Wut war verflogen, denn die Idee, dass sich ihr Mann mit diesen Kolleginnen abgab, war wirklich lustig. Er würde sie keine halbe Stunde aushalten.

«Neurotische Amerikanerinnen zu therapieren ist definitiv nichts für mich.» Achim lachte. Vivian hatte ihm genügend von ihren Kolleginnen erzählt und er war sich sicher, dass er sie nicht näher kennenlernen wollte.

«Wenn ich deine Freundinnen nach Campomaggiore lotse, werden sich alle meine Verwandten fragen, was für eine verrückte Amerikanerin ich geheiratet habe», sagte er und mimte den Erschrockenen. «Nein, das Risiko gehe ich nicht ein. Außer, ich kann nachweisen, dass auch du Lukanerin bist. Ich kann für dich Ahnenforschung machen und irgendeinen entfernten lukanischen Vorfahren ausmachen. Dann wärst du für meine Verwandten in Ordnung. Unabhängig davon, wie verrückt deine Freundinnen sind.»

«Ist das jetzt dein Ernst?», fragte Vivian, die Augen weit geöffnet, den Kopf zum Bildschirm hingeneigt, als ob sie Achims Gesicht so besser lesen könnte.

«Sehr ernst. Das mit den neurotischen Amerikanerinnen ist nicht ernst gemeint, aber je länger ich mir das überlege, umso attraktiver finde ich die Idee.» Achim musste bei diesem Gedanken schmunzeln.

«Ich schreie jetzt gleich um Hilfe und die Polizei ist in wenigen Minuten da», drohte ihm Vivian, «überlege dir gut, was du da sagst. Du brauchst keine Ahnenforschung zu machen, man kann heute mit DNA-Tests herausfinden, woher man Vorfahren hat.»

«Typisch Molekularbiologin! Als ob wir von unseren Vorfahren nur die DNA erben würden.» Achim war wieder zum Spaßen aufgelegt. Wie oft hatten sie wohl schon Diskussionen darüber geführt, wie wichtig oder unwichtig die DNA war, wie prägend oder eben nicht prägend?

«Okay, Herr Historiker. Ich mache einen DNA-Test und wenn dieser nachweist, dass ich süditalienische Vorfahren habe, dann darfst du Ahnenforschung betreiben!» Vivian schien seine Idee ernster zu nehmen, als Achim es beabsichtigt hatte. Ob das ihr Ernst sei, fragte er sicherheitshalber nach. Eine Ehe mit einem Historiker färbe auch auf eine eingefleischte Naturwissenschaftlerin ab, meinte Vivian und prustete sofort los, weil Achim sie beleidigt anschaute. Als ob Historiker zu sein etwas Negatives wäre! Vivians Argument, ein gemeinsames Projekt würde ihrer Ehe guttun, überzeugte ihn schon mehr. So lange voneinander getrennt zu leben, sei für beide nicht gut, Achim werde zunehmend zum Brummbären.

Achim grinste sie an. «Soso! Zuerst werde ich kritisiert, weil ich meine Gefühle nicht zeige. Kaum zeige ich sie, ist es auch nicht recht!» Vivian seufzte schwer und bezeichnete Achim als unverbesserlich. Weil Achim sich damit wehrte, es sei als alter Mann schwierig, Gewohnheiten zu ändern, schmeichelte Vivian ihm und fand, er sei immer noch ein attraktiver Mann. Sie freue sich jeden Tag, ihn bald wieder riechen zu dürfen.

Achim antwortete tollpatschig, Bären würden aber nicht besonders gut riechen. Schob aber sofort hinterher, er verspreche, frisch geduscht nach Baltimore zu kommen, weil er realisierte, wie wenig romantisch seine Antwort war. Vivian schüttelte belustigt den Kopf, er sei eindeutig unverbesserlich. Als Achim vorschlug, er könne sich ihren Vorname auf den Oberarm tätowieren lassen, fand Vivian, sie hätten nun genug herumgealbert, und wollte wissen, wie seine Reise nun weitergehe.

«Ich fahre morgen mit meiner Mutter nach Bochum. Dann muss ich nochmals nach Essen, Helene hat angerufen, sie hätten einen Brief von Claudio Gentile bekommen. Dann fliege ich von Düsseldorf nach Brindisi, wo mich Marios Sohn abholen wird und nach Guardia Perticara bringt.»

«Ach ja, dein Auto ist in Guardia geblieben! Deine Ökobilanz wird auch nicht besser, meine Güte!» Vivian hatte in Baltimore alles darauf ausgerichtet, eine möglichst gute Ökobilanz zu haben, Jessica und sie hatten je einen Tesla, Robin ein E-Bike, die Solaranlage auf dem Hausdach produzierte den gesamten Strombedarf des Hauses und genügend Warmwasser. Sie sprachen über die Kinder und ihre Probleme. Ihre Tochter Jessica stand kurz vor dem Abschluss des Studiums und wollte promovieren. Sie musste sich demnächst für ein Thema entscheiden. Für eine Umweltwissenschaftlerin sei die Basilikata sehr interessant, meinte Achim. Von biologischer Landwirtschaft über Massenproduktion mit chemischer Hilfe und Verschmutzung bei der Erdölförderung gebe es viele mögliche Themen.

Nach dem Gespräch realisierte Achim, dass sie nur vom Haus gesprochen hatten. Vivian wusste noch gar nicht, dass er Mauros Anteile an Parzellen und Gebäuden kaufen würde. Er zog es vor, vorerst nichts zu sagen, und schickte seine Frau das Bild eines grimmigen Bären. Die Antwort kam innerhalb von Sekunden, ein Bild von Paddington. Achim schickte ein Selfie, wie er eine Hand vor die Augen hielt. Er brauchte mehrere Anläufe, bis er sich so im Bild hatte, wie er sich das vorstellte. Gleich hinterher schickte er ein Bild vom Bären aus ‹Mascha und der Bär› und schrieb, er sei doch eher so ein Bär. Zurück kamen ein Dutzend lachende Emojis.

# CLAUDIOS BRIEF

«Mein lieber Bruder, mein lieber Paulo. Wenn du diesen Brief lesen wirst, werde ich nicht mehr am Leben sein. Ich hoffe, das Fegefeuer wird mich empfangen. Bei dem Leid, das ich verursacht habe, dürfte ich mich nicht beklagen, wenn ich in der Hölle enden würde.»

Achim saß in Essen im Wohnzimmer mit Julia Gentile und Helene. Er las den Brief in Italienisch und übersetzte laufend.

«Dir, mein lieber Paulo, aber auch unserer Mutter und unserer Schwester, habe ich besonderes Leid zugefügt. Was ich getan habe, kann nicht entschuldigt werden, aber bevor ich sterbe, möchte ich dir erklären, wieso ich mich so verhalten habe, wie ich es getan habe. Nicht als Entschuldigung, denn nur du kannst entscheiden, ob du mir verzeihen kannst. Ich hätte dir zuhören sollen, deinen Rat ernst nehmen sollen. Stattdessen war ich ein junger Dummkopf, der seinen eigenen Weg gehen wollte. Du wolltest das Beste für mich und ich habe das leider erst viele Jahre später verstanden.

Ich bin mit dir nach Deutschland ausgewandert, weil ich darin die Chance sah, aus dem trostlosen Alltag auszubrechen, der bisher unser Leben prägte. Ich war nicht auf das vorbereitet, was uns wirklich erwartete. Du hast dich mit diesem Leben in Baracken abgefunden und erkannt, dass der Ausweg über die Arbeit geht. Ich habe diese Geduld nicht aufgebracht, sondern das schnelle Geld gesucht. Diese Gier wurde von Menschen ausgenutzt, die mit uns in diesen Baracken lebten. Sie gewannen mich für illegale

Aktionen. Im Nachhinein bin ich überzeugt, dass sie von der 'Ndrangheta gezielt unter die Gastarbeiter gemischt wurden, um Menschen wie mich für ihre Zwecke zu nutzen, denn diese Menschen kamen alle aus Kalabrien. Allerdings erwarb ich dabei ein Wissen, das mir bei meiner Flucht nützlich war.

Das Ereignis, das mein Leben wirklich veränderte, hatte allerdings nicht mit meinen illegalen Aktivitäten zu tun. Ich wurde mit einem gewissen sprachlichen Talent beschenkt und lerne Sprachen sehr schnell. Die Kehrseite der Medaille ist, dass ich auch verstehe, was gesprochen wird. Ich war nicht zum ersten Mal in dieser Kneipe und war auch nicht zum ersten Mal diesem Mann begegnet. Wir waren schon einige Male aneinandergeraten, an diesem Abend waren wir beide betrunken und als er sagte, dass er meine Schwester ficken wolle, habe ich die Kontrolle verloren. Entschuldige die Wortwahl, Paolo, aber das waren seine Worte. Sie haben sich in mein Gedächtnis eingebrannt. Ich habe auf ihn eingedroschen, bis er sich nicht mehr bewegte. Ich habe schneller als alle Anwesenden realisiert, dass er tot war, und bin geflüchtet, bevor die anderen es verstanden. Mein Fahrrad war draußen an der Wand angelehnt, wie jedes Mal, wenn ich dort einkehrte. Ich bin so schnell wie ich konnte zum Barackendorf gefahren, habe das versteckte Geld und meine Ausweise geschnappt und bin auf der Rückseite durch ein Loch im Zaun geflüchtet. Die Polizei fuhr gerade mit Sirene und Blaulicht vor, als ich auf der anderen Seite des Zauns war. Für die Kalabresen hatte ich schon mehrmals Autos gestohlen, die sie für ihre illegalen Aktionen einsetzten, deshalb wusste ich, welche Modelle einfach zu knacken und ohne Schlüssel zu starten waren. Ich stahl so ein Auto in der Straße hinter dem Barackendorf und fuhr Richtung Holland. Ich kannte einen Grenzübergang, den die Kalabresen für ihre Schmuggelaktionen nutzten. Den Tagesanbruch habe ich in der Nähe des Grenzübergangs verbracht, um sicher zu sein, dass er wirklich unbewacht war. In Holland habe ich etwas Geld gewechselt und Straßenkarten gekauft, um kleine Grenzübergänge nach Belgien und danach nach Frankreich zu identifizieren. Ich verließ die großen Verkehrsachsen nur, um die Grenzen zu überschreiten, und fuhr so unauffällig wie nur möglich. In Longwy ließ ich das deutsche Auto stehen, weil ich Angst hatte, dass der Diebstahl mit meiner Flucht in Verbindung gebracht werden würde und die Polizei auch in den Nachbarländern Deutschlands nach diesem Auto suchte. Ich stahl ein anderes Auto, das mindestens einen Kilometer weiter weg stand. So war ich einigermaßen sicher, dass es lange dauern würde, bis die Polizei meinen Plan durchschaute. Ich wollte nach Spanien, denn die Beziehungen Deutschlands zu Spanien waren viel schlechter als zu Italien. Ich fürchtete, in Italien verhaftet zu werden. Ich war mir sicher, dass meine kalabrischen ‹Freunde› mir nicht helfen würden, weil sie den Tod des Deutschen nicht in Auftrag gegeben hatten. Ich war auch für sie eine Gefahr geworden. Ich hoffte, ein neues Leben in Spanien zu beginnen.

Frankreich durchquerte ich problemlos, wechselte immer wieder unauffällige D-Mark-Beträge in Francs und versteckte das Auto auf Waldwegen, wenn ich schlafen musste. Ich musste zwar einige Male tanken, aber fiel scheinbar nicht groß auf. Das Auto stellte ich in Hendaye ab und nutzte die Eisenbahnbrücke, um nach Spanien zu gelangen. In Irùn stahl ich das nächste Auto und fuhr bis Bilbaõ. Erst dort fühlte ich mich in Sicherheit. Eine Sicherheit, die für einen Kriminellen auf der Flucht ohnehin relativ war, die aber prekärer wurde, weil ich in meinen Überlegungen etwas nicht berücksichtigt hatte. Ich war im Baskenland und das Militär war omnipräsent, um die Unabhängigkeitsbestrebungen der Basken zu unterdrücken. Ich lief stets Gefahr, kontrolliert zu werden. Ich heuerte auf einem Frachter an, der nach Kolumbien unterwegs war. Der Kapitän stellte nicht groß Fragen, worüber ich nur froh sein konnte. Erst auf dem Schiff begann ich mir Gedanken zu machen, wie es dir geht. Ich war so mit mir selbst beschäftigt, dass ich dir keine Botschaft hinterlassen hatte und auch sonst nicht versucht hatte, dich zu informieren.

In Cartagena verließ ich mit anderen Crewmitgliedern das Schiff, um an Land zu gehen, tauchte unter und entschied mich, nicht zurückzugehen. Ich habe zwei Postkarten gekauft und dir und Costanza je eine geschickt. Unserer Mutter auch eine Postkarte zu schicken, dazu fehlte mir der Mut. Ich war so feige, Paolo, dass ich hoffte, dass ihr unserer Mutter erzählen würdet, was passiert ist. Ich schäme mich noch heute für diese Feigheit. Weil ich fürchtete, dass die deutsche Polizei deine Post las, schrieb ich einen Text, den nur meine Verwandten verstehen konnten.»

Julia unterbrach Achim und sagte, er solle kurz warten. Sie ging zu einem Schrank, holte eine Keksdose hervor, brachte sie zurück, öffnete sie und begann zu suchen. «Darin hat mein Mann Erinnerungsstücke seines Vaters aufbewahrt, und ich habe nie den Mut gehabt, mich davon zu trennen. Wie bei so vielen Dingen in diesem Haus», sagte sie, bevor sie Achim eine Postkarte gab.

Die Karte war eine Ansicht von Cartagena und war an Paolo Gentile adressiert. Die Adresse war das Haus, in dem Achim gerade mit Julia und Helene saß. Das Haus war früher Paolos Haus gewesen, dachte sich Achim, deshalb Julias Anspielung auf die Dinge, die sie nicht wegwerfe. Der Text war etwas verblasst, in unsicherer Schrift stand da: Poi quando sarò morto, mettetemi pure nella terra, ma non portate fiori tagliati. Ohne Unterschrift. Der Text kam Achim bekannt vor. Er griff wieder zum Brief und las weiter vor.

«Kannst du dich an den Verwandten von Costanzas Mann erinnern? Alle nannten ihn den Dichter. Sein Name war Albino Pierro und der Text ist von ihm. Ich wusste das damals nicht oder nicht mehr. Der Text war mir auf dem Schiff in den Sinn gekommen und er gefiel mir. Ich habe viele, viele Jahre später begriffen, was ich da geschrieben hatte, als alter Mann, der sich für seine Wurzeln zu interessieren begann. Ich junger Idiot habe damals ein Gedicht des größten lukanischen Poeten der Neuzeit für meine Zwecke missbraucht. Stell dir vor, Paolo, wir haben jemanden gekannt, der für den Literaturnobelpreis nominiert wurde! Ich junger Idiot habe so getan, als ob der Text von mir wäre.

Den Originaltext habe ich im Internet gefunden, ich hatte damals auf der Postkarte die ersten Zeilen des Gedichts wortgetreu geschrieben, der Verwandte muss uns den Text mehrmals gesagt haben, ich bin zu dumm, um so einen Text selbst zu erfinden.

Und wenn ich tot bin,

bringt mich unter die Erde,

aber bringt keine Schnittblumen mit,

ich werde eine geschminkte Leiche sein.

Diese geschminkte Leiche werde ich demnächst sein, aber dazu mehr später. Ich lernte in Cartagena italienische Auswanderer kennen, die mir halfen, eine neue Identität zu bekommen. Kolumbianischer Pass und so. Ich fand eine kleine Wohnung, aber keine feste Arbeit. So hing ich wieder in Kneipen herum, trank zu viel und geriet wieder in eine Schlägerei. Ich drosch wieder auf mein Gegenüber ein und plötzlich erschien mir das Gesicht des Deutschen, den ich in Essen umgebracht hatte. Ich war schlagartig wieder bei Sinnen, hörte auf zu schlagen, stand auf, gab dem Barkeeper etwas Geld für die Schäden und flüchtete ins Freie. Ich lief zum Hafen und setzte mich auf ein Mäuerchen. Ich war völlig durcheinander, als plötzlich ein Mönch vor mir stand. Er habe die Schlägerei gesehen und sei fasziniert, wie ich mein Gegenüber verschont habe. Ich sei wie David gewesen, der Saul verschont habe. Ich habe ehrlich gesagt nicht verstanden, was er damit meinte. Ein Wunder sei geschehen und er wolle, dass ich meine Gabe für seine Gemeinschaft einsetze.

Ich ging mit ihm, denn seine Worte hatten mich berührt. Ich wurde Mitglied seiner Gemeinschaft, wurde Fra Pietro. Ich wählte den Namen unseres Vaters, denn die Aufgabe des Ersatzvaters für junge Männer in Schwierigkeiten wurde zu meiner Aufgabe, zu meiner Lebensaufgabe.

Nun werde ich bald vor den Herrn treten, Paolo. Ich habe vielen jungen Menschen geholfen und sie davor bewahrt, die Fehler zu begehen, die ich gemacht hatte. Ich habe es nicht getan, um meine Taten auszugleichen. Mein Leben hat mit dieser Aufgabe einen Sinn bekommen. Ich habe dies sehr gerne getan und bin ehrlich gesagt auch stolz, anderen geholfen zu haben. Meine eigenen Fehler habe ich aber nie korrigiert. Ungeschehen kann ich sie nicht machen, aber ich hätte zumindest den Opfern, die ich hinterlassen habe, meine Reue zeigen können. Ich hatte nie den Mut dazu. Ich habe mich nie bei der Familie dieses Deutschen entschuldigt und noch weniger habe ich mich je bei meiner eigenen Familie entschuldigt. Ich habe noch heute Angst, vor dich und unsere Schwester zu treten und um Vergebung zu bitten. Ich weiß nicht einmal, ob unsere Mutter noch lebt. Sie wäre sehr alt, wenn dies so wäre, aber nicht einmal vor meine eigene Mutter wage ich zu treten und hoffe, sie blickt vom Himmel auf mich herab und ist stolz, wie ich mich gebessert habe.

Die Angst vor der gerechten Strafe bewegt mich dazu, dir diesen Brief zu schreiben und noch nicht zu schicken. Meine Mitbrüder kennen meine Vorgeschichte nicht, diejenigen, die sie kannten, sind schon von uns gegangen. Sie werden dir diesen Brief schicken, nachdem sie mich beerdigt haben. Entschuldige mein feiges Verhalten, Paolo, ich bin es nicht würdig, einen Bruder wie dich zu haben.

Claudio Gentile, Sohn unserer gemeinsamen Eltern »

Julia überreichte Achim einen zweiten Brief, der auf Spanisch verfasst war. Achims Spanischkenntnisse waren sehr spärlich, aber dennoch verstand er, dass dieser zweite Brief erst vor wenigen Monaten verfasst wurde und dass darin stand, dass Fra Pietro gestorben war.

Er schaute auf und blickte Julia Gentile in die Augen. Sie hielt seinem Blick nicht stand und schaute auf ihre rotlackierten Fingernägel. «Wie lange haben Sie den Brief denn schon?»

«Wir hatten ihn schon, als Sie das erste Mal hier waren», gab Julia zu und errötete ein wenig. Ihr Blick war immer noch gesenkt, sie schaute auch bei Achims zweiter Frage nicht auf. «Wieso haben Sie denn nichts davon erzählt?»

Julia Gentile kratzte imaginären Dreck unter einem Fingernagel hervor. «Claudio ist nicht gerade der Stolz der Familie und wenn ich nicht an der Adresse wohnen würde, an der schon Paolo gelebt hat, dann wäre dieser Brief wohl nie angekommen. Dem Briefträger genügte es scheinbar, dass der Familienname und die Adresse passten. Ich habe den Brief einfach zu den anderen Erinnerungsstücken in diese Keksdose gelegt. Ich hätte ihn vergessen, wenn Helene nach Ihrem Besuch nicht dauernd Fragen gestellt hätte. Schließlich habe ich Helene erzählt, dass Claudio tot ist, und ihr den Brief gezeigt.»

Helene ergriff das Wort, der Brief hatte sie zu Tränen gerührt. «Ich kann ja kein Italienisch und habe den Brief nicht verstanden, aber es war offensichtlich ein Abschiedsbrief an meinen Großvater. Ich habe deshalb meine Großmutter im Altersheim besucht und ihr den Brief gezeigt. Oma meinte, es sei schade, dass Opa diesen Brief nicht zu Lebzeiten erhalten habe. Das Schicksal seines Bruders hat ihn lebenslang geplagt. Oma hat immer wieder versucht, meinem Opa klarzumachen, dass er die Schuld für die Taten seines Bruders nicht zu verantworten hat, aber Opa war immer der Meinung, er habe als Bruder versagt. Bei jeder Reise in die Basilikata sei Claudio omnipräsent gewesen, das sei so erdrückend gewesen, dass sie schließlich nicht mehr mitreiste, obwohl sie eigentlich Policoro und dessen Lido mochte.»

Achim hatte einen Einfall und griff zu seinem Handy. Raffaella nahm den Anruf sofort entgegen. «Raffaella, ich bin es, Achim Crocco. Hat Costanza wenige Tage vor ihrem Tod einen Brief von ihrem Bruder Claudio erhalten?»

Raffaella holte tief Luft, bevor sie antwortete. «Woher wissen Sie das?»

«Claudio hat so einen Brief auch an seinen Bruder geschrieben und ich halte diesen Brief in meinen Händen. Ich nehme an, der Inhalt der Briefe ist sehr ähnlich.» Achim stand auf und lief im Wohnzimmer herum, während er gestikulierend telefonierte. Die fragenden Blicke von Julia und Helene beachtete er nicht.

«Rund eine Woche vor ihrem Tod ist Costanza in Tränen zu mir gekommen», erzählte Raffaella mit stockender Stimme. «Nun sei alles vorbei, sagte sie, Claudio sei tot, er habe ihr einen Abschiedsbrief geschrieben. Sie hielt Claudios Brief in der Hand, ließ es aber nicht zu, dass ich ihn las. Der Brief enthalte Geheimnisse, die geheim bleiben sollen, hat sie mir gesagt.» Sie schluchzte.

«Claudio ist in Deutschland kriminell geworden und ist deshalb nach Südamerika geflohen», erklärte Achim völlig rücksichtslos, ohne Details preiszugeben. «Was geschah danach?» Er hörte, wie Raffaella in Policoro leer schluckte.

«Costanza hat noch lange geweint, vom Tod ihres Sohnes gesprochen. Sie sei nun die Letzte der Familie und nach ihrem Tod werde dann alles vorbei sein.»

Achim dankte Raffaella, verabschiedete sich von ihr, nahm wieder im Sessel Platz und fasste das Gespräch für Julia und Helene zusammen.

«Wieso hat Costanza behauptet, die Familiengeschichte sei

zu Ende, es gibt ja schließlich noch die Familienmitglieder in Deutschland, ich, mein Bruder, meine Mutter und meine Großmutter?», sagte Helene und sah Achim fragend an.

Zuerst erklärte Achim Helene, dass er ihre Frage nicht beantworten könne. Er spürte einen Stich ins Herz und streckte den Rücken, gleichzeitig besorgt und überrascht. Ob Costanza von Helene und ihrem Bruder gewusst habe, wand er sich an Julia. Diese schüttelte den Kopf, sagte schnell «Nein» und presste anschließend die Lippen zusammen. Achims Herz schien sich beruhigt zu haben und er schaute Julia Gentile gespannt an, aber diese sagte nichts und bewegte sich nicht mehr. Ob Costanza von ihr gewusst habe, bohrte Achim nach. Julia brach in Tränen aus. Achim schaute sie betreten an und entschuldigte sich. Helene forderte ihn mit einem Kopfzeichen auf, ihr in den Flur zu folgen. Es sei besser, wenn er gehe. Sie werde sich bei ihm melden, sie wolle an der Geschichte dranbleiben und mehr erfahren.

Wieder stand Achim unerwartet auf der Straße. Was war faul an dieser Geschichte? Wieso weinte Julia? Irgendetwas musste zwischen Paolo und Costanza vorgefallen sein. Anders konnte er sich nicht erklären, wieso Don Natale von Julia wusste, aber offenbar nicht von Helene und ihrem Bruder. Er ging kopfschüttelnd zu seinem Auto zurück.

# RÜCKKEHR

«Was willst du denn nun tun?», fragte Angela, als Achim von seinem Besuch in Essen erzählte. «Helene helfen, was denn sonst?», fragte Achim schnaubend zurück.

«Du wirst ja mit dem Alter noch ein Versöhnungsspezialist», sagte seine Mutter und umarmte ihn. Achim ließ die Umarmung geschehen, löste sich so weit, dass er seine Mutter an den Schultern hielt, und fragte, wie sie das meine.

«Du hast mich mit der Vergangenheit meines Mannes versöhnt. Wieso Giovanni nie in die Basilikata wollte, aber das Essen vermisste, wieso er stolzer Italiener war und doch alles machte, damit er sich integrierte, habe ich nie richtig verstanden. Ich habe diese Reise mit dir gebraucht. Ich habe nun verstanden, wieso Giovanni diesen Weg gewählt hat. Ich verstehe nun, wieso Vito mit Campomaggiore verbunden blieb und Giovanni nicht. Ich habe nun Bilder im Kopf, verstehe Giovanni mit dem Herzen. Vorher habe ich seinen Entscheid aus Liebe respektiert. Nun ist es auch mein Entscheid.»

Sie setzte sich auf ihren Lieblingssessel. Auf dem Salontisch lag ein Reiseführer über die Basilikata. Achim kannte das Buch, es war von einem Deutschen, der im Cilento lebte. Achim setzte sich seiner Mutter gegenüber und schlug die Beine übereinander.

«Giuseppina hat mir die Augen geöffnet.» Angela zeigte auf die Wohnblöcke um sie herum. «Das ist mein Coverciano, der elterliche Bauernhof mein Guardia Perticara. Ich habe wie Giuseppina und Nicolò einen Ort, den ich gewählt habe, und einen

Ort, den ich geerbt habe. Wie Giuseppina und Nicolò habe ich beides in meinem Leben vereinen können. Das ist Giovanni verwehrt geblieben, weil seine Eltern und sein Bruder nach Brescia ausgewandert sind. Brescia hat Campomaggiore verdrängt, ohne es zu ersetzen. Ab dem Moment gab es keinen genügend starken Grund mehr, nach Campomaggiore zu reisen. Erst als Vito und Maria zurückgegangen sind, hätten wir so einen Grund gehabt. Vito und Giovanni haben viel miteinander telefoniert und doch war das Bedürfnis, sich zu treffen, nie groß genug. Giovanni hat Vito einige Male aufgefordert, nach Bochum zu kommen und seine Kinder und Enkelkinder zu besuchen. Keiner von beiden hat den langen Weg machen wollen, beide haben wohl gehofft, der andere werde es tun. Am Schluss ist es so wie bei dieser Familie Gentile, man kennt sich nicht mehr, hat keinen Bezug zueinander. Bis jemand in der Familie mehr wissen will, sich mit diesen Wurzeln in zwei verschiedenen Böden auseinandersetzt, wie du es formuliert hast. Das können nur Menschen wie du oder diese Helene sein.»

Achim schwieg, schaute seine Mutter ratlos an, wunderte sich, worauf sie hinauswollte.

«Ich bin es nicht. Für mich war die Reise von der Basilikata nach Bochum keine Auswanderung, sondern eine Rückkehr. Das hier ist mein Zuhause und das ist mir in den letzten Tagen so richtig bewusst geworden. Für Menschen wie dich oder diese junge Frau ist es weder noch, sondern ein Pendeln zwischen zwei gleichwertigen Welten, wie für Giuseppina und Nicolò. Die junge Frau muss aber ihren eigenen Weg zu ihren Wurzeln finden», mahnte sie ihren Sohn. «Dein Weg ist nicht der Weg dieser Helene. Ich habe über Campomaggiore gesagt, ich hätte das Gefühl bekommen, sogar jeder Stein habe etwas mit der Familie Crocco zu tun. Bei dieser jungen Frau ist es gut möglich, dass nur noch Steine etwas mit ihrer Familie zu tun haben. Du hast noch Verwandte in der Basilikata, die junge Frau wahrscheinlich nicht.»

Achim musste an sein Gespräch mit Vivian über das Heimweh seiner Kinder denken. Mit einem schiefen Lächeln, erklärte er seiner Mutter, als Historiker vergesse er manchmal, dass normale Menschen nicht nur wegen Steinen an einen Ort reisen würden. Für ihn könne ein Ort auch wegen der Steine interessant sein. Er brauche diese Bindung zu Menschen nicht zwingend. Er verstehe schon, was sie meine. Die Konfrontation mit den Menschen in der Basilikata habe ihn aber auch viele Emotionen gekostet und nicht nur positive. Achim knackste mit seinen Fingern, zog an jedem einzelnen, um zu schauen, ob die Spannung sich mit einem Knacken löste. Bei einigen Fingern funktionierte es tatsächlich. Die Erklärungen seiner Mutter waren ihm zu einfach. Selbstverständlich konnte er verstehen, wieso sein Vater jahrelang nicht in die Basilikata gereist war. Aber gar nicht? Als Erklärung dafür, dass er seinem Sohn so wenig mit auf den Weg gegeben hatte, taugte das Ganze auch nicht.

Er sprach laut aus, was er gedacht hatte, und Angela verteidigte ihren toten Ehemann. Sie diskutierten noch lange, aber ihre Positionen näherten sich nicht wirklich an. Irgendwann hatte Achim genug diskutiert und befand, ihm fehle ein Element, ein Puzzleteil, um das Verhalten seines Vaters nachzuvollziehen. Sie wandten sich anderen Themen zu.

«Was willst du denn nun tun?», fragte Vivian ihn um Mitternacht über Zoom, ohne zu wissen, dass sie die gleiche Frage wie ihre Schwiegermutter stellte.

«Helene helfen, was denn sonst?», fragte Achim genauso zurück, wie er es bei seiner Mutter getan hatte. «Ich rede mit dieser Emiliana und dann schauen wir weiter.»

«Wieso erstaunt mich diese Antwort nicht? Ich glaube, ich habe das schon ein paar Mal gefragt, wenn es um diese Geschichte ging. Wieso? Wieso lässt dich diese Geschichte nicht los?» Vivian sprach mehr mit sich selbst als mit ihrem Mann.

«Weil sie Ähnlichkeiten mit meiner Geschichte hat und doch anders ist», versuchte Achim sein Verhalten zu erklären. «Es hat mich als Historiker immer interessiert, wann Menschen durch eine freie Entscheidung die Geschichte in eine bestimmte Richtung lenkten und wann die Umstände sie daran hinderten. Es hat mich als Historiker immer interessiert, welchen Einfluss der Charakter des Einzelnen darauf hatte, ob er sich Zwängen unterordnete oder frei entschied. Ich lege diese beiden Geschichten nebeneinander und vergleiche das Gemeinsame und das Trennende. Mein Vater wohnte beispielsweise nie in so einer Baracke. Er war der Gefahr nie ausgesetzt, der Paolo und Claudio Gentile ausgesetzt waren. Wahrscheinlich wäre er wie Paolo schadlos da rausgekommen. Sein Freund Pantaleo hingegen hätte so wie Claudio in den Fängen der organisierten Kriminalität landen können.»

«Als Historiker konntest du nie mit Leuten reden, die die Medici persönlich gekannt haben», warf Vivian ein. «Hier kannst du solche Gespräche führen. Ist es das, was dich so fasziniert?»

Achim fand das eine interessante Überlegung, stellte den Kopf schräg, überlegte und nickte nach ein paar Sekunden. «Ich bin selbst einer dieser Menschen, die vor der freien Wahl stehen, sich einzumischen oder sich rauszuhalten. Ich habe mit meinen eigenen Entscheidungen einen Einfluss darauf, ob und wie es Helene gelingt, die beiden Familiengeschichten zu vereinen.»

Vivian zuckte zusammen. «Das ist beängstigend, ist es nicht? Du gibst dir die Verantwortung, ob es ihr gelingt.»

«Tue ich nicht», widersprach Achim hartnäckig. «Maria und Vito haben Emiliana und Ernesto zum Essen eingeladen und ich werde dabei sein. So hat sich die Sache nun mal entwickelt.» Vivian schüttelte den Kopf. «Wie soll dich das weiterbringen?»

Achim erläuterte, wie er daraus Lehren für sich als Vater ziehen könne. Jessica und Robin seien auch mit der Frage konfrontiert, wo ihre Wurzeln sind, wo sie sich zuhause fühlen. Sie hatten in Baltimore entdeckt, dass sie Heimweh nach Heidelberg haben. Weder Vivians noch Achims Wurzeln waren in Heidelberg, obwohl sie seit dreißig Jahren dort wohnten. Ihre Kinder hingegen hätten eine festere Bindung zu Heidelberg.

«Ihre Wurzeln sind nicht in Baltimore und nicht in Campomaggiore. Ich habe ihnen genauso wenig ein Gefühl für ihre lukanischen Wurzeln mit auf den Weg gegeben wie mein Vater mir.»

«Werde jetzt ja nicht wütend auf deinen Vater!», warnte ihn Vivian. Achim deutete mit dem Zeigefinger auf seine Brust. Er habe das verbockt, nicht sein Vater. Vivian schwieg, bis Achim fragte, ob sie ihm nicht glaube. Vivian schwieg noch ein paar Sekunden und strahlte plötzlich.

«Doch! Ich glaube dir! Ja, ich glaube dir! Dein Gefühl sagt dir, dass du es verbockt hast. Deshalb glaube ich dir! Du bist nicht ausgewichen, Achim! Du hast nicht Fakten vorgeschoben, um deine Gefühle nicht auszudrücken. Great!»

Achim war zunächst sprachlos. Schaute seine Frau über die Kamera an, dann wieder weg, bis er ihr zustimmte. Er habe das tatsächlich aus dem Gefühl heraus gesagt, entgegen jeder Logik. Wie hätte er seinen Kindern lukanische Wurzeln mit auf den Weg geben können, wenn er selbst sie noch suchen würde. Der Vorwurf seiner Mutter, er habe auch nichts unternommen, als sein Vater noch lebte, kam ihm wieder in den Sinn. Unrecht habe seine Mutter nicht, fand Vivian, die einmal gleicher Meinung wie ihre Schwiegermutter war. Als Kind glaube man den Eltern einfach und so selbstverständlich sei es auch als Erwachsener nicht, die Haltung und Aussagen der eigenen Eltern kritisch zu hinterfragen.

Wie vor der Reise mit seiner Mutter blieb Achim auf dem

Bettrand sitzen und starrte vor sich hin. Campomaggiore war immer ein Thema für seinen Vater gewesen, wenn er seine Eltern in Brescia besucht hatte. Achim hatte es nur nicht mitbekommen. Er murmelte «Scusami, papà. Ich hätte auch fragen können.»

# EMILIANA UND ERNESTO

Bis zum Essen mit Emiliana und Ernesto musste sich Achim zehn Tage nach seiner Rückkehr in die Basilikata gedulden. Da die beiden kein Auto mehr hatten, trafen sie sich nicht in Campomaggiore, sondern in Tursi bei Emiliana und Ernesto. Achim hatte sich überlegt, in Mauros Haus zu übernachten, aber dafür war es zu früh. Er fühlte sich noch nicht bereit, das Haus als sein Haus anzusehen. Am Abend vor dem Mittagessen in Tursi startete er die Videokonferenz von Guardia Perticara aus.

«Papa, wie kannst du nur? Wie kannst du nur zulassen, dass neben deinem Dorf, vor deiner Haustüre, die größte Sondermülldeponie Europas entsteht? Du musst etwas machen!» Achim war so verblüfft, dass er nichts sagen konnte. Er hatte nicht damit gerechnet, dass seine Tochter auf dem Bildschirm erscheinen würde.

Jessica hatte ihre schwarzen Haare mit einem Haarband hinter dem Kopf zusammengebunden. Achim mochte das nicht besonders, weil dadurch die große Nase, die sie von ihm geerbt hatte, und das breite Kinn, das ihre Mutter ihr vererbt hatte, ihre Erscheinung dominierten. «Das mit dem Erdöl interessiert mich, Papa, und da bin ich auf diese Sondermülldeponie gestoßen. Was ist da los?», hakte Jessica forsch nach, sie hämmerte fast jedes einzelne Wort mit kurzen Pausen zwischen den Wörtern.

Da es Samstag war, saß Jessica im Arbeitszimmer im Haus in Baltimore. Während der Woche war seine Frau Vivian um diese

Zeit noch an der Universität, am Wochenende war sie normalerweise um 18 Uhr zuhause. Jessica hatte das wohl genutzt, um mit ihrem Vater zu sprechen.

Achim freute sich riesig, dass seine Tochter sich für das Thema interessierte. Er zerbrach sich schon lange den Kopf darüber, wie diese Sondermülldeponie verhindert werden konnte.

«Wie in vielen Ländern gibt es hier Politiker, die zu jenen rechten Gegenwartsverwaltern gehören, die Politik auf die Wirtschaft reduzieren und dabei sowohl die Umwelt vernachlässigen als auch die Chancen für die Zukunft verpassen. Komm hierher und ich zeige dir, was es zu diesem Thema alles gibt», winkte Achim seine Tochter über die Kamera zu sich.

Jessica wollte aber nicht warten, bis sie nach Europa fliegen durfte, also erklärte er ihr so gut es ging, wie er die Sache sah und wieso er dachte, in der Basilikata gäbe es für sie interessante Themen für ihre Doktorarbeit. «Ich muss mit meinem Doktorvater darüber reden, Papa. Ich mache das gleich am Montag! Mama will jetzt mit dir sprechen!», sagte Jessica plötzlich, stand auf und verschwand so schnell aus dem Bild, dass Achim gar nicht mehr reagieren konnte. Er fragte sich, ob seine Frau Jessica aufgefordert hatte, Platz zu machen, oder ob Jessica einfach aufgehört hatte zu diskutieren, weil ihr nächster Schritt für sie klar war. Er sprach über eine Stunde lang mit seiner Frau.

Am nächsten Morgen fuhr er bereits um 7 Uhr in Guardia Perticara los, nahm die Straße über Laurenzana am Lago di Camastra vorbei und war nach siebzig Minuten in Campomaggiore. Die Reise über Pisticci und Montalbano Jonico nach Tursi würde nochmals achtzig bis neunzig Minuten in Anspruch nehmen. Am Schluss des Tages würde er 300 Kilometer auf kleinen Straßen absolviert haben.

Maria und Vito trugen bereits Straßenschuhe und Jacken, als er an ihrer Türe klopfte. Eigentlich hatte Achim geplant, die Ware abzuliefern, die die beiden bei ihm bestellt hatten, und dann zu Rosaria zu laufen, um den Schlüssel zu Mauros Haus zu holen. Er wollte endlich sehen, was er da eigentlich gekauft hatte.

«Schon bereit? Wir kommen zu früh an, wenn wir jetzt schon losfahren!», schaute er die beiden Alten erstaunt an. Maria blickte auf die große Einkaufstasche einer deutschen Handelskette, die Achim trug. «Hast du das aus Deutschland dabei, was Emiliana sich gewünscht hat?»

«Das ist das Zeug, das ihr bestellt habt. Die Dinge für Emiliana und Ernesto habe ich im Auto. Schon lustig, wie sehr ihr Sachen aus Deutschland vermisst!»

«Wir haben unser halbes Leben in Bochum verbracht, junger Mann!», belehrte ihn Vito mit erhobenem Zeigefinger. «Da gibt es schon das eine oder andere, das wir geschätzt haben und vermissen. Wir sind schon bereit, weil wir dich um einen Gefallen bitten wollten. Könnten wir einen Umweg über die Basilika von Anglona machen? Wir waren nämlich noch nie dort und so nahe werden wir ihr so schnell nicht wieder sein.»

Maria nahm Achim die Tasche ab und trug sie in die Küche. Danach fuhren sie los und machten den gewünschten Umweg über Anglona, bevor sie zur vereinbarten Zeit bei Emiliana und Ernesto ankamen. Emiliana und Ernesto wohnten in einer schmucklosen Wohnung in einem Mehrfamilienhaus an der Via Giovanni Digno. Die Straße war so schmal, dass Achim es vorzog in der Hauptstraße zu parken und die schwere Tasche mit den deutschen Einkäufen für Emiliana die Straße hinaufzutragen, die zur Wohnung führte.

«Kommt doch rein, kommt doch rein!», rief Ernesto freudig schon bevor er die Türe vollständig geöffnet hatte. Vito trat als Erster ein, gefolgt von Maria und Achim. «Du bist nicht mehr gewachsen, seit wir uns das letzte Mal gesehen haben, Achim!» Achim schaute Ernesto verdutzt an. Als dieser ein Lachen kaum noch unterdrücken konnte, wusste Achim, dass der alte rundliche Mann mit Hosenträgern über dem rosaroten Hemd einen Witz machte.

«1980 war ich noch nicht so groß wie heute, da sind ein paar Zentimeter dazugekommen», versuchte er zu kontern. «Haben wir uns nachher noch gesehen?»

«Haben wir Achim nachher noch gesehen, Emiliana?», fragte Ernesto seine Frau, die ihnen entgegenkam. Sie war genauso rundlich wie ihr Mann, hatte allerdings volles, schwarzes gekraustes Haar, während Ernestos spärliche, leicht rötliche Haare eine Krone auf Ohrenhöhe um seine glänzende Glatze bildeten.

«Nein, jedenfalls nicht bei einem Essen oder so. Auf der Straße schon, da kann man ihn ja auch nicht übersehen!», sagte Emiliana, während sie Maria umarmte. «Nicht umsonst diente er als Erklärung, wenn jemand fragte, von welchem Giovanni die Rede war. Du musstest nur sagen ‹der mit dem großen Sohn› und alle wussten Bescheid. Grüß dich, mein Großer, es freut mich, dich zu sehen!» Sie umarmte Achim, bevor sie auch Vito mit einem Wangenkuss begrüßte.

«Schön, euch wiederzusehen!», meinte Ernesto, während er sie ins Esszimmer führte. «Danke, dass ihr den Weg gemacht habt, wir haben kein Auto mehr!»

«Ich fahre auch nicht mehr weit, Ernesto», antwortete Vito. «Achim ist gefahren und er war so nett, uns vorher die Basilika in Anglona zu zeigen. Es ist eigentlich eine Schande, aber wir hatten sie wirklich noch nie gesehen. Es ist ein sehr spezieller Ort!»

«Für uns Tursianer ist die Basilika immer noch ein sehr wichtiger Ort, ein heiliger Ort, und das Fest der Madonna ist ein sehr wichtiges Fest.» Ernesto war stehen geblieben und sein Gesichtsausdruck war ganz ernst geworden. «Vito hat uns erzählt, dass du derjenige bist, der Costanza dort tot aufgefunden hat, Achim.»

«Das ist richtig, ja. Habt Ihr Costanza gekannt?», fragte

Achim, während er sich auf den Stuhl setzte, den Ernesto ihm zugewiesen hatte.

«Ich besser als Ernesto», sagte Emiliana, die mit Maria zusammen die Antipasti reinbrachte. «Gianfranco, ihr Mann, und ich waren Nachbarskinder. Sein Elternhaus steht gerade neben meinem Elternhaus. Du kannst dich hinsetzen, Maria. Den Rest schaffe ich selbst.»

Während Emiliana nochmals in die Küche lief, setzten sich auch Vito, Maria und Ernesto um den Tisch und Ernesto bot Wein an. «Das ist ein Locorotondo aus der Puglia, ich hoffe er schmeckt euch.» Auch Achim nahm ein Glas, obwohl er noch fahren würde. Er hatte einen Freund in Heidelberg, der aus der Gegend von Locorotondo kam und jedes Jahr Wein nach Hause brachte. Es sei das beste Mittel gegen Heimweh, so seine Erklärung.

«Greift zu, greift zu, es wird nicht besser», sagte Emiliana, als sie mit noch mehr Antipasti zurückkam. «Wie ich vorhin erzählt habe, Achim, waren Gianfranco und ich Nachbarskinder. Er ist nämlich hier in Tursi aufgewachsen, direkt neben meinem Haus. Eigentlich ist es das Haus meiner Eltern und meine Schwester wohnt darin. Gianfrancos Eltern wohnten gleich im Haus nebenan, da wohnt jetzt der Sohn seines Bruders. Der Bruder lebt nicht mehr und seine Frau ist seit zwei Jahren im Altersheim, weil ihre Schwiegertochter sie nicht mehr pflegen wollte.»

«Schweif nicht ab, Emiliana, du schweifst immer ab!», unterbrach sie Ernesto.

«Lass mich, Ernesto, der Junge muss das alles wissen, um es zu verstehen», wimmelte Emiliana ihren Mann mit der Hand ab. «Du musst wissen, Achim, dass Gianfranco und sein Bruder geizig waren. Das hatten sie von ihrer Mutter, denn die Familie Pierro ist nicht so, die sind eher künstlerisch begabt. Ein Cousin von Gianfranco war ein berühmter Dichter, nach ihm ist die Schule in Tursi benannt.»

«Achim ist nicht wegen des Dichters hier, Emiliana!», seufzte Ernesto.

«Ich weiß, Ernesto, ich weiß, aber er muss wissen, dass Gianfranco einen Cousin hatte und dass das der berühmte Dichter Albino Pierro war», ließ sich Emiliana weiterhin nicht von ihrem Erzählstil abbringen.

«Das wusste ich schon», sagte Achim und stockte kurz. «Nein, eigentlich wusste ich nur, dass sie verwandt waren.»

«Ach so, woher weißt du das?» Achim hatte Emiliana mit seinem Wissen aus dem Konzept gebracht. Sie schaute ihn an, als ob er unmöglich wissen konnte, dass die Brüder Gentile den berühmten Dichter kannten.

«Es stand in einem Brief von Claudio Gentile an seinen Bruder Paolo. Habt Ihr die beiden auch gekannt?» Achim versuchte das Gespräch wieder in die richtige Richtung zu lenken, was allerdings nur halbwegs gelang.

«Weniger gut als Costanza, dazu komme ich noch, aber esst doch, während ich rede!» Emiliana forderte sie mit einer energischen Handbewegung auf, endlich zu essen, was sie vorbereitet hatte. «Also, Gianfranco war ein Geizkragen, aber eine andere Art Geizkragen als sein Bruder. Sein Bruder hat sein Leben lang Geld angespart und nichts damit gemacht und sein Sohn hat es ihm nachgemacht. Die Frau des Sohnes hat den nur wegen des Geldes geheiratet und weil die alte Mutter viel gekostet hat, haben sie sie bei der ersten Gelegenheit ins Altersheim abgeschoben!»

«Hör doch auf, Emiliana! Die alte Antonietta ist dement und im Altersheim besser aufgehoben als bei ihrer Schwiegertochter!», mischte sich Ernesto so laut ein, dass die Nachbarn es hören mussten.

«Das ist auch nicht schwierig!», rief Emiliana zurück. Spätestens jetzt mussten die Nachbarn auf das Gespräch aufmerksam geworden sein.

Emiliana tötete ihren Mann mit einem Blick und erzählte mit normaler Lautstärke weiter. «Aber zurück zu Gianfranco. Sein Geiz war anders. Er war nur anderen gegenüber geizig. Für sich selbst war er nicht geizig und wenn er einen Vorteil für sich sah, dann setzte er sich auch ein. Gleichzeitig war er aber auch eitel. Weil ihm seine Erscheinung wichtig war, hat er das wenige Geld, das er hatte, in seine Erscheinung investiert. Wenn Costanza nicht so tüchtig gewesen wäre, hätte sie ein armes Leben geführt!», sagte sie und stand auf.

«Ich kannte Gianfranco ja auch», meinte Ernesto, während Emiliana die Antipasti abräumte und den Primo vorbereitete. «Er war schon so, wie es Emiliana beschrieben hat, aber er war nicht dumm. Er erkannte Chancen und hat früher als viele andere die Chancen in Policoro gesehen. Er hat in den Jahren des großen Wachstums sicher gut verdient, aber weil er nichts ansparte, sondern viel Geld für sich, seine Kleider und seine Autos ausgab, blieb halt nicht viel übrig.»

«Seine Autos? Ich kenne nur den uralten Fiat Cinquecento, sein erstes Auto», unterbrach ihn Achim, obwohl er gerade eine gegrillte Peperoni im Mund hatte. Gianfranco soll verschiedene Autos gehabt haben und Costanza musste ihr Leben lang mit dem Museumsstück herumfahren?

«Den hat er Costanza überlassen, als er ein neues Auto wollte, das besser war. Ich glaube, den hat sie bis zum Schluss behalten», sagte Ernesto und bohrte sich mit dem Zeigefinger ein Loch in die Schläfe.

Emiliana kam mit selbstgemachter Pasta mit Meeresfrüchten zurück und gab jedem einen gut gefüllten Teller, der wunderbar nach Knoblauch und Petersilie roch. «Wir bleiben beim Locorotondo», meinte Ernesto. «Du bist aber mehr wegen Claudio da, oder nicht?»

«Eigentlich interessiert mich die ganze Familie», präzisierte

Achim. «Die Tochter des Neffen von Costanza, also die Tochter des Sohnes von Paolo Gentile, möchte möglichst viel über ihre Familie erfahren. Ich helfe ihr dabei.»

«Das ist schön, das gefällt mir. So kann sie Paolos Fehler wiedergutmachen!», sagte Emiliana zwischen zwei Bissen.

«Emiliana, hör auf, alle schlecht zu machen!», rief Ernesto so laut, dass das ganze Haus mithören konnte.

«Du hast es gehört, Ernesto, die junge Frau möchte möglichst viel über ihre Familie erfahren und sie hat ein Recht zu erfahren, wie es war!» Emilianas Hand winkte zuerst ihren Mann ab und forderte danach nahtlos die Gäste auf, nicht tatenlos zuzuschauen. «Aber esst doch, das wird doch alles kalt! Und du, Achim, du musst wissen, dass Ernesto und ich noch nicht verlobt waren, als die beiden Brüder ausgewandert sind. Er kommt aus einem anderen Viertel von Tursi und kannte Gianfranco nur über mich. Gianfranco ist immer wieder bei seinen Eltern zu Besuch gekommen und da haben wir natürlich auch Costanza besser kennengelernt. Jedenfalls bis wir 1972 nach Deutschland ausgewandert sind.»

«Da war Claudio schon nicht mehr in Deutschland, habt ihr ihn denn hier kennengelernt?», warf Achim ein. Die vielen Zusatzinformationen von Emiliana ermüdeten ihn langsam. Vito und Maria aßen in aller Ruhe und genossen die Köstlichkeiten. Sie hörten jedoch sehr aufmerksam zu.

«Ich habe Claudio ein einziges Mal in meinem Leben gesehen, an der Hochzeit seiner Schwester. Wir waren zwar nicht auf das Fest eingeladen, aber in der Kirche war halb Tursi.» Emiliana konnte wohl nicht anders, als detailreich erzählen.

«Gianfranco und Costanza haben in Tursi geheiratet?» Achim machte große Augen. Er hatte sich gar nicht überlegt, wo die beiden geheiratet hatten. Wieso hatte er geglaubt, die Hochzeit sei in der Basilika in Anglona gefeiert worden?

«Ja doch! Wusstest du das nicht? Egal! Claudio ist nie wieder zu seiner Mutter gekommen, sein Bruder hingegen schon. Das wusstest du, oder?» Achim entschied sich, nur die letzte Frage zu beantworten. «Ja, und eine Zeitlang kamen auch seine Frau und sein Sohn mit. Der Sohn lebt nicht mehr, aber Paolos Frau lebt noch.»

Emiliana schaute ihn traurig an. «Dass Paolos Sohn gestorben ist, wusste ich nicht. Ich habe Costanza bei Gianfrancos Beerdigung zum letzten Mal gesehen. Wir waren noch nicht lange zurück in Tursi, als er gestorben ist. Alle diese Toten in dieser Familie, tragisch!»

«Emiliana, wir waren bei Claudio und Paolo!», flehte Ernesto sie an, nicht schon wieder abzuschweifen. Achim verkniff sich ein Grinsen nur mit Mühe. Mit so einer Frau verheiratet zu sein, musste anstrengend sein!

«Erzähl doch du, wenn du alles besser weißt!» Emiliana war offenbar von den wiederholten Zurechtweisungen ihres Mannes genervter, als es zunächst den Anschein gemacht hatte.

«Ich weiß nicht alles besser!» Ernesto schüttelte den Kopf, fuhr dann aber trotzdem fort: «Claudio habe ich nicht gekannt und Paolo habe ich erst in Deutschland kennengelernt, wobei ‹kennengelernt› das falsche Wort ist. Er hatte den Kontakt mit den Lukanern abgebrochen, weil er sich für die Tat seines Bruders schämte. Vielleicht schämte er sich, weil er seinem Bruder nicht mehr geholfen hatte. Ihr müsst wissen, dass Paolo wenige Wochen vor dem Mord aus der Baracke ausgezogen war und mit seiner deutschen Frau ein Haus gekauft hatte. Als ich Arbeit in Bochum gefunden habe, durfte ich ein anderes Haus in dieser Straße von einem Italiener mieten, der mit Immobilien handelte. Dieser hat mir das Haus von Paolo gezeigt und gesagt, dort wohne einer aus meinem Dorf. Dann geschah etwas ganz Seltsames. Der Mann nannte mir Paolos Namen und ich sagte, ich würde seine

Schwester kennen, und der Mann hat sich bekreuzigt. Er empfahl mir, Paolo so gut wie möglich aus dem Weg zu gehen. Ich wusste damals noch nichts von Claudios Verbrechen und habe an Paolos Türe geklingelt. Als ich mich vorstellte, hat mich Paolo reingelassen und gesagt, er mache für mich eine Ausnahme, aber ich solle nie mehr wiederkommen und nie mehr auf der Straße zeigen, dass ich ihn kenne. Das sei besser für alle.»

«Ich durfte mit Ernesto einreisen», sagte Emiliana, nachdem sie sich lange genug auf die Zunge gebissen hatte. «Vorher wollten wir nicht auswandern, wir wollten nicht getrennt werden. Also sind wir erst 1972 gekommen. Viele andere Frauen sind in dieser Zeit mit ihren Männern vereint worden. Durch die Gespräche mit den anderen Frauen haben wir mit der Zeit herausgefunden, was passiert war. Claudio hatte Schulden bei der 'Ndrangheta und es wurde gemunkelt, dass Paolo diese ratenweise zurückgezahlt hat. Damit niemand aus seinem Umfeld mit reingezogen wurde, hat er jeden Kontakt abgebrochen.»

«Außer mit seiner Mutter, Emiliana!», korrigierte Ernesto seine Frau zum x-ten Mal.

«Richtig! Paolo ist immer wieder zu seiner Mutter zurück. Sobald diese gestorben war, kam er nie mehr nach Anglona zurück!», rief Emiliana schon im Stehen und eilte abermals in die Küche. Achim blickte ihr hinterher. Hatte Salvatore nicht etwas Ähnliches erzählt?

Ernesto setzte die Erzählung nahtlos fort: «Wenige Wochen vor seinem Tod hat uns Gianfranco erzählt, was passiert war. Er war gerade bei seinem Bruder zu Besuch und ich habe ihm vom seltsamen Verhalten seines Schwagers berichtet. Gianfranco fand, Costanza sei schuld, dass Paolo nicht mehr in die Basilikata gereist sei. Jedes Mal, wenn er gekommen sei, habe ihm Costanza Vorwürfe gemacht, dass er ein Haus gekauft habe und seinen

Bruder in der Baracke in den Händen der Kalabresen zurückgelassen habe.»

«Und das soll Achim der jungen Frau alles erzählen?», mischte sich Maria ein. «Ist das euer Ernst? Ein Großvater, der von der Mafia erpresst wird, weil ihr Großonkel nicht nur ein Mörder auf der Flucht war, sondern auch noch bei der Mafia Schulden hatte? Ein Großvater, der den Kontakt zur Großtante abbrach, weil er ihre Vorwürfe nicht mehr hören konnte? Der Ehemann der Großtante, der ein Geizkragen war, ist ja noch fast der Harmloseste in der ganzen Geschichte!» Sie schüttelte den Kopf und sah ihren Mann auffordernd an, er solle doch auch etwas sagen. Vito schüttelte aber nur lächelnd den Kopf und nahm lieber einen Schluck Wein.

Auf der Heimreise fragte Achim, ob Emiliana immer so wäre. Maria saß neben ihm auf dem Beifahrersitz, weil es ihr immer schlecht wurde beim Autofahren. «Du meinst, ob sie immer so detailreich erzählt?», fragte Vito auf dem Rücksitz. «Oh ja, bin ich froh, dass Maria nicht so ein Plappermaul ist!» Maria drehte sich so heftig um, dass Achim erschrak. Als er den bösen Blick sah, den Vito kassiert hatte, musste er so lachen, dass er ein Schlagloch übersah und beinahe die Kontrolle über das Auto verlor. Maria fuhr ihn an, er solle auf die Straße schauen, sonst bringe er noch alle um.

# MANDELBÄUME

Es wurde Frühling, bis Achim endlich wieder nach Campomaggiore kam. Die Arbeit und vor allem ein mehrwöchiger Aufenthalt in Baltimore hatten ihn monatelang daran gehindert, in die Basilikata zu reisen. Er war nicht mehr wütend auf seinen Vater. Das fehlende Puzzleteil hatte er ausgerechnet in Baltimore gefunden, weit weg von der Heimat seines Vaters. Das Puzzleteil war nicht eine fehlende Information zu seinem Vater, sondern eine Erkenntnis über sich selbst. Die pandemiebedingte Trennung von seinen Liebsten hatte ihm nicht gutgetan, er war verschlossener geworden. Als er Vivian am Flughafen Philadelphia in die Arme nahm, war er in Tränen ausgebrochen. Vor Freude. Er hatte das Glücksgefühl in sich aufgesogen wie ein ausgetrockneter Schwamm. Auf der Fahrt von Philadelphia hatten seine Kinder, Vivian und er so viel gelacht, wie er während der ganzen Trennung zusammengezählt nicht gelacht hatte. Er hatte mit Freude den Haushalt besorgt, eingekauft und gekocht, seine Schwiegereltern besucht. Jessicas Feststellung nach knapp einer Woche, ihr Vater sei doch nicht zum unzivilisierten Wilden geworden, hatte er mit der Bemerkung quittiert, er sei halt der Bär aus ‹Mascha und der Bär›, nur rieche er besser. Weil Vivian laut losprustete, hatten Jessica und Robin ihre Eltern entgeistert angeschaut. Achim zeigte seine Gefühle offen, weil ihm wohl war.

Achim war klar geworden, dass er sich bei unangenehmen Gefühlen wie ein Igel einrollte, die Stacheln ausfuhr. Genau wie sein Vater. Zwei eingerollte Igel können nicht miteinander reden.

Sein Vater und er hatten nie ernsthaft über Campomaggiore gesprochen, weil sie nie über unangenehme Gefühle sprachen. Beide nicht. Also schwiegen sie, bis sein Vater kurz vor seinem Tod ihm einen Brief schrieb.

Achim saß unter einem Mandelbaum direkt neben dem verfallenen Bauernhaus, dessen Foto in seinem Haus in Guardia Perticara hing. Das Bauernhaus war rund fünf Kilometer vom Dorf von Campomaggiore entfernt und ihm gehörte nun ein Drittel des Grundstücks. Damit hielt er den größten Anteil am Grundstück und konnte dennoch nicht allein entscheiden. Das Grundstück lag brach, niemand nutzte es, einzig der Ertrag der Bäume wurde von der Familie noch genutzt. Baumpflege betrieb niemand mehr, denn keiner der Jüngeren wollte noch Bauer sein.

In Guardia Perticara besaß die Familie von Nicolò und Mario auch solche Grundstücke. Den Unterschied machten Mario und Mirabella aus. Mario ließ regelmäßig seine Tiere auf den Grundstücken weiden, schnitt die Bäume, wenn Mirabella es verlangte, und sie verarbeitete die Früchte. Früher gab es auch einen Cousin, der Getreide anbaute, aber Mario wollte kein Getreidebauer sein. Er war glücklich mit seinen Tieren und wünschte sich nichts mehr. Die Gebäude hatten auch sie verfallen lassen. Mario und Mirabella waren aber die Letzten, die bereit waren, als Bauern zu leben. Ihr Sohn arbeitete im Unternehmen eines Onkels, die Tochter war bei einer Gemeindeverwaltung angestellt.

Achim war hin- und hergerissen. In einem Krimi hatte er erstmals über Crowdfarming gelesen und war fasziniert. Er war überzeugt, dass hier mit biologischer Landwirtschaft Produkte hoher Qualität erzeugt werden konnten, die in Deutschland gute Preise erzielen würden. Er wusste aber genau, dass er mit seinen Ideen auch Streit auslösen konnte. Er fürchtete sich vor der Diskussion mit den Verwandten. Einer allein konnte alles blockieren. So drehten sich seit Tagen seine Gedanken im Kreis.

Er hatte jedes Grundstück nochmals gesucht und gefunden. Er hatte auch Felder mit Getreide gesehen, obwohl niemand in seiner Familie Getreidebauer war. Er fragte sich, ob da jemand die Gunst der Stunde nutzte und das verlassene Land gratis bewirtschaftete, oder ob es Vereinbarungen gab, die er nicht kannte. Die Anpassungen im Grundbuch waren beantragt. Im Grundbuch standen Menschen, die schon lange gestorben waren, aber da das Grundbuch nicht automatisch nachgeführt wurde, versuchte niemand dies zu ändern. Wozu auch? Eine Änderung im Grundbuch löste nur Gebühren aus und änderte nichts an der Nutzung. Nur er wollte alles bereinigt haben. Mario hätte sicher wieder einmal gesagt, man merke halt doch, dass er Deutscher sei.

Während er eine Mandel nach der anderen aß und die Schalen einfach ins lange Gras warf, fragte sich Achim, ob sein Vater diese Aussichtslosigkeit gemeint hatte, als er von einer Region ohne Zukunft sprach. Es fehlte nicht an Potential, es gab nur zu viele Hürden. Jeder wurde früher nach seinen Fähigkeiten eingesetzt und da genügend Leute da waren, waren auch alle notwendigen Fähigkeiten abgedeckt. So war es kein Problem, gemeinsam Land zu bewirtschaften, das allen nur ein wenig gehörte. Jeder steuerte etwas bei und bekam dafür etwas zurück. Allen war gedient. Heute besaß jeder nur einen kleinen Anteil, konnte nichts entscheiden, es mangelte an Händen, um das Land zu bewirtschaften, und so entstand ein Ertrag, von dem niemand leben konnte.

Das Olivenöl konnte immerhin selbst genutzt werden, aber mit den Mandeln konnte man nicht viel machen. Rosaria bekam nun ein paar Liter Olivenöl mehr und konnte ihr Geld für anderes einsetzen, aber auch sie wusste nicht, was sie mit noch mehr Mandeln anfangen sollte. Achims Handy klingelte. Helene.

# DAS ERBE

Zwei Wochen später saß Achim einmal mehr in Essen im Haus, das Paolo Gentile bewohnt hatte. Das obere Stockwerk habe sie nach dem Tod ihres Mannes ihren Vorstellungen entsprechend geändert, hatte Julia Gentile ihm erzählt, aber hier unten sei es immer noch das Museum Gentile. Die Erinnerung an eine Vergangenheit, die nur teilweise ihre eigene sei. Sie würde aber mit Helene diskutieren, wie sie das ändern könnte, ohne die Vergangenheit zu verneinen. «Vom italienischen Staat habe ich allerdings noch nichts gehört, entgegen Ihrer Behauptung bei unserem ersten Gespräch am Telefon.»

«Kennen Sie den Film ‹Maria, ihm schmeckt's nicht!›?», fragte Achim und nahm einen Keks. Kaum hatte er sich gesetzt, hatte Julia die Keksdose offen vor ihn hingestellt, gefragt, ob er einen Kaffee trinke. Welch Unterschied zum ersten Empfang!

«Wir haben den kürzlich zusammen angeschaut», meinte Helene etwas verwirrt, «wir kannten den Film nicht. Wieso?»

«In einer Szene erklärt der italienische Auswanderer seiner Frau, für Italien sei er gar nicht mit ihr verheiratet, weil er sich nie abgemeldet hat. Wenn Paolo Gentile sich damals in den 50er Jahren nicht abgemeldet hat, dann könnte es sein, dass die italienischen Behörden gar nicht alle Informationen haben. Sobald staatliche Arbeiten den genormten Weg verlassen, wird der Staatsapparat sehr langsam. Ich habe Dokumente vom Grundbuchamt, da stehen Menschen drin, die vor zwanzig Jahren gestorben sind. Das stört auch niemanden, das ist ja nur Papier.»

«Wie ist das zu verstehen?» Helene konnte Achim nicht folgen.

«Das Leben geht einfach weiter, es funktioniert ja auch, ohne dass der Staat alles dokumentiert. Die Menschen regeln alles untereinander und basta. Wenn ich Salvatore sage, der Deal mit Costanza gelte weiterhin, der Anteil der Ernte gehe an Sie, Julia, und ich würde die paar Liter Olivenöl einmal pro Jahr nach Deutschland bringen, dann geht das Leben einfach weiter», erläuterte Achim und vergaß dabei, dass er selbst vor fünf Jahren das alles auch noch nicht wusste.

«Was soll ich denn mit literweise Olivenöl machen?», fragte Julia entsetzt.

«Was du willst, Mama. Du machst, was du willst, so wie du es willst, und alle sind zufrieden», erwiderte Helene vom Entsetzen ihrer Mutter belustigt.

«Die Alternative ist, mit offiziellen deutschen Dokumenten nach Italien zu fahren, mit beglaubigten Übersetzungen, und dafür zu sorgen, dass alle offiziellen Dokumente aktualisiert werden. Dann sind Sie offiziell die Erbin und damit berechtigt, beispielsweise alles zu verkaufen, wenn nicht irgendwelche anderen Erben noch zum Vorschein kommen.» Achim wollte sachlich bleiben.

«Was denn für andere Erben?» Julia vergaß, den Mund zu schließen.

«Im Grundbuch ist schon vermerkt, wem das Land gehört, ich befürchte einfach, es sind immer noch Paolos Eltern als Eigentümer eingetragen. Damit könnte es noch Erben auf der Seite der Mutter geben.»

Julias Blick sprach Bände, vor ihr öffnete sich ein Abgrund und sie befürchtete hineinzufallen. «Was empfehlen Sie uns?»

Achim verstand ihre Angst, ihm war es ja nach dem Tod seines Vaters nicht anders ergangen, obwohl er Italien besser kannte als sie.

«Ich bin nach dem Tod meines Vaters nach Süditalien gefahren, habe mit den Leuten geredet, die mein Vater mir genannt hatte, habe mit ihnen die Vereinbarungen erneuert und mit der Zeit entdeckt, dass es auch ungelöste Fragen gibt, die aber niemanden stören. Für Sie heißt das, nach Policoro und Anglona fahren, mit Salvatore, Raffaella und Don Natale reden und dann weiterschauen.»

Julia schüttelte den Kopf. Sie schaute ihre Tochter an, dann wieder Achim, stand auf und ging zum Fenster und blickte mehrere Minuten lang auf die Straße. Als sie sich wieder setzte, hatte sie eine Entscheidung gefällt.

«Nein, ich fahre nicht. Wenn Helene will, kann sie das Erbe dort unten haben. Das wäre eh im Sinne meiner Schwiegermutter. Sie will damit nichts mehr zu tun haben und findet, Helene habe Recht, wenn sie sich mit der Geschichte ihres Großvaters auseinandersetzt. Mich interessiert das alles nicht, aber ich kann verstehen, dass Helene sich dafür interessiert. Meinen Sohn interessiert das noch weniger als mich. Ich wäre aber froh, wenn Sie Helene helfen würden.» Sie schaute ihre Tochter an, die bedächtig nickte. «Was für eine Geschichte, was für eine Geschichte, wenn Markus das alles hören würde. Mein Gott, wenn Markus das alles nur wüsste!», meinte Julia und verließ das Wohnzimmer.

Achim schaute Helene an. «Und? Was wollen Sie?»

Helene blickte Achim in die Augen und sagte mit ernster Stimme: «Ich möchte das Erbe antreten, aber unter zwei Bedingungen. Erstens, dass Sie mir helfen. Zweitens, nur wenn wir uns duzen.»

Achim streckte ihr die Hand entgegen. «Deal! Du sollst den Weg zu deinen Wurzeln nicht allein suchen müssen. Nicht so wie ich.»

# REGINA DI ANGLONA

Costanzas Tod jährte sich zum ersten Mal, als Achim wieder nach Anglona fuhr. Ein Jahr, das vieles in seinem Leben verändert hatte, dachte er, während er auf der Straße zwischen Caprarico Vallo und Tursi beschleunigte. Es war wieder ein heißer Augustsommer, wolkenlos, so heiß, dass die Luft über dem Boden zu zittern schien.

Achim parkte das Auto wieder an derselben Stelle wie vor einem Jahr, dieses Mal lief er aber direkt zur Kirche. Von Westen her blies wieder ein trockener Wind, der keine Abkühlung brachte und Staub aufwirbelte.

Achim setzte sich an die Stelle, an der Costanza gesessen hatte, als sie starb. Er war allein in der Kirche und wagte es deshalb, laut zu sprechen.

«Mit dir, Madonna, hat sie also geredet, nicht mit dem da oben am Kreuz! Entschuldige, Jesus, ist nicht gegen dich gerichtet, aber du weißt ja, dass ich mit Religion nichts anfangen kann! Costanza war sauer auf euch alle! Costanza war wütend auf euch, weil ihr die ganze Zeit gewusst habt, dass Claudio noch am Leben war und sich vom Saulus zum Paulus gewandelt hatte. Ihr habt das nicht nur Costanza verschwiegen, sondern auch ihrer Mutter. Dir hat die Mutter vertraut, Madonna, und Costanza war der Meinung, dass du dieses Vertrauen nicht verdient hast. Deshalb war sie wütend, als sie gestorben ist. Mit deinem Vater, Jesus, ist sie sicher genauso unzufrieden gewesen.»

Zum Glück sahen ihn seine Frau und seine Kollegen nicht,

dachte er sich. Sie kannten ihn als sachlichen Historiker und ihn mit zwei Holzstatuen sprechen zu sehen, hätte sie sicher verstört. Noch vor einem Jahr hätte er es selbst für unmöglich gehalten. Er hatte gelernt, seine Gefühle zu thematisieren. Er verfiel noch oft in das alte Muster, beschrieb Fakten, die ihn störten, anstatt zu sagen, dass sie störten. Immer öfter merkte er es selbst und korrigierte sich. Ausgelöst wurde alles hier und nun saß er also da und versuchte, den Kreis zu schließen, der sich geöffnet hatte, als er Costanza Gentile tot in dieser Kirche gefunden hatte.

Ehrlich gesagt, wusste er gar nicht, ob ihn überhaupt jemand hörte. Die Madonna und Jesus waren doch nur Darstellungen. Von Menschen geschaffen, um etwas sichtbar zu machen, was die Menschen nur glauben, aber nicht wissen können. Aber sie genossen das Vertrauen von so vielen Menschen hier. Costanza war auch darunter, ihre Mutter sowieso. Die beiden waren überzeugt, dass sie ein Zeichen bekommen würden, wenn Claudio noch am Leben war, erst recht, wenn er ein guter Mensch geworden war. «Verdammt, er stand im Dienst eurer Kirche, da durften sie doch erwarten, ein Zeichen zu erhalten, wenn sie schon an euch glaubten.» Achim war es egal, dass er die Madonna und Jesus beschimpfte, auch er war wütend, obwohl er gar nicht gläubig war.

Achim schwieg eine Zeit lang, stand auf, trat vor die Madonna. «Ich glaube immer noch nicht an Gott, erst recht nicht mehr nach dieser Geschichte. Aber ich verstehe, dass die Menschen glauben können. Ich verstehe, dass ihr Glaube an euch diesen Menschen Halt in schwierigen Zeiten gibt. Costanza hat sich von euch verlassen gefühlt, dabei wart ihr vielleicht gar nie da.»

Achim lief zum Ausgang und drehte sich nochmals um. Diese Kirche war etwas Besonderes und würde es auch für ihn bleiben, aber nicht aus religiösen Gründen. Er trat vor die Kirche und setzte sich wieder unter den Olivenbaum, unter dem er an dem Tag gesessen hatte, als er das Foto fand. Die Erlebnisse der letzten zwölf Monate hatten ihn aufgewühlt. Mit Costanza, ihrem Mann und ihren Brüdern hatte er abgeschlossen. Mit seinem Vater und seinem Entscheid, der Basilikata den Rücken zu kehren, hatte er Frieden geschlossen.

Ebenso hatte er akzeptiert, dass seine Mutter nie mehr in die Basilikata kommen würde. Im Herbst würde Helene mit ihrer Familie kommen und sie rechnete mit seiner Hilfe. Zio Mauro war vor einem Monat gestorben. Das Gespräch mit Mauros Kindern war nicht über ein paar Höflichkeiten hinausgegangen, sie hatten sich nichts zu sagen. Seine Cousins hatten den Verkauf des Hauses in Campomaggiore ohne Murren akzeptiert. Das Geld, das der Verkauf eingebracht hatte, interessierte sie mehr als das Haus. Seine Mutter und er waren noch drei Tage in Brescia geblieben, ohne die Familie zu treffen. Einmal pro Tag gingen sie zur Bar vor dem alten und dem neuen Dom, tranken einen Espresso und plauderten. Seiner Mutter ging es blendend. Als ihr älterer Bruder zwei Wochen lang krank war, hatte sie sich um ihn gekümmert, für ihn gekocht, gewaschen und so viel Zeit zum Diskutieren gehabt.

Länger hatte er in Brescia nicht bleiben können, er musste in die Basilikata, weil seine Tochter Jessica mit einer ganzen Gruppe Studenten anreiste. Seine Mutter hatte mit dem Zug nach Hause reisen müssen. Die Gruppe war vor zwei Tagen abgereist, nur Jessica war geblieben. In zwei Tagen kamen Vivian und Robin an, die einige Zeit in Heidelberg verbracht hatten. Sie hatten vier Wochen Zeit, um Süditalien zu bereisen.

Vivians DNA-Test hatte eine Ethnizitätsherkunft aus Süditalien oder Griechenland hervorgebracht. Sehr genau waren die Angaben nicht. Dass seine Frau selbst lukanische Vorfahren haben könnte, verwirrte sie mehr als ihn. Achim hatte noch keinen Plan, wie er die Ahnenforschung angehen wollte. Vivian hatte zwar versucht ihm zu erklären, wie diese Tests gemacht werden, wie verlässlich oder eben unverlässlich sie waren. Viel verstanden hatte er aber nicht.

# COSTANZAS GRAB

Nach dem Besuch der Basilika fuhr Achim direkt zu Salvatores Hof. Als er vorfuhr, saß der alte Mann auf einer Sitzbank im Schatten. Er hatte seine schönste Hose und ein weißes Hemd angezogen. Sogar seine Turnschuhe hatten schwarzen Lederschuhen weichen müssen.

«Danke, dass du mich zu Costanzas Grab fährst, Achim! Es ist Zeit für mich, Abschied zu nehmen. Fahren wir? Wir müssen unterwegs noch Blumen kaufen», sagte der alte Mann, während er aufstand, zu Achim lief und ihm die Hand gab.

Achim öffnete die Türe auf der Beifahrerseite und machte eine einladende Geste. «Können wir am Friedhof. Oder hast du etwas anderes geplant? Unterwegs werde ich dir einiges zu erzählen haben. Ich bin dir noch Informationen seit dem letzten Mal schuldig.»

«Zum Haus?», fragte Salvatore und schaute über das Autodach zu Achim hinüber. Da dieser einstieg, ohne die Frage zu beantworten, stieg auch er ein. «Ich habe Blumen bei einer Bekannten bestellt, ich zeige dir den Weg.»

«Auch zum Haus», sagte Achim, als er losfuhr. «Aber nicht nur. Ich war heute in der Basilika und habe der Madonna meine Meinung gesagt.»

«Du hast was?», fragte Salvatore ungläubig und bekreuzigte sich.

«Nichts Schlimmes, Salvatore, keine Angst. Ich habe ihr nur gesagt, dass ich nun wisse, wieso Costanza so wütend war, als sie gestorben ist. Du kannst dich doch erinnern, dass ich dir erzählt habe, dass Costanza die Wut noch im Tod ins Gesicht geschrieben stand?»

«Und dass sie geweint hatte!» Salvatores Gesicht lag in tiefen Falten. «Ich habe ihr Gesicht schließlich auch gesehen, weißt du noch?» Achim hatte vergessen, dass Salvatore Costanza identifiziert hatte.

«Und dass sie geweint hatte. Costanza ging jahrelang zur Madonna und hat wahrscheinlich das weitergeführt, was ihre Mutter gemacht hat. Beten, dass Claudio noch am Leben ist, und um sein Seelenheil bitten, falls er gestorben ist. Vor einem Jahr war plötzlich alles anders, da wusste Costanza, dass die ganze Mühe umsonst war.»

«Claudio ist tot?»

«Ja, er ist wenige Wochen vor Costanza gestorben. Du musst wissen, dass Claudio nach Südamerika geflüchtet ist, weil er in Deutschland einen Mann umgebracht hatte. Costanza hat nicht nur sich Vorwürfe gemacht, sondern vor allem Paolo, weil der sich ein Haus gekauft hat und den Bruder in den Baracken zurückgelassen hatte, wo sie vorher gewohnt haben.»

«Das mit den Vorwürfen hat mir Costanza erzählt. Auch, dass sie viel Streit mit Paolo deswegen gehabt hat und dass Gianfranco ihr vorgeworfen hat, ihr Bruder käme wegen ihrer Vorwürfe nicht mehr zu ihnen nach Policoro. Dass Claudio jemanden umgebracht hat, wusste ich nicht, Costanza hat immer behauptet, er sei vor der Mafia geflüchtet. Du musst da rechts einbiegen.»

Während Salvatore ins Haus der Bekannten ging, wartete Achim im Auto. Der alte Mann kam mit einer wunderbaren Blumenkomposition zurück. Sie fuhren in Pane e Vino nach rechts hinunter zur Via Sicilia, so dass sie direkt zum Friedhof kommen konnten, ohne durch die Stadt fahren zu müssen. Achim nahm die Erzählung wieder auf.

«Das mit der Mafia war auch wahr. Claudio war in kriminelle Aktivitäten der 'Ndranghetta verwickelt. Er ist nach Südamerika geflohen, wurde dort Mönch und kümmerte sich sein Leben lang um junge Männer, die keinen Vater hatten, damit sie nicht die Fehler begingen, die er gemacht hatte. Das stand alles in einem Brief, den Costanza kurz vor ihrem Tod erhalten hat. Der Brief war von Claudio und wurde erst nach seinem Tod verschickt.»

Salvatore schüttelte ungläubig den Kopf. «Also waren all die Gebete und Bitten unnötig gewesen? Paolo und Costanza hätten sich gar nicht streiten müssen? Costanza muss unheimlich enttäuscht gewesen sein, als sie das verstanden hat. Schon der Tod ihres Sohnes erschütterte ihren Glauben ihr Leben lang, aber das mit Claudio ist echt bitter. Sechzig Jahre Gebete, Bitten und Streitereien ohne ein Zeichen des Himmels, dass Claudio ein guter Mensch geworden war. O Dio!»

Sie parkten vor dem Friedhof und liefen schweigsam nebeneinander zum Grab. Dort ließ Achim Salvatore allein. «Lass dir Zeit! Ich warte beim Ausgang.»

Achim setzte sich auf eine Sitzbank aus Stein, die direkt an der Mauer lag, die um den ganzen Friedhof gebaut war. Ob und wie viel er Salvatore erzählen sollte, hatte er lange überlegt. Wie viel war zumutbar, wie viel war notwendig? Hingegen war ihm rasch klar geworden, dass er es vor dem Gang zum Grab tun musste. Nachher wäre zu spät gewesen. Ab dann sollte das Leben wieder den Lebenden gehören.

Achim musste lange warten. In der Zwischenzeit beobachtete er die Friedhofsbesucher. Sein Wutausbruch in der Basilika hatte ihm gutgetan, er fühlte sich erleichtert und irgendwie befreit. Als der alte Mann endlich kam, verheimlichte er seine Tränen dieses Mal nicht. Er blieb vor Achim stehen. «Gehen wir?»

Achim hatte sein Auto zum Glück im Schatten eines Baums geparkt, so dass die Temperatur im Auto noch erträglich war.

Die Klimaanlage hatte er ausgeschaltet, weil Salvatore sich einmal im Einkaufszentrum erkältet hatte. Sie fuhren mit offenen Fenstern los.

Achim bog links Richtung Policoro ab. «Ich zeige dir Costanzas Wohnung.»

«Wie, die Wohnung? Steht die seit einem Jahr leer? Wer zahlt die Miete?» Salvatore war völlig verblüfft.

Achim staunte, woran der alte Mann dachte. Nicht an diese Wohnung, die er aus Furcht vor Gianfranco nie betreten hatte, nicht an Costanza, sondern an Geld. Er wunderte sich, dass dies Salvatores erster Gedanke war.

«Paolos Enkelin. Sie kommt Ende September mit ihrem Mann und den Kindern hierher. Sie will das alles kennenlernen und mit dir reden. Sie wohnt in Deutschland und kann sich nicht um das Haus in Anglona kümmern. Sie will aber auch nicht alles aufgeben. Sie wird deine Hilfe brauchen, Salvatore.»

«Schön. Die Familiengeschichte geht weiter. Das ist schön!» Salvatore strahlte. Achim schämte sich, weil er geglaubt hatte, Salvatore sei es um das Geld gegangen, als er gefragt hatte, wer die Miete zahle. Der alte Mann war nur überrascht gewesen, dass es überhaupt jemanden gab, der die Wohnung erhalten wollte.

Sie schwiegen, bis Achim das Auto vor Costanzas Wohnblock stellte und beide ausstiegen. Salvatore schaute das Gebäude an, verglich es mit den umliegenden Gebäuden. Er drehte sich einmal um seine Achse, um die Straße und die andere Straßenseite zu erfassen. «Ist das hässlich, hier! Und dafür hat sie Anglona aufgegeben?»

Als sie die Wohnung betraten, riss Achim zuerst die Fenster zum Balkon auf, obwohl es draußen heiß war. Salvatore trat auf den Balkon. «Da drinnen erstickt man ja, wie kann man so leben?»

«Die Nachbarin lüftet die Wohnung regelmäßig, sonst wäre es

noch schlimmer!», antwortete Achim. «Ich hätte sie informieren sollen, dann hätte sie heute früh gelüftet.»

Als Salvatore sich erholt hatte, ging er wieder in die Wohnung und schaute sich alles an. «Was sind das für Orte auf diesen Bildern? Und wieso gibt es keine Fotos?», fragte er erstaunt, während er die Bilder an den Wänden des Wohnzimmers anschaute.

«Das sind billige Bilder, die sie irgendwo gekauft haben muss. Die stellen wahrscheinlich nichts dar, was wirklich existiert. Sie hat sie wohl eher wegen der Farben gewählt oder weil die Sujets ihr gefallen haben. Die Fotos hat sie in einem Album aufbewahrt, ich habe das Album der Witwe des Sohnes von Paolo gegeben.»

Salvatore ging zu den Schlafzimmern, öffnete zuerst die Türe zum Zimmer des Sohnes, schüttelte den Kopf, weil dieses seit dem Tod des Sohnes unverändert war, und schloss die Türe wieder, ohne das Zimmer betreten zu haben.

Das andere Schlafzimmer hingegen betrat er. «Der Schrank hier, der stand in ihrem Zimmer in Anglona, bevor sie auszog. Da hatten ihre Kleider und die ihrer Brüder Platz», sagte er und zeigte auf den großen Schrank in Costanzas Schlafzimmer. Auf dem Nachttisch sah er eine Miniatur der Madonna von Anglona. «Darf ich die als Erinnerung an Costanza behalten?»

«Klar doch, die Enkelin wird nichts dagegen haben. Was soll sie mit all diesen Sachen? Ich glaube kaum, dass sie die Wohnung wird weitermieten wollen. Das wird wohl ein Schock sein. Noch mehr als das Haus in Anglona», dachte Achim laut.

«Weil hier jemand jeden Tag gelebt hat und in Anglona nicht? Das Problem hier ist doch nur, dass lange nichts gemacht wurde und dass es keine Klimaanlage gibt. Kein Wunder, war Costanza im Sommer so viel in Anglona. Das Haus ist zwar alt, aber es bleibt kühler im Sommer als dieses moderne Haus.» Salvatore machte Anführungszeichen mit den Fingern, als er «moderne» sagte.

«Darf ich reinkommen?» Raffaella stand im Türrahmen.

«Ja natürlich. Salvatore, das ist Raffaella, die Nachbarin. Und das ist Salvatore, Costanzas Freund aus Anglona. Wir waren vorhin auf dem Friedhof und ich wollte Salvatore die Wohnung zeigen, er hat sie ja nie gesehen», meinte Achim etwas betreten, weil er Raffaella nicht gewarnt hatte.

«Ich freue mich so, dich kennenzulernen. Costanza hat mir so viel über dich erzählt, Salvatore. Wie du ihr immer geholfen hast, das Haus und Land der Eltern zu erhalten», sagte Raffaella und nahm Salvatores Hände mit beiden Händen.

«Danke, gleichfalls. Costanza hat mir oft erzählt, wie froh sie ist, eine so verlässliche Nachbarin wie dich zu haben.» Salvatore lächelte sie an.

Achim realisierte erstaunt, dass sich hier zwei Menschen erstmals begegneten, die sehr viel voneinander wussten, ohne sich je getroffen zu haben. Alles, was sie vom anderen wussten, hatte Costanza ihnen erzählt.

«Wollt Ihr nicht zu mir auf einen Kaffee kommen? Ich habe eine Klimaanlage, das ist angenehmer», bot Raffaella an.

Raffaellas Wohnzimmer war angenehm gekühlt. Es war Salvatore und Achim peinlich zu fragen, wieso sie eine Klimaanlage hatte und Costanza nicht, aber Raffaella löste ihr Dilemma, indem sie die Frage selbst beantwortete.

«Das Gebäude gehört einer Tante, die hat mir erlaubt eine Klimaanlage zu installieren, wenn ich alle Kosten selbst trage. Für die Stromrechnung ist das zwar gar nicht gut, aber sonst hält man das hier drinnen im Sommer ja nicht aus.»

Achim entschied sich, die beiden allein zu lassen, damit sie in Ruhe und ungestört diskutieren konnten, und erfand Einkäufe, die er noch machen musste. Er versprach, Salvatore rund zwei Stunden später abzuholen.

Zwei Stunden später standen Raffaella und Salvatore im

Schatten vor dem Gebäude und diskutierten mit den Frauen, die Achim schon bei seinem ersten Besuch gesehen hatte. Sie begrüßten ihn alle herzlich und umarmten Salvatore, als er sich verabschiedete.

«Mit solchen Nachbarinnen macht es weniger aus, dass dein Haus hässlich ist», meinte Salvatore, als sie losfuhren. «Immerhin verstehe ich jetzt, was Costanza hier hatte.»

Während der Rückfahrt erzählte Achim ein wenig von Helene und ihrer Familie. Sie besprachen, wie sie vorgehen wollten, damit alles seinen richtigen Lauf nahm. Als sie beim Bauernhof ankamen, stieg Achim aus, um sich zu verabschieden.

«Komm doch bitte herein», sagte Salvatore dann zu Achims Überraschung. «Mein Sohn muss dich kennenlernen. Wenn es mit dem Gentile-Hof weitergehen soll, dann wird diese Helene das mit meinem Sohn regeln müssen. Die Hühner möchte ich aber weiterhin betreuen, du weißt wieso», sagte er lachend, bevor er die Türe öffnete.

# LAURA

«Wer bist du und was machst du in meinem Haus?», fragte eine Mädchenstimme auf Deutsch.

Achim war auf der Sitzbank vor Costanzas Haus eingeschlafen und schreckte auf. Der Herbst war angenehm, Achim genoss es, hier in der Sonne zu sitzen. Das blonde Mädchen vor ihm wiederholte ihre Frage.

«Ich heiße Achim», antwortete er etwas verschlafen, «und du?»

«Laura, lass Achim in Ruhe!», ertönte es zu seiner Linken, wo Helene mit einem Knaben um die Ecke kam. Der Knabe erspähte die Hühner, ließ seine Mutter los und rannte zu den Tieren.

«Laura, Laura», rief er, «sieh mal, Hühner!»

Achim stand auf und umarmte Helene. «Ich habe euch heute nicht erwartet, wir sind doch morgen in Policoro verabredet!»

«Helene konnte nicht warten», meinte ein großer blonder Mann, der ebenfalls um die Ecke kam. «Ich bin Julian, Helenes Ehemann, hallo Achim. Freut mich, dich endlich kennenzulernen. Helene hat die ganze Fahrt hierher nur von diesem Haus gesprochen, zwei Tage lang! Sie wollte unbedingt sehen, wie es wirklich ist, also haben wir das Hotel verlassen, kaum dass wir das Gepäck in das Zimmer gestellt hatten, und sind losgefahren. Wo das Haus steht, hat Helene dank deiner Beschreibungen problemlos über Google Maps gefunden.»

«Achim, hast du die alte Tante gekannt?», fragte Laura, die

sich für die Hühner weniger interessierte als ihr Bruder, und zu den Erwachsenen zurückgekommen war.

«Leider nein, aber ich kann dir erzählen, was man mir selbst erzählt hat», antwortete Achim und zeigte auf die Sitzbank.

«Ludwig, Ludwig, komm! Der Achim erzählt uns von der alten Tante!», rief Laura ihren Bruder herbei und setzte sich rechts von Achim. Ludwig setzte sich neben seine Schwester und seine Eltern links von Achim, der zu erzählen begann.

«Vor langer, langer Zeit, vor hundert Jahren, lebte hier ein Bub, der damals genauso alt war wie Laura heute. Sein Name war Pietro. Pietro war Einzelkind und lebte mit seinen Eltern hier. Das hier ist ein Bauernhof und die Familie war eine Bauernfamilie. Pietro war der Vater von Paolo, eurem Urgroßvater.

Euer Urgroßvater ist in diesem Haus geboren. Schaut euch die Wände hinter uns an! Seht ihr, dass die obere Wand anders ist als die untere? Das obere Stockwerk hat Pietro gebaut, als Paolo geboren wurde. Vorher war da eine große Terrasse, auf der die Familie die Wäsche trocknen ließ oder Peperoni, Kräuter und so weiter. Auf diese Terrasse kam man nur von der Wohnung her, die zeige ich euch später. Wir sitzen hier im früheren Innenhof und hinter uns waren Lagerräume und der Stall. Die Lagerräume zuerst und dahinter der Stall, der direkt unter der Wohnung war. Die Familie hatte Ziegen und Schafe und einen Esel. Die Ausgangstüren des Stalls und der Lagerräume gehen zum Weg hin, der vor dem Haus durchgeht. Was hier im Innenhof war, weiß ich nicht, ihr werdet das Salvatore fragen müssen. Salvatore ist ein alter Freund von eurem Urgroßvater und seiner Schwester, die du ‹alte Tante› genannt hast, Laura. Er wohnt dort drüben im nächsten Bauernhof.»

Achim stand auf und forderte alle auf mitzukommen. Sie liefen um das Haus herum, an Helenes braunem VW Multivan und Achims roter Giulia Veloce vorbei, hinauf zum Olivenhain.

Achim zeigte unterwegs auf die Felder links und rechts vom Haus und zeigte, bis wohin das Land ging, das zum Haus gehörte. Im Olivenhain angekommen, berührte er einen Baum. «Der wahre Schatz sind diese Bäume. Schon Pietro hat diese Bäume berührt.»

Die vier machten es ihm nach und berührten je einen Baum. «Wahnsinn!», sagte Helene nur. Laura staunte den knorrigen Baum an, den sie ausgewählt hatte.

«Nicht bewegen!», entgegnete Achim, zückte sein Handy und fotografierte sie. Die Familie Gentile in ihrem Olivenhain, wollte er sagen, erinnerte sich aber rechtzeitig, dass Helenes Familienname Müller war.

«Die Familie Müller in ihrem italienischen Olivenhain berührt Bäume, die schon der Ururgroßvater von Laura und Ludwig berührte und wahrscheinlich vor ihm auch sein eigener Vater», sagte er, während er mehrmals abdrückte.

«Krass!», meinte Ludwig, «der Ururgroßvater, das werde ich meinen Klassenkameraden erzählen!»

«Das können in der Tat nicht viele deutsche Kinder von sich behaupten», antwortete Julian und fuhr Ludwig mit der rechten Hand über die Haare. «Ich habe jedenfalls keinen Baum, den mein Ururgroßvater berührt hat.»

«Diese Bäume hier», ergänzte Achim, «tragen zudem immer noch Früchte.»

Helene musste sich setzen und fing an zu weinen. Laura und Ludwig rannten zu ihrer Mutter und wollten wissen, wieso.

«Das ist alles so schön!», meinte Helene, «mit meinen Kindern und meinem Mann zwischen Bäumen zu stehen, die uns gehören und schon dem Ururgroßvater gehört haben.» Sie umarmte ihre Kinder und ihren Mann, die sich neben Helene gesetzt hatten. Sie streichelte die Haare ihrer Kinder, küsste ihren Mann.

Achim wollte davonschleichen, kam aber nicht weit. «Wo willst du denn hin?», rief Laura ihm nach. «Ich warte beim

Haus, lasst euch ruhig Zeit. Atmet die Luft ein! Riecht die Erde! Berührt die Bäume! Die Oliven dürft ihr aber nicht pflücken, die kann man noch nicht essen.»

Achim lief über die Straße, die von der Basilika her kam und ihn zum Haus führte. Als er in Campomaggiore Bäume berührt hatte, die sein Vater wahrscheinlich auch berührt hatte, waren auch bei ihm die Tränen gekommen. Die glückliche Familie hatte ihn daran erinnert und er wollte nicht, dass sie seine Tränen sahen.

Bevor er die Hauptstraße überquerte, fotografierte er das Haus mehrmals. Das Haus wollte er Helene heute eigentlich nicht zeigen, aber er rechnete damit, dass sie nicht lockerlassen würde. Beim Fotografieren im Olivenhain hatte er einen Einfall gehabt, der ihm besonders gut gefiel. Achim holte den alten Fiat Cinquecento aus der Scheune und stellte ihn genau dorthin, wo er 1958 gestanden war. Achim hatte das alte Foto mit seinem Handy aufgenommen und konnte so überprüfen, dass alles am richtigen Ort war. Er wollte Helene mit ihrer Familie genauso ablichten, wie Salvatore es damals mit Costanza, ihren Brüdern und ihrem Mann gemacht hatte. Zum Glück hatte er seine Fotoausrüstung im Auto gelassen.

«Dein Weg ist nicht ihr Weg, Achim», hatte ihm seine Mutter gesagt. Von Achim würde es nie ein Bild in Campomaggiore geben, welches eine Nachahmung eines Fotos seines Vaters war. Helenes Weg war nicht sein Weg, aber sie kreuzten sich. Achim freute sich auf den gemeinsamen Weg vor ihnen.

# GLOSSAR

| | |
|---|---|
| Aglianico del Vulture | Rotwein aus der Basilikata |
| Agri | Fluss in der Basilikata |
| Al ponte | Zur Brücke |
| Amaro Lucano | Lukanischer Kräuterschnaps |
| Antipasti | Häppchen wortwörtlich «vor der Pasta» |
| Apennin | Bergkette in Italien |
| Basentana | Schnellstrasse durch das Tal des Basento |
| Basento | Fluss in der Basilikata |
| Battisti, Cesare | Italienischer Geograph |
| Bialetti | Italienischer Kaffeemaschinenhersteller |
| Birra moretti | Italienische Biermarke |
| Borghi più belli d'Italia | Vereinigung der schönsten Dörfer Italiens |
| Brigant | Gesetzloser. In der zweiten Hälfte des 19. Jahrhunderts entwickelten sich die Briganten in der Basilikata zu einer politischen Bewegung. Carmine Crocco war ihr Anführer |
| Caciocavallo | Süditalienischer Käse |
| Caffè Roen | Italienische Kaffeerösterei |
| Calanchi | Zerschnittenes Gelände in ariden Gebieten («Badlands») |

| Campania | Kampanien. Italienische Region. Hauptstadt ist Neapel |
| Campanile | Kirchenturm |
| Carabinieri | Gendarmerie Italiens |
| Caravaggio | Italienischer Maler |
| Cavatelli | Kleine Teigwaren |
| Chianti Classico | Rotwein aus der Toskana |
| Cilento | Gegend im Süden Kampaniens, an die Basilikata angrenzend |
| Cima di rapa | Stängelkohl |
| Città dell' Utopia | Stadt der Utopie |
| Cristo si è fermato a Eboli | Christus kam nur bis Eboli, Roman von Carlo Levi |
| Crocco, Carmine | Brigant und Volksheld |
| Comunità Montana Alto Basento | Gebirgsgemeinschaft des oberen Basentotals |
| Diaz, Armando | Italienischer General |
| Dolimiti Lucani | Berge in der Basilikata, die eine Ähnlichkeit mit den Dolomiten in Norditalien haben |
| Esselunga | Italienische Einzelhandelskette |
| Falanghina | Weissweinsorte |
| Ferragosto | 15. August. Um diesen Tag herum planen die Italiener ihren Urlaub |
| Fra Pietro | Bruder Pietro |

Frecciarossa — Roter Pfeil, italienischer Hochgeschwindigkeitszug

Grappa — Italienischer Tresterbrand

Illy Café — Italienisches Kaffeeunternehmen

Insalata Caprese — Tomaten-Mozzarella-Salat

Lago — See

Italianità — Italienische Identität

Lavazza — Italienisches Kaffeeunternehmen

Levi, Carlo — Italienischer Schriftsteller, Maler, Arzt und Politiker aus Turin

Limoncello — Zitronenlikör

Locorotondo — Weisswein aus der gleichnamigen Ortschaft in Apulien

Lucanica — Schweinewurst mit Fenchelsamen

Lucano si nasce e si resta — Als Lukaner wird man geboren und bleibt es. Aus «Un disegno di Scipione e altri racconti» von Leonardo Sinisgalli

Lucifera — Weibliche Form von Luzifer

| Lukaner | Volk, das im 5. Jahrhundert vor Christus einen Teil der heutigen Basilikata besiedelte. Die heutigen Bewohner der Basilikata bezeichnen sich als Lukaner |
| Maiale | Schweinefleisch |
| Mafia | Organisiertes Verbrechen in Italien |
| Maria SS D'Anglona | Kurzform von «Santuario di Santa Maria Regina di Anglona» |
| Medici | Die Familie de Medici prägte Florenz vom 15. bis 18. Jahrhundert |
| Mi vedi? | Siehst Du mich? |
| Mille anni che sto qui | Tausend Jahre bin ich schon hier, Buch von Mariolina Venezia |
| Mozzarella | Frischkäse aus Kuhmilch |
| Non si diventa Lucano, si nasce Lucano | Man wird nicht Lukaner, man wird als Lukaner geboren. Anlehnung an Sinisgallis «Lucano si nasce e si resta» |
| 'Ndrangheta | Mafia in Kalabrien |
| Nonna | Grossmutter |
| Nonno | Grossvater |
| O Dio! | Oh Gott! |
| Orecchiette | Teigwaren aus Apulien |

| Oregano | Gewürz- und Heilpflanze |
| Padre Pio | Süditalienischer Heiliger |
| Panini | Brötchen |
| Parocchia Buon Pastore | Pfarrei Guter Hirt |
| Pecorino | Schafskäse |
| Penne | Teigwaren |
| Peperoncini | scharfe Chilischoten |
| Peperoncini sott'aceto | In Essig eingelegte Chilischoten |
| Peperoni | Italienisch für Paprika |
| Peperoni cruschi | Getrocknete, knusprige Paprikaschoten |
| Perché? | Wieso? |
| Pergola | Raumbildender, schattenspendender Pfeilergang |
| Piazza | Platz |
| Piccolo Ranch | Kleiner Bauernhof |
| Pierro, Albino | Italienischer Dichter. Zweimal für den Nobelpreis nominiert |
| Poi quando sarò morto, mettetemi pure nella terra, ma non portate fiori tagliati | Und wenn ich tot bin, bringt mich unter die Erde, aber bringt keine Schnittblumen mit. Aus dem Gedicht «Equivalenza» von Albino Pierro |
| Primo | Erster Gang, meistens Teigwaren |
| Regina | Königin |

| Re Manfredi | Weisswein aus der Basilikata. Benannt nach Manfred, König von Sizilien |
| Rosi, Francesco | Italienischer Filmregisseur |
| Salsiccia | grobkörnige Rohwurst |
| Salva Guardia | «Rettet Guardia» (gemeint ist Guardia Perticara) |
| Sauro | Fluss in der Basilikata |
| Scusami | Entschuldige mich |
| Siesta | Mittagsschlaf |
| Signora | Frau |
| Sinisgalli, Leonardo | Italienischer Poet |
| Sinni | Fluss in der Basilikata |
| Sospiro | Süssigkeit «Seufzer» |
| SP 154 | SP steht für strada provinciale, Provinzstrasse |
| SS 598 strada statale di Fondo Valle d'Agri | SS steht für strada statale, Strasse von nationaler Bedeutung. Fondo Valle bedeutet Talstrasse |
| Strazzata con la frittata | lukanische Focaccia (Fladenbrot aus Hefeteig) mit Omelett |
| Supermercato | Wortwörtlich Supermarkt, kann ein Dorfladen sein |
| Tempa Rossa | Erdölfeld in der Basilikata. Betreiberin ist Total Energies |
| Terre degli Svevi | Weingut in der Basilikata |
| Terredora Di Paolo | Weingut in Kampanien |

| Torta Sbrisolona | Mandelgebäck aus Norditalien |
| Uffizien | Kunstmuseum in Florenz |
| Vecchio | Alt |
| Venezia, Mariolina | Italienische Schriftstellerin und Drehbuchautorin |
| Vitello all'uccelletto | Kalbsfleischgericht aus Ligurien |
| Vittorio Veneto | Stadt in Venetien. Ort einer entscheidenden Schlacht im ersten Weltkrieg |
| Volo dell' Angelo | «Flug des Engels», Menschen «fliegen» an einem Stahlseil über das Tal |
| Volonté, Gian Maria | Italienischer Schauspieler |
| Zia | Tante |
| Zio | Onkel |

# GIANPIETRO MONTANO

Gianpietro Montanos Kindheit und Jugend war von den alljährlichen Reisen in die Heimat der Eltern und die damit verbundenen Familientreffen geprägt. Seine Eltern haben ihm weder Traditionen, Bräuche noch Normen seiner Vorfahren vermittelt. Erst als Erwachsener realisierte er, dass er viele berühmte Sehenswürdigkeiten nie besucht hatte, obwohl er Jahr für Jahr in ihrer Nähe war. Dies löste in ihm Fragen zu seiner kulturellen Identität aus. Aus zahlreichen Gesprächen mit anderen Nachfahren von Migranten erkannte er ähnliche Muster von Identifikation und Distanz. Er verarbeitet seine Gedanken zu dieser Identität, die in zwei verschiedenen Böden wurzelt, indem er Geschichten erfindet.

Das Pseudonym Gianpietro Montano wählte er in Anlehnung an den Palazzo Montano. Diese Gebäude aus dem 13. Jahrhundert steht im ältesten Teil von Guardia Perticara, einem Ort in Süditalien, der ihm viele Antworten zu seiner kulturellen Identität lieferte.